LA LOI DES LIGNES

HYE-YOUNG PYUN

LA LOI DES LIGNES

Traduit du coréen par Lim Yeong-hee
avec la collaboration de Catherine Biros

Collection fondée par François Guérif

RIVAGES/NOIR

Retrouvez l'ensemble des parutions
des Éditions Payot & Rivages sur

payot-rivages.fr

Collection dirigée par Jeanne Guyon et Valentin Baillehache

Titre orignal : 선의 법칙 (Seoneui Beopchik)
Munhakdongne Publishing Corp, Corée

Konishi Foundation for International Exchange
小西国際交流財団

Ouvrage traduit et publié avec le soutien de LTI Korea, Séoul

1

La maison, construite deux ans après la naissance de Sae-oh, est petite et d'une architecture datée. Vétustes, exposées au vent et à la pluie, ses poutres sont gonflées et ses charnières rouillées. De fines lézardes apparues sur la façade et comblées par du ciment laissent passer le froid en hiver et la chaleur en été, occasionnant des factures d'électricité toujours plus élevées. Malgré ces défauts, elle représente le plus agréable et le plus réconfortant des cocons pour Sae-oh.

Chaque fois que ses pérégrinations la mènent loin de chez elle, Sae-oh est prise de sueurs froides. C'est le cas en ce moment même, après le long trajet qu'elle vient d'effectuer en métro. Lorsqu'elle débarque sur le quai, trempée de sueur, elle respire enfin. Hélas, ce répit ne dure qu'un instant. La voilà de nouveau en proie aux frissons. C'est sûrement à cause de son nouveau trench-coat, trop léger pour la saison malgré le radoucissement des températures. Fin mars, on assiste plutôt aux derniers assauts de l'hiver qu'au début du printemps.

Sae-oh s'arrête et sort de son sac la doudoune chaude et épaisse qu'elle a mise pour se rendre au grand magasin. Ce n'est pourtant pas celle-ci qui apaise ses frissons, mais la pensée d'être bientôt arrivée.

Sur la petite route qui la mène chez elle, les voitures sont à l'arrêt, bloquées par les piétons qui ont envahi la chaussée.

Leur brouhaha se mêle aux klaxons des véhicules. Qu'est-il arrivé ? Les badauds jettent des coups d'œil furtifs à Sae-oh. Certains s'écartent pour la laisser passer ; d'autres interrompent leur conversation et la regardent fixement avant de détourner la tête. D'autres encore murmurent à l'oreille de leur voisin.

Évidemment, si elle avait le courage de relever la tête, elle s'apercevrait que tout ceci n'est que le fruit de son imagination. Mais elle n'ose pas le faire. Au contraire, elle la baisse davantage encore. Elle a l'impression qu'à tout moment quelqu'un va la reconnaître, l'injurier et exiger de savoir où elle était cachée pendant tout ce temps. Sae-oh presse le pas pour leur échapper.

Elle aperçoit bientôt une colonne de fumée, déjà haute dans le ciel, qui plane au-dessus du quartier. Si elle avait marché la tête droite, elle l'aurait remarquée bien avant. Elle entend les sirènes qui semblent résonner depuis un moment déjà, mais dont elle vient de prendre conscience. Ce tintamarre sinistre s'atténue peu à peu, comme à bout de forces. Sae-oh avance droit dans sa direction. Quand elle comprend que les sirènes viennent des véhicules garés juste devant chez elle, son estomac se soulève.

Sae-oh se faufile parmi la foule qui bavarde bruyamment dans la rue. L'odeur âcre assaille ses narines. Quelqu'un court en criant de faire attention. La fumée noire s'efforce de s'éloigner du sol.

Sae-oh dépasse lentement l'agence immobilière à l'entrée de sa ruelle. Elle s'aperçoit alors qu'elle n'a pas vu le chien jaune, habituellement couché devant. C'est le chien de la famille qui habitait au numéro 153. Depuis que celle-ci a déménagé en l'abandonnant, les voisins le nourrissent à tour de rôle. Sae-oh se demande pourquoi cet animal, qui est un peu le gardien de la ruelle, n'est pas à sa place et elle se retourne. Mais si, le chien est bien là, comme à son habitude. Dans ce cas, pourquoi n'aboie-t-il pas sur les badauds ?

Pourquoi n'agite-t-il pas joyeusement la queue en voyant Sae-oh avant de se rouler par terre ? Silencieux, il se tient là, parmi la foule bruyante, tel un adulte mûr et grave. Tout cela intrigue Sae-oh.

Elle regarde le chien et frissonne de plus belle. C'est vraiment une mauvaise idée d'avoir mis ce nouvel imperméable pour rentrer chez elle. On devrait toujours étrenner un vêtement à l'aube d'un jour nouveau. Maintenant, à cause de ce manteau tout neuf, elle a le pressentiment qu'elle va devoir affronter une journée qui ne ressemble à aucune de celles qu'elle a vécues jusque-là. Pourquoi a-t-il fallu que cette année son père lui offre, pour la première fois en vingt-six ans, un vêtement comme cadeau d'anniversaire ?

Le chien est toujours silencieux. Il se contente de fixer Sae-oh sans aboyer. Elle prend le temps de se demander s'il a toujours été aussi calme, s'il l'a toujours dévisagée de cette façon. Elle avance de quelques pas avant de se retourner. L'animal, épuisé, s'est affalé au sol.

2

Yun Sae-oh avait sept ans lorsqu'elle a perdu sa mère. Ce jour fatal, sa grand-mère est venue la chercher à l'école. Au funérarium, Sae-oh a observé attentivement ce qui se passait. Elle n'avait rien d'autre à faire que regarder et mémoriser puisque sa mère, toujours présente à ses côtés, n'était plus là ; tandis que sa grand-mère était allongée dans un coin de la pièce et que son père semblait terrassé.

Elle se souvient, aujourd'hui encore, du parfum des fleurs encadrant le portrait de sa défunte mère, des spirales à peine visibles de la fumée d'encens, de sa senteur âcre qui lui chatouillait le bout du nez, de l'odeur piquante du *yukgaejang*, cette soupe épicée à base de bœuf, et du goût des gâteaux de riz dont le miel contenu à l'intérieur coulait dans la bouche.

Ce jour-là, son père, qui d'ordinaire avait toujours quelque chose à lui dire, s'est contenté de mettre la barrette sur ses cheveux. Quand elle pleurnichait, il la prenait dans ses bras. Mais sans la regarder, sans lui murmurer de mots tendres. Les autres adultes caressaient tous les cheveux de Sae-oh. Pour échapper à leurs grandes mains moites, elle rentrait la tête dans les épaules chaque fois qu'elle en voyait une s'approcher. Certains voulaient absolument la soulever dans leurs bras, ce qui, habituellement, la chatouillait agréablement. Mais ce jour-là, ce n'était pas amusant du tout. Peut-être à cause de l'odeur de l'encens, elle avait des picotements au nez et l'estomac noué. Bien qu'elle ne pleurât pas, elle avait l'impression que ses larmes coulaient.

Son père se levait d'un bond dès qu'un nouvel arrivant, tout de noir vêtu, venait présenter ses condoléances, et ils se prosternaient réciproquement. Sinon, il restait assis, l'air absent. De temps à autre, il se joignait au groupe de ses proches attablés autour du *yukgaejang* et se faisait offrir un verre d'alcool. Certains d'entre eux sont restés toute la nuit à jouer aux cartes. Ils bavardaient bruyamment et s'esclaffaient. Son père, épuisé, s'est endormi à leurs côtés, recroquevillé comme une crevette.

Le lendemain, son père a conduit Sae-oh dans une pièce où sa mère, allongée et vêtue d'épais vêtements jaunâtres, ne bougeait pas. Effrayée par le visage dur et figé de sa mère ainsi que par le tissu raide et inconfortable de ses habits, elle a éclaté en sanglots. Malgré tout, sa mère est demeurée immobile, rapidement entourée des membres de sa famille. Après avoir pris Sae-oh dans ses bras un court instant, son père l'a confiée à une cousine et leur a demandé de quitter la pièce.

La lourde porte s'est refermée derrière elles. Sae-oh a appris bien plus tard ce qui se passait derrière cette porte close, les étapes que traverse le corps du défunt une fois vêtu de ces épais vêtements de chanvre.

La cousine ne s'est pas beaucoup éloignée. Plus âgée que Sae-oh de trois ou quatre ans à peine, elle a sans doute eu trop peur de quitter le long couloir vide. Les deux fillettes assises côte à côte sur un banc entendaient le père de Sae-oh et ses proches pleurer dans la pièce qu'elles venaient de quitter. La cousine a reniflé et couvert les oreilles de Sae-oh de ses mains. Le couloir était silencieux, comme l'air quand il neige. Des sanglots retenus se sont alors mêlés au silence. Sae-oh pensait qu'ils provenaient de la pièce, mais il s'agissait de ceux de sa cousine.

Quelque temps plus tard, Sae-oh a demandé à son père : « Qu'est-ce que tu as fait de maman ? » Faisant semblant de ne pas l'avoir entendue, il a continué à rincer ses assiettes couvertes de mousse. Sae-oh ayant répété la question, il a fermé le robinet, enlevé ses gants en caoutchouc, puis s'est agenouillé devant elle avant de saisir doucement ses petites épaules. Il a levé les yeux, l'a regardée un moment, puis lui a caressé les cheveux. Il n'a pas commencé à dire : « Ta maman est… » d'une voix étranglée par les sanglots. Pas plus qu'il n'a déclaré, le regard triste : « Maman ne reviendra plus » ou « Elle dort sous la terre ». Il s'est contenté de la serrer affectueusement contre lui.

À cause de ce doux silence, Sae-oh n'a plus jamais osé lui poser la question. Il l'a tenue un moment par les épaules avant de la libérer, puis il s'est relevé. Lui tournant le dos, il a remis ses gants et ouvert au maximum le robinet pour finir sa vaisselle à grand bruit.

Ces expériences ont convaincu Sae-oh qu'elle savait ce qu'était la mort. Être mort, c'est être allongé sur un lit dans des vêtements raides et écouter ses proches pleurer. Parler de la mort, c'est échanger des regards en silence ou dissimuler le bruit de ses pleurs sous un robinet qui coule à flots.

Quelqu'un, en passant, touche Sae-oh plantée là, le regard vide, ce qui lui permet de reprendre pied dans la réalité. Les secouristes chargent un corps allongé sur un brancard dans l'ambulance. Sae-oh se demande s'il s'agit de son père. Auquel cas elle a envie de savoir ce qu'il porte. Pourvu que ce ne soit pas des habits épais et raides.

Avant même qu'elle s'approche du brancard, quelqu'un la saisit par les épaules et lui demande : « Est-ce que ça va ? »

Cela signifie qu'il est arrivé quelque chose de grave. Son visage lui est familier. Ce doit être l'un de ses voisins, mais elle ne se rappelle pas lequel précisément. Peut-être est-ce un inconnu, un policier ou un secouriste. En tout cas, il agrippe fort le bras de Sae-oh pour l'empêcher d'avancer vers chez elle. C'est inutile, Sae-oh reste immobile.

Avant que les portes de l'ambulance se referment, la couverture se soulève un peu et elle aperçoit le corps allongé sur le brancard. Ce n'est pas son père. Elle n'en éprouve aucun soulagement.

3

Shin Ki-jeong est en train de corriger les devoirs de ses élèves quand le principal la convoque. Ce n'est qu'une fois devenue professeur qu'elle s'est aperçue que ce métier consistait en un peu d'enseignement et beaucoup de tâches assommantes. Rien que cette semaine, elle a plus d'une dizaine de ces corvées à effectuer, dont, en premier lieu, la correction des devoirs. Ce n'est pas la plus urgente, mais les devoirs, entassés sur son bureau, l'encombrent.

Elle a demandé aux élèves de constituer des groupes pour élaborer un guide de voyage avant d'en faire l'exposé en classe. Ces documents volumineux forment une montagne sur son bureau. À peine a-t-elle commencé qu'elle s'ennuie déjà. Il ne fait aucun doute qu'ils ont copié les textes sur des portails web et y ont ajouté des photos trouvées sur des blogs. Inutile de les examiner pour le savoir. Le seul effort qu'ils ont consenti, c'est imprimer les clichés en couleur.

Ki-jeong est plongée dans la correction du troisième dossier lorsqu'elle reçoit un appel du principal. Bien que cet imprévu aide à casser sa routine quotidienne, une convocation de ce genre la rebute toujours.

Dans le bureau est également présent le professeur principal de la cinquième C. Un instant plus tard, le principal adjoint entre, l'air grave, accompagné de Won Dojun et d'un autre élève. Devant l'air interrogateur de sa professeur, Dojun baisse la tête.

Un vol commis par neuf garçons a eu lieu dans une supérette voisine du collège. Il s'agit d'amis fréquentant tous le même *hagwon*, un établissement privé de soutien scolaire situé non loin de là. Ces derniers mois, par groupes de deux, quatre ou six, ils ont systématiquement commis des vols à l'étalage dans la supérette, où la propriétaire travaille seule. Confrontée à des erreurs de caisse constantes, celle-ci, intriguée, a fait installer une caméra de surveillance et découvert les méfaits perpétrés par les élèves. D'après la police, il n'est pas rare d'attraper des élèves qui volent de façon individuelle dans les papeteries et autres magasins à proximité des écoles, mais c'est la première fois qu'elle se trouve face à un vol organisé avec autant de participants.

Ki-jeong est très surprise d'apprendre que Dojun en fait partie, lui qui est issu d'une famille aisée. Ses parents sont dans les affaires. Comme ils n'ont jamais précisé dans quel secteur, elle soupçonne qu'il s'agit d'un business un peu louche. L'an dernier, le professeur principal de Dojun a insinué que les parents de celui-ci contribuaient largement au financement du collège. À moins qu'ils ne soient particulièrement avares sur l'argent de poche donné à leur fils, il n'a aucun besoin de prendre le risque de voler.

Ki-jeong regarde avec curiosité Dojun qui garde la tête baissée. Elle l'a vu plusieurs fois faire passer ses intérêts personnels en premier et n'a pas une très bonne opinion de lui. Il fait toujours l'idiot et s'amuse à embêter les filles quand c'est l'heure de nettoyer la salle de classe, mais il se préoccupe suffisamment de ses notes pour sauter le déjeuner et courir chez lui chercher un devoir oublié, de peur d'être pénalisé. Pour l'exercice collectif qu'elle leur a demandé, il a laissé les autres faire tout le travail et s'en est attribué le mérite en présentant l'exposé, à la grande indignation du reste du groupe. Et si

Ki-jeong n'avait pas entendu les élèves en parler entre eux à voix basse, elle n'en aurait rien su. En un mot, Dojun ne fait jamais rien qui puisse lui nuire, passe ses erreurs sous silence et se met exagérément en avant au moindre service qu'il rend. Voilà quel genre de garçon il est.

Le fait qu'il soit si à l'aise avec elle l'agace également sans qu'elle puisse expliquer précisément pourquoi. Tous les jours, Dojun passe poser quelque chose sur son bureau dans la salle des profs. Il s'agit en général de friandises à grignoter mais parfois c'est du dentifrice, du savon et autres bricoles. Avant que Ki-jeong ait le temps de réagir, il lui dit, l'air fourbe : « Oh, ce n'est rien, ne soyez pas gênée pour si peu. » Ki-jeong restant sans voix devant son culot, il poursuit : « Vous préféreriez autre chose ? », ce qui la met en colère. Elle voit déjà le moment où il va lui tendre une enveloppe pleine d'argent et cette éventualité lui fait garder ses distances avec le garçon.

Sans doute s'en est-il aperçu, car depuis peu il fait mine de se comporter en élève sage et intègre, au moins devant elle. Il essuie les vitres avec zèle et aide activement ses camarades à déplacer les pupitres. Même dans ces moments-là, Ki-jeong ne doute pas un instant qu'il agit ainsi uniquement parce qu'elle est là pour le voir.

Elle s'est dit qu'elle allait le convoquer pour le corriger une bonne fois pour toutes, mais elle remet constamment à plus tard. Ce qu'il fait est certes déplaisant mais elle ne peut pas non plus le qualifier de faute grave. Dans la mesure où les bricoles qu'il lui apporte sont en général bon marché et destinées à être soit mangées, soit utilisées puis jetées, elle estime qu'en le réprimandant, elle ne fera que révéler l'antipathie qu'elle éprouve pour lui.

Alors, elle partage les friandises avec ses collègues qui ne manquent pas de la taquiner sur sa popularité auprès de ses élèves. Elle ne s'en formalise pas. Quant aux autres articles comme le dentifrice ou la crème pour les mains, elle les conserve dans un carton dont elle les sort sans se poser de questions quand un de ces produits vient à lui manquer. Lorsque le garçon lui a donné, il y a quelque temps, une paire de claquettes, Ki-jeong s'est aperçue qu'il était particulièrement observateur, car la veille, l'une de celles qu'elle met à l'intérieur du collège s'était déchirée. La paire de Dojun est bon marché et barrée du logo manifestement faux d'une marque étrangère.

Pour la première fois, Ki-jeong l'a remercié, ce qui lui a valu un petit sourire timide de la part de Dojun. En voyant ce visage candide, elle s'est sentie un peu mal de l'avoir si mal jugé alors que visiblement, il ne cherche qu'à attirer son attention.

Ki-jeong quitte le bureau du principal accompagnée de Dojun en direction de la salle des profs, où elle le fait asseoir en face d'elle avec un soupir. Comme si celui-ci avait alourdi l'air, le garçon baisse la tête, dévoilant sous ses cheveux courts sa nuque au teint de lait, où s'étale une tache de naissance ronde de la taille d'un ongle. Ki-jeong la regarde fixement. Cette tache est assez grande pour attirer l'œil et pourtant elle ne l'a jamais remarquée. Il a une peau claire dénuée de toute trace d'acné et il a dû porter un appareil dentaire très jeune, car ses dents sont parfaitement alignées.

C'est alors que Ki-jeong croit comprendre pourquoi elle le déteste autant. Le garçon possède l'assurance et l'arrogance de ceux qui sont nés sous une bonne étoile : des parents riches, une belle maison, la capacité de s'acheter tout ce qu'il veut et de ne pas s'inquiéter de l'avenir.

– Lève la tête.

Dojun lui obéit avec hésitation. Le sang qui a afflué vers sa tête a rougi son visage.

– Pourquoi as-tu fait ça ? demande-t-elle doucement.

Mais le garçon ne répond pas. Elle s'y attendait. Il ne va tout de même pas avouer qu'il a été influencé par de mauvais garçons et lui donner le nom du meneur. Il n'est pas inconscient à ce point. Quatorze ans, c'est l'âge auquel on commence à comprendre que tout mettre sur le dos des autres semble être la chose la plus facile, mais en réalité la plus compliquée qui soit. Ki-jeong doit l'amener à lui expliquer pourquoi il s'est laissé entraîner là-dedans tout en essayant de ne pas blesser son amour-propre. Les enseignants des autres établissements vont certainement eux aussi tout faire pour que l'instigateur désigné ne soit pas scolarisé dans leur collège. Dans ce genre de cas, c'est toujours le premier à raconter l'histoire la plus plausible qui a raison.

Ki-jeong décide de prendre le temps. Elle va d'abord tenter de lasser le garçon en gardant un long silence, puis l'amadouer avec des paroles telles que : « Je suis déçue, tu n'es pourtant pas un mauvais élève, tu compliques beaucoup ma tâche de professeur principal. » Si cela ne fonctionne pas, elle essaiera de lui faire peur en lâchant des mots comme police, inculpation, maison de correction, etc. Dojun se disculpera alors en affirmant, à grand renfort d'excuses toutes faites, que c'est la faute des autres.

– Regardez-le, assis là, sans rien dire ! intervient Trigo, le prof de maths dont le bureau jouxte celui de Ki-jeong. Comme s'il y avait de quoi être fier. Combien il a volé, ce fils de pute ?

Là-dessus, il assène un violent coup de poing sur la tête du garçon, qui replonge vers l'avant. Ki-jeong pousse un soupir en même temps que Trigo se laisse lourdement retomber sur sa chaise.

– Tu veux un coup de main, Ki-jeong ? Des crétins comme ça, on n'en tire rien avec la parole. Il faut les brutaliser.

Elle ne répond pas.

– C’est pas en le dorlotant qu’on fait avouer un voleur. Tu n’es pas sa pédiatre. Fais comme si t’étais de la Brigade criminelle, joue au flic.

Trigo parle tellement fort que les enseignants autour d’eux éclatent de rire et chacun y va de sa petite blague : « Ki-jeong, tu devrais te faire inspecteur à la Criminelle ! » « Tu savais pas ? Elle n’en a pas l’air, mais elle l’est déjà. »

Ki-jeong ignore ces plaisanteries.

Trigo aime se mêler de tout. Il est toujours le premier à donner un coup sur la tête d’un élève convoqué par un collègue et à lui faire la morale. Il adore jouer au prof méchant, mais il ne se rend pas compte à quel point son attitude sape l’autorité du collègue en question. Ki-jeong tente de dissimuler sa profonde antipathie à son égard en s’adressant à lui avec des mots encore plus gentils et amicaux, mais cela ne fait que l’inciter à s’immiscer davantage dans ses affaires.

– Ki-jeong, tu veux que je te présente un très bon ami à moi qui est inspecteur à la Brigade criminelle ? Il est grand et beau. Bon, il a du tempérament, mais il sait se tenir devant une jolie fille. Je ne sais pas s’il y arriverait avec toi.

Sur ce, il glousse. Elle tourne la tête afin qu’il ne la voie pas faire ouvertement un rictus moqueur. Mais en regardant Dojun, elle tressaille : le garçon est en train de la fixer. Il a l’air détendu. Elle ne sait pas si c’est parce qu’il estime que le coup reçu sur la tête constitue une juste punition pour ses bêtises, parce que les taquineries de Trigo à l’égard de Ki-jeong lui ont donné du courage ou encore parce qu'il a vu cette dernière se moquer de Trigo.

– Je t’ai demandé pourquoi tu avais fait ça, lance-t-elle de nouveau d’une voix basse et irritée.

– Elle est folle, cette garce, vocifère Dojun, les yeux braqués sur sa prof.

Ki-jeong est stupéfaite, croyant que c’est à elle qu’il s’adresse.

– Sale morveux ! Comment oses-tu parler à une adulte de cette façon ? s'écrie brusquement le prof de maths derrière Ki-jeong.

Celle-ci fait la grimace et regrette de ne pas avoir emmené son élève dans la salle d'entretien. Selon le règlement de l'établissement, les échanges entre un professeur et son élève doivent se dérouler dans cette pièce ou dans la salle des profs pour éviter tout scandale dans un lieu dépourvu de caméra.

– Qui est folle ?

– La dame qui tient la supérette.

– Pourquoi, folle ?

– Elle m'a traité de voleur.

– C'est normal, tu as commis un vol, réplique froidement Ki-jeong.

Dojun, les yeux rivés sur sa prof, reprend :

– Putain ! Cette fois-là, je n'avais vraiment rien volé. J'étais en train de payer quand le téléphone de Hyeong-cheol a sonné. Il est sorti en courant pour répondre et la folle l'a poursuivi en se mettant à crier : « Au voleur ! » Et là, elle m'a traité de voleur moi aussi, alors que je n'avais rien fait.

– Qui est Hyeong-cheol ?

– C'est un copain à moi, on fréquente le même *hagwon*. Il a des putains de bonnes notes.

Dojun laisse sortir les gros mots qu'il a retenus jusque-là pour avoir l'air d'un enfant sage. Il ajoute même des détails qu'elle n'a pas demandés. Plus il devient nerveux, plus elle se détend.

– Il fait partie de la bande ?

– On n'a rien volé à ce moment-là.

– Non, je parle de cette fois.

– Oui.

– Et ?

– Ben, c'est tout.

– Et ?

– Quoi ?

Le garçon observe sa prof en réfléchissant à ce qu'il doit dire.

– As-tu volé ? lui demande rapidement Ki-jeong.

– Non, je…

– Tu trouves ça injuste, c'est ça ?

– Oui, parce qu'elle nous a insultés et tapés sur la tête en nous traitant de voleurs alors qu'on n'avait rien fait. Hyeong-cheol, putain, elle lui a cassé ses lunettes. Elle l'a frappé au visage. Les passants ont tout vu. Tellement honte… Elle est toujours comme ça, cette garce. Elle pète un câble et elle traite tout le monde de voleurs. Ensuite elle en attrape un, l'insulte et lui tape dessus sans même vérifier si c'est lui qui a volé.

Trigo intervient encore :

– Quel exploit ! Bravo ! Hé, petit con, ce n'est pas parce que tu subis une injustice qu'il faut voler !

Là-dessus, le prof de maths lui assène de nouveau un coup violent sur le crâne. Le garçon baisse la tête et jure dans sa barbe. Trigo fait comme s'il n'avait pas entendu et sort de la pièce. Ki-jeong ne blâme pas son élève. Au contraire, elle aurait aimé qu'il soit un peu plus insolent et incapable de contrôler sa colère. Ça ne l'aurait pas dérangée qu'il lui décoche un coup de poing.

– Comment s'est formé le groupe ?

– Il y a beaucoup d'élèves qui lui en veulent.

– C'est pour ça que vous vous êtes ligués ? Pour vous venger ?

– Ce n'est pas exactement ça…

– Qui a eu cette idée ? C'est toi ?

– Non, pas du tout. Je les ai rejoints après. Je vous jure.

Maintenant qu'elle est au courant des détails de la situation, elle se sent embarrassée, ne sachant quoi dire au garçon, ni comment. Indigné de s'être fait traiter de voleur alors qu'il était innocent, il a fauché un paquet de chewing-gums ou un sachet de chips. Est-ce un crime grave ? Le problème, c'est qu'il a volé de façon répétée, en bande organisée, sur une longue période. L'école ne peut pas laisser passer ça.

– Pourquoi as-tu continué à voler ? finit-elle par lui demander, n'ayant pas de meilleure idée.

Elle s'abstient de prononcer la phrase qui lui brûle les lèvres : « Tu aurais dû arrêter avant de te faire prendre. » Les professeurs ne disent pas ce genre de choses.

– Parce qu'on ne s'est pas fait prendre, répond Dojun d'un air détaché.

S'il s'était rapidement fait pincer, peut-être n'aurait-il pas continué. Le fait qu'ils se soient fait arrêter tardivement a aggravé l'affaire.

– Mais qu'est-ce que tu as volé ? demande-t-elle en baissant la voix cette fois.

Elle n'a pas envie que quelqu'un l'entende. Il lui semble que c'est à la police et non à un professeur de poser ce genre de questions.

– Des petits trucs.

– Il y en a trop pour que tu te rappelles ?

– Rien de spécial.

– Quelle est la première chose que tu as volée ?

– Des piles, répond le garçon dans un soupir.

– Et la deuxième ?

– Je ne m'en souviens pas.

– Dans ce cas, dis-moi tout ce qui te vient à l'esprit.

– C'était vraiment des petits trucs.

– Qu'est-ce que tu en as fait ?

– Je les ai distribués à des camarades pauvres.

– Des camarades pauvres ?

– Vous savez, ceux qui ont l'air de rien avoir. Je leur ai tout donné. Je n'ai rien gardé pour moi.

Son expression laisse entendre qu'il est un véritable bienfaiteur.

– Des enfants qui ont l'air de ne rien avoir ?

Le garçon esquisse un sourire gêné. Il est persuadé qu'il n'a rien fait de mal. Décidée à lui faire prendre conscience qu'il a commis un délit, elle poursuit d'un ton ferme :

– Tu as donc fait d'eux tes complices.

– Mes complices ?

– Oui, tes complices. Ceux qui participent au délit commis par un autre. Tes camarades qui n'ont rien fait sont devenus des complices à cause de toi. Les objets que tu as pris, ce sont des biens volés. Et on devient complice en acceptant de recevoir ces objets, même si on ne les a pas volés.

– Vraiment ? Vous êtes sûre ? Ah, super ! s'exclame-t-il en gloussant. C'est bien ce que je pensais. Maintenant, je me souviens de ce que j'ai volé.

– Dis-moi.

– Ça, par exemple, répond Dojun en désignant les claquettes que porte Ki-jeong.

Son expression n'a plus rien à voir avec celle qu'il arborait lorsqu'il protestait, indigné d'être victime d'une injustice.

– Et ce n'est pas tout. Il y a aussi du dentifrice, des sucettes, des crackers, des bonbons au chocolat, des chips, des Stabilo, du bain de bouche, du Febreze, du savon de riz. À moins que ce soit d'orge ? Peu importe, du savon, en tout cas…

Pendant qu'il parle, Dojun ne quitte pas sa professeure des yeux. Maintenant qu'il y pense, il se souvient de tout ce qu'il a donné à Ki-jeong en plus des claquettes. Peut-être que, pris au dépourvu, il ne s'en est tout d'abord pas souvenu avant que les termes « complice » et « biens volés » lui rafraîchissent la mémoire.

Ou peut-être pas.

Elle a beau vouloir y croire, son raisonnement ne tient pas la route. Dojun savait dès le départ comment tout cela finirait et c'est pour cette raison qu'il n'a cessé de lui offrir ces petites choses qu'il a chapardées pour se divertir. Ce n'était pas pour attirer l'attention de Ki-jeong ou combler son manque d'affection, mais en vue d'impliquer sa professeure dans cette affaire de vols. Quel enfant sournois et vicieux, se dit-elle.

Le faux logo sur le dessus de ses claquettes la contrarie particulièrement. Elle a remercié Dojun sans savoir qu'il les avait subtilisées. C'est avec des biens volés aux pieds qu'elle a arpenté l'école et rencontré les parents d'élèves ; quand elle a lu des poèmes de Baek Seok[1] en classe et enseigné la syntaxe à l'aide de textes sur l'écosystème des océans, c'était aussi avec des biens volés aux pieds ; elle a demandé à ses élèves de rédiger un texte sur l'éthique et la responsabilité, et l'a noté, encore et toujours avec des biens volés aux pieds.

L'envie la prend brusquement de les enlever et d'en frapper Dojun à la tête, mais son téléphone posé sur la pile de devoirs choisit ce moment pour sonner. Ki-jeong est soulagée. Grâce à ce coup de fil opportun, personne ne la verra perdre son sang-froid. Personne ne saura à quel point elle est bouleversée par ce que vient de lui dire le garçon.

Dojun relève la tête sans le moindre scrupule avant de se renfoncer dans sa chaise. Comme le téléphone continue de sonner, il croise les bras avec ostentation. Ki-jeong décroche lentement. Elle veut gagner du temps dans cette guerre des nerfs avec le garçon. Si elle répond trop sèchement, Dojun comprendra tout de suite qu'il l'a déstabilisée.

– Bonjour, c'est bien Mme Shin Ki-jeong ?

Il n'y a qu'un livreur de colis pour l'appeler comme ça. La plupart des gens, qu'il s'agisse de collègues ou de parents d'élèves, l'appellent « Ki-jeong » ou « Madame Shin ».

---

1. Poète coréen né en 1912 et mort en 1995 en Corée du Nord.

– Qui est à l'appareil ? demande-t-elle d'un ton délibérément froid.

Le garçon, les bras toujours croisés, lance à présent un coup d'œil circulaire à la salle des profs, l'air nonchalant. Dès qu'elle aura raccroché, peu importe qu'on la voie, ou qu'elle se fasse réprimander par le principal qui interdit formellement le châtiment corporel au sein de l'établissement, elle enlèvera ses claquettes et lui en donnera un bon coup sur le crâne.

– C'est la police.

– La police ?

Ki-jeong jette un coup d'œil au garçon, qui tressaille. Il décroise lentement les bras, en proie à la peur. Sans le quitter des yeux, elle demande à son interlocuteur :

– C'est à quel sujet ?

À sa surprise, le policier prononce le nom de sa petite sœur, Shin Ha-jeong. À l'instant où elle l'entend, elle pressent que sa complicité avec un petit voleur et les claquettes volées qu'elle a aux pieds vont bientôt cesser d'avoir la moindre importance.

Après avoir écouté le policier, elle porte une main à son visage. Dojun a l'air encore plus effrayé. Il croit sûrement qu'elle parle de lui avec le policier.

Un moment plus tard, Ki-jeong raccroche calmement. La main qui tient le téléphone tremble fort. Elle réunit toutes ses forces pour s'adresser au garçon assis en face d'elle :

– Va-t'en.

– Je m'en vais ? dit-il, incrédule.

Elle hoche faiblement la tête. Le garçon murmure quelque chose, mais elle ne répond pas. Un grand vacarme commence à résonner dans ses oreilles. Le bruit provient de son propre corps. Elle se concentre sur ce son désagréable à l'exclusion de tous les autres.

Le garçon dessine des cercles sur sa tempe avec son doigt, puis il se lève d'un bond et quitte la pièce à toute vitesse.

Ki-jeong ignore le geste qu'il vient de faire. Après avoir entendu ce que le policier avait à lui dire, plus rien n'a d'importance. Un cadavre supposé être celui de sa sœur a été découvert.

4

Il va sans dire que lorsqu'on passe de vie à trépas, le corps subit une transformation. Ki-jeong l'a bien compris pendant les funérailles de son père ; le corps jauni et gonflé par l'ascite dont il souffrait disait assez qu'il n'est pas si facile de quitter la vie. Le gonflement de son abdomen représentait une sorte de trophée gagné par la mort sur la vie.

Son père avait été hospitalisé pour une jaunisse occasionnée par sa cirrhose du foie, qui s'était rapidement aggravée. Malgré les doses maximales de diurétiques qu'il recevait chaque jour, son ascite était restée hors de contrôle. Ki-jeong avait alors vingt et un ans et sa sœur, huit.

Devant le corps censé être celui de sa petite sœur, Ki-jeong ne trouve rien indiquant qu'il s'agit de Shin Ha-jeong. Malgré tout, elle est convaincue que c'est elle. Car, tout comme pour son père, la mort a déposé son trophée. Et comme pour prouver que le combat a été particulièrement féroce, elle a laissé le corps de sa petite sœur dans un état effroyable.

Le cadavre a été découvert dans le cours inférieur de la rivière Nam, dans la ville de J. Il n'y a pas très longtemps, une femme s'y est jetée juste après la fête des lanternes et c'est en la cherchant qu'on a repêché le corps de sa petite sœur. Il va lui falloir attendre un peu avant de pouvoir en disposer, car l'autopsie, entre autres démarches réglementaires, n'a pas encore été pratiquée. Comme aucune lettre de suicide n'a été retrouvée, la cause du décès n'est pas confirmée. Non seulement on ne sait pas si elle est morte noyée, mais on ignore également s'il s'agit d'un suicide ou d'un accident. L'autopsie, disent-ils, va permettre d'estimer la date de la mort, mais il est fort probable qu'elle n'en révélera pas les circonstances. Bien qu'elle écoute patiemment les explications interminables du policier, Ki-jeong est déjà arrivée à la conclusion que sa sœur s'est suicidée. Elle se dit que cela devait arriver tôt ou tard, que ce n'était qu'une question de temps.

Quelqu'un appelle le policier qui l'a accompagnée à la morgue pour qu'il vienne vérifier un dossier. Il sort et laisse Ki-jeong seule avec sa petite sœur dans cette pièce glaciale. Pour être plus précis, Ki-jeong est la seule personne vivante au milieu d'innombrables morts.

Maintenant qu'elle se trouve face à sa sœur, elle se dit qu'il lui est arrivé de souhaiter cette situation : que sa sœur, qui a causé tant de tracas à sa mère, disparaisse pour toujours. Ki-jeong essaie de nier avoir eu cette pensée horrible, mais ce n'est pas vrai. Elle n'a néanmoins jamais imaginé une fin aussi atroce.

Ce n'est pas vrai non plus.

La vérité, c'est qu'elle a souvent imaginé sa petite sœur écrasée, carbonisée, déchirée en mille morceaux. Il lui est donc d'autant plus douloureux de voir son corps frigorifié et raide si terriblement abîmé.

Ce moment où elle reste seule avec sa sœur lui paraît interminable. Elle est transie d'un froid mystérieux, ce qui lui fait prendre conscience que sa sœur et elle sont indéniablement liées par le sang alors que jusque-là Ha-jeong était pour elle un être indifférent et lointain.

Ki-jeong demande à sa sœur, allongée là en silence : « Qu'est-ce qui s'est passé ? » Sa sœur ne bouge pas d'un pouce. Elle a pourtant l'impression d'entendre sa réponse : « Tu sais, une chose en entraîne une autre. » Si la défunte pouvait parler, c'est ce qu'elle lui dirait.

Ha-jeong s'est installée dans la résidence de l'université de Wonju, où elle a été acceptée. Ses notes lui permettaient d'intégrer une fac à Séoul ou en banlieue, mais sa sœur était têtue et Ki-jeong n'a pas insisté outre mesure. Au début, Ha-jeong venait à Séoul pour les vacances, mais avec le temps, elle s'est mise à espacer ses visites. Puis, peut-être a-t-elle changé de numéro, en tout cas elle était injoignable, et il lui est arrivé une fois de ne pas donner de nouvelles pendant un an avant de débarquer à l'improviste. Ki-jeong et sa mère, persuadées qu'elle était partie pour de bon, ont été à la fois un peu déçues et rassurées de son retour.

Quand Ki-jeong lui a demandé où elle était passée et ce qu'elle avait fait tout ce temps, sa sœur a eu cette non-réponse : « Tu sais, une chose en entraîne une autre. » Ki-jeong estime que cette fameuse phrase de sa sœur est la seule et véritable loi de la vie à laquelle on ne peut déroger. Pour autant, elle n'en constituait pas moins une réponse contrariante. Ha-jeong semblait s'en remettre au hasard et à la chance. Sa sœur laissait la vie décider pour elle.

Pour Ki-jeong, la vie, c'est comme les mauvaises herbes. Si on les laisse faire, elles poussent et se répandent de manière incontrôlable avant de tout envahir. Si on en prend soin en limitant leur propagation, en les arrachant au besoin, elles peuvent être jolies. Comment sa sœur pouvait-elle l'ignorer ? Elle qui a vécu si durement toute sa vie ? Ki-jeong prend soudain conscience que « toute sa vie » est déjà achevée et elle en reste médusée.

Sa petite sœur Ha-jeong avait quatre ans lorsqu'elle est arrivée chez Ki-jeong en tenant la main de son père, après la mort de sa mère. À compter de ce jour, elle est devenue un fardeau pour la mère de Ki-jeong. Celle-ci était impitoyable et terrifiante tandis que sa petite sœur était malheureuse, mais rusée. Quant à son père, il était irresponsable et lâche. Ki-jeong s'est efforcée d'être équitable avec tout le monde. Elle a cru à tort tenir le rôle de l'arbitre, neutre et objectif, entre sa mère et sa sœur. Mais en réalité, elle était totalement indifférente. « Tu n'es pas comme elle », disait toujours sa mère. Aussi Ki-jeong pouvait-elle se permettre de s'apitoyer tout son saoul sur sa petite sœur.

Lorsque Ha-jeong est rentrée à la maison au bout d'un an passé sans donner de nouvelles, elle a paru un peu changée. Elle se montrait très gentille avec leur mère et bavardait sans cesse pendant le dîner. Ki-jeong et sa mère ne lui faisaient jamais la conversation ; parfois, leur mère, la trouvant insupportable, finissait par quitter la table. Mais Ha-jeong n'en avait cure et elle continuait à jacasser, au grand étonnement de Ki-jeong.

Jusque-là, Ha-jeong n'avait pas été plus à l'aise avec Ki-jeong qu'avec leur mère. Mais après son retour, elle s'est mise à agir différemment. Sa petite sœur suppliait Ki-jeong de l'inviter dans des restaurants à la mode, de lui prêter un sac à main, elle a commencé à prendre ses vêtements à son insu, et parfois, sous prétexte qu'elle passait par là, elle l'attendait devant le collège à la fin de la journée pour lui demander un peu d'argent. En un mot, elle se comportait comme une vraie petite sœur.

Les vacances terminées, Ha-jeong a repris la fac, où elle était très occupée. C'est en tout cas ce qui ressortait des coups de fil qu'elle passait à Ki-jeong de temps en temps. Elle faisait partie de plusieurs clubs et ne séchait aucun cours. Elle travaillait jusque tard dans la nuit pour ses contrôles et allait à des rendez-vous arrangés par les étudiants. Une fois, elle s'est inscrite dans une association de randonneurs avec laquelle elle a passé une semaine à la montagne. Une autre fois, elle a intégré un club de chorale *a cappella* et s'est mise à faire des vocalises au beau milieu de ses conversations téléphoniques avec Ki-jeong, que cela agaçait profondément. À l'occasion de vacances scolaires, elle est partie en voyage sans donner de nouvelles pendant plus d'un mois. Lors d'autres vacances, sa sœur, qui avait rejoint un cercle de création de publicités, est arrivée les bras chargés de bouteilles d'eau minérale d'une marque dont la part de marché était au plus bas. Elle a annoncé qu'elle était en pleine préparation d'un concours de rédaction publicitaire et n'a cessé de boire de l'eau avant de rédiger le slogan suivant : « On n'a pas enterré de porcs ni de poulets, juste de la bonne eau pure. » Ki-jeong n'a pu s'empêcher de faire la grimace. Sa petite sœur s'est alors fendue d'une explication qu'elle ne demandait pas : « Ça veut dire que cette eau n'apportera ni la fièvre aphteuse ni la grippe aviaire. » Quand Ki-jeong lui a répondu que son texte ne donnait aucune envie de boire cette eau, elle a répliqué par le slogan suivant : « Ce que nous vendons, ce n'est pas un verre d'eau, c'est le chic. » Ce qui était incongru, dans la mesure où la marque renvoyait à une petite ville au fin fond de la province de Gangwon. Ki-jeong se disait parfois que sa petite sœur ferait mieux de se laisser aller, de traînasser et profiter de la vie comme le font tous les étudiants, mais elle paraissait vouloir rattraper le temps perdu, à s'occuper de choses qui, aux yeux de Ki-jeong, n'en valaient pas la peine.

Il incombe maintenant à Ki-jeong de contacter les gens susceptibles d'avoir connu sa petite sœur. Afin qu'il n'y ait pas qu'elle à veiller le corps dans la chambre mortuaire et pour ne pas laisser Ha-jeong seule. Elle appelle tout d'abord le département dans lequel s'est inscrite Ha-jeong à l'université. On lui répond que celle-ci n'a jamais réintégré la fac. Pensant qu'il s'agit d'une erreur, elle téléphone à la scolarité, où plusieurs employés confirment cette information. C'était bien possible après tout, car sa petite sœur ne s'intéressait pas vraiment au domaine d'études qu'elle avait choisi.

Quelques jours plus tard, Ki-jeong se rend à la fac de Wonju. Même si sa sœur a interrompu provisoirement ses études, elle a peut-être poursuivi ses activités associatives. Ki-jeong commence par le club de randonnée. Plusieurs photos sont affichées sur l'armoire métallique du bureau. Sa petite sœur ne figure sur aucune. Ki-jeong visite ensuite le club de création de publicités ; les étudiants qui se trouvent là ne connaissent pas sa sœur, mais ils confirment avoir conçu une publicité pour de l'eau minérale. Ki-jeong, qui se souvient de la phrase rédigée par sa sœur, en fait part aux étudiants. L'un d'eux lui apprend qu'il s'agit du slogan d'une grande marque d'eau minérale étrangère. Il ajoute qu'il y a bien eu un concours doté d'une récompense généreuse.

Ki-jeong pensait que la police menait activement son enquête. Mais celle-ci est très occupée. Ce n'est pas la seule affaire dont elle est chargée. Elle attend le résultat de l'autopsie avant de décider du déroulement de l'enquête. Elle comprend que pour eux, la mort de sa sœur n'est qu'une parmi tant d'autres. En outre, si la police se met au travail, sa mère ne tardera pas à en être informée. Il faudra bien qu'elle le sache un jour, mais pas maintenant. Quand Ki-jeong imagine la réaction de sa mère, elle a peur d'en être blessée.

La police a quand même accédé rapidement à la demande de Ki-jeong et lui a transmis le relevé des communications téléphoniques de sa sœur. Ki-jeong a envie de réunir dans la chambre mortuaire tous ceux avec qui Ha-jeong était en contact. Puisque son voyage vers l'au-delà se fera sans la présence de leur mère, elle souhaite qu'il soit ne serait-ce qu'un petit peu moins solitaire.

Sur la courte liste des appels, elle repère son numéro en premier. C'était toujours Ha-jeong qui l'appelait. La durée de la conversation n'était jamais longue, parfois quelques secondes. Sa petite sœur voulait lui dire quelque chose, mais Ki-jeong ne voulait pas l'écouter. Un autre numéro retient son attention.

C'est le dernier que Ha-jeong a composé, à de nombreuses reprises. Ki-jeong aimerait dire à cette personne ce qui est arrivé à sa sœur. Cette personne à qui Ha-jeong a téléphoné plusieurs fois au cours de ses derniers jours et qui, comme Ki-jeong, n'a pas répondu correctement, car les communications n'excèdent pas une, deux, trois secondes et onze pour la plus longue. Ki-jeong ne voit qu'une possibilité pour qu'un appel ne dure qu'une seconde : l'interlocuteur raccroche aussitôt qu'il sait de qui il s'agit.

Ki-jeong appelle ce numéro depuis une cabine téléphonique de la fac. Elle n'a pas envie de révéler son numéro à quelqu'un dont elle ignore tout. Elle fait plusieurs tentatives, mais personne ne répond.

Qui est le propriétaire de ce numéro ? Où habite-t-il ? Quel rapport entretenait-il avec sa sœur pour que celle-ci ait tenté de le joindre si désespérément ? Est-ce l'individu qui a entraîné sa sœur dans la ville de J, où elle n'avait ni famille ni amis ? Qui est cette personne qui raccroche cruellement au nez de sa petite sœur au bout d'une ou deux secondes, onze au maximum ?

5

Qu'ils soient victimes ou agresseurs, les gens comme Yun Sae-oh sont ceux qui donnent le plus de fil à retordre aux policiers. Les muets sont pires que les menteurs. Aucun humain n'est capable de mentir tout le temps, ce n'est pas dans sa nature. Le menteur finit toujours par dire la vérité, même au beau milieu d'un mensonge, et le policier est fier d'avoir su le démasquer. Alors que le muet ne fait que le mettre en colère.

Sae-oh ne dit pas un mot. Quand l'inspecteur Kim Myeong-guk lui demande : « Il paraît que votre père, Yun Su-chang, était déprimé ces temps-ci ? », Sae-oh le regarde pour la première fois avec un petit sourire. Ce n'est pas une réponse à sa question, elle se moque de lui.

L'inspecteur Kim sort une photo d'un tiroir de son bureau et la tend à Sae-oh. Montrer une preuve pour convaincre son interlocuteur, c'est la routine.

– Regardez.

Il s'agit d'un cliché représentant la partie sectionnée d'un tuyau de gaz. Sae-oh comprend tout de suite ce que c'est.

– C'est propre, hein ? demande l'inspecteur, comme pour obtenir son approbation. Vous voyez, il a été coupé délibérément, à l'aide de ciseaux ou d'un couteau.

Le résultat de l'enquête n'est pas encore connu, mais l'inspecteur Kim veut obtenir une réaction de la part de Sae-oh, il veut la faire parler. Sae-oh regarde la photo, stoïque. Il a du mal à supporter son silence, certes, mais son attitude calme vaut toujours mieux que ceux qui posent mille questions futiles et lui font répéter la même chose.

Au numéro 157, le tuyau de gaz qui était fixé au mur à côté de la cuisinière a lâché au-dessus de la vanne manuelle, fermée. Normalement, lorsque le caoutchouc se détériore, la gravité et le temps qui passe font qu'il lâche sous la vanne. Ainsi, pourvu que celle-ci soit fermée, il n'y aura pas de fuite de gaz, quand bien même le tuyau en dessous céderait totalement. Autrement dit, il y a de grandes chances pour que le tuyau ait été volontairement sectionné.

De même, et comme c'est le cas pour le numéro 157, si le tuyau qui se trouve au-dessus de la valve fermée cède, il s'agit très probablement d'un acte de malveillance visant à attribuer l'incident à l'usure du tuyau. C'est ce qui s'est produit il n'y a pas longtemps à Euijeongbu. La valve fermée, le tuyau au-dessus de celle-ci a été coupé à l'aide d'un outil tranchant.

Mais l'existence d'un cas similaire ne permet pas pour autant d'affirmer que l'explosion du numéro 157 est la conséquence d'un acte délibéré. Le meuble au-dessus de l'évier a été retrouvé totalement arraché du mur. Il est déjà arrivé qu'en tombant un meuble de cuisine abîme le tuyau de gaz et provoque un accident de ce genre. Il faut donc une enquête précise pour savoir si la chute du meuble est consécutive à l'explosion ou si c'est le meuble qui l'a provoquée. Cela va prendre du temps. Si l'explosion a été causée par le sectionnement du tuyau et non son usure, il s'agit d'un crime. Sinon, c'est un accident.

Sae-oh a du mal à croire que le tuyau de gaz sur la photo soit celui de leur cuisine. Elle a dû le voir plusieurs fois par jour pendant plus de vingt ans et pourtant sa forme et sa couleur ne lui sont pas familières. À entendre l'inspecteur Kim en parler de manière aussi affirmative, elle devient sceptique sur le travail de la police. Celle-ci va clore le dossier comme bon lui semble, et pas du tout dans l'intérêt de son père.

Les gens qui affirment que ce qui est arrivé à son père est un coup de malchance mettent Sae-oh très en colère, même si elle sait que c'est pour la consoler. C'est ce qu'on dit quand on a choisi la mauvaise réponse à un QCM ou qu'on s'est cassé le coccyx, mais pas à elle, qui vient de subir un si grand malheur.

Si c'est simplement le fruit de la malchance, qui celle-ci a-t-elle frappé ? Son père, dont tout le corps est brûlé ? Ou elle, qui a échappé à l'accident mais qui a perdu sa maison et qui va certainement bientôt perdre son père ?

L'inspecteur Kim n'incrimine pas la malchance. Certains accidents sont maquillés et pour lui, c'est bien ce dont il s'agit en l'espèce. Sae-oh ne sait pas exactement ce qu'il veut dire par là, mais elle se sent encore plus vexée que lorsqu'il n'est question que de malchance.

L'inspecteur Kim dévisage Sae-oh. Il semble croire qu'elle ne l'a pas bien compris, car il s'approche du bureau et se penche.

– Il y a un truc qui s'appelle « un robinet d'arrêt de gaz ». Aujourd'hui, on n'en utilise plus, c'est interdit par la loi parce que c'est dangereux. Comme le tuyau est en caoutchouc, on arrive à le couper facilement. Mais il existe encore un grand nombre de foyers dans lesquels les conduites de gaz n'ont pas été changées, comme le vôtre. Le risque de fuite de gaz y est grand et une fois que celui-ci commence à s'échapper, on ne peut plus l'arrêter. Car il n'y a pas de vanne d'arrêt automatique. Les tuyaux d'aujourd'hui ne fonctionnent plus comme ça. Ils sont tous équipés d'une sécurité qui empêche la fuite.

Avec ça, il est difficile de provoquer un accident. Vous comprenez ce que je veux dire ?

Sae-oh hoche la tête. Elle n'a pas tout saisi, mais si elle ne hoche pas la tête, il va continuer à la fixer jusqu'à ce qu'elle le fasse.

– Un accident similaire s'est produit il y a quelque temps. Il a fait la une des actualités, vous l'avez vu ? C'était à Euijeongbu. Pareil que vous.

Sae-oh s'en souvient. Comme il y a eu beaucoup de victimes, les médias en ont parlé plusieurs jours de suite. Peut-être n'avaient-ils rien d'autre à se mettre sous la dent à ce moment-là. Elle a même certainement regardé les infos avec son père. Elle ne se rappelle évidemment pas ce que son père a dit ni l'expression qu'il a affichée.

– Vous savez, rien que l'an dernier, il y a eu plus de cent cinquante accidents de ce genre. Celui d'Euijeongbu a été très médiatisé parce qu'il y a eu un grand nombre de victimes. Dans notre seule circonscription, on en relève déjà trois. En fait, c'est souvent en banlieue que se produisent les explosions. Pour baisser le taux de suicide, il suffirait d'installer une vanne d'arrêt automatique dans toutes les cuisines du pays.

En écoutant l'inspecteur Kim, une vieille image vient brusquement à l'esprit de Sae-oh. Elle se revoit, en cercle avec ses collègues dans le dortoir qu'ils s'apprêtent à quitter pour aller travailler, en train de scander à pleins poumons la devise de l'entreprise . « Ne vendez pas, instruisez ! » Cette scène n'a aucun rapport avec l'endroit où elle se trouve, mais ce qui la frappe, c'est que l'inspecteur Kim n'est pas différent de ses collègues de l'époque. Il sait comment amener les gens là où il le veut et les convaincre de n'importe quoi.

– Vous avez déjà vu ça ?

Sur la photo pointée par l'inspecteur, Sae-oh repère un briquet jetable à moitié calciné.

– On en trouve partout, des briquets comme ça. Au moins un ou deux dans chaque maison. C'est le genre de truc qu'on pense avoir vu alors qu'il n'en est rien, et inversement. C'est un objet tellement banal qu'il ne peut constituer une pièce à conviction. Ils ne pourraient pas fabriquer des briquets un peu différents les uns des autres ? Non, ils sont tous pareils, on dirait que c'est fait exprès pour embêter la police. Votre père fume, n'est-ce pas ? Il semble avoir coupé ce tuyau à gaz avant de fumer. J'ai trouvé ce briquet et ce paquet de cigarettes dans votre salon. Comment allait votre père ces derniers jours ? Il paraît qu'il était très déprimé et qu'il ne cessait de dire qu'il avait envie de mourir…

Sae-oh ferme les yeux. Un mur solide enveloppe peu à peu le monde. Ce n'est pas un mur sombre et lugubre. Au contraire, il est là pour les mettre en sécurité en les excluant, son père et elle. Ce qu'elle vient de comprendre, c'est que, pendant que son père, alité dans un lit d'hôpital, souffre le martyre à cause de sa peau et de ses os brûlés, qu'il respire grâce à un tuyau et que ses organes lâchent les uns après les autres, la police n'a absolument rien fait, à part s'intéresser à ces choses futiles. Elle n'a qu'une seule envie : s'enfuir.

– Je vais vous parler d'aspects de votre père que vous ne connaissez pas. Écoutez-moi bien. Tout d'abord, votre père a des dettes.

L'inspecteur Kim feuillette ses dossiers. Sae-oh est déjà au courant. Elle ne sait pas précisément comment son père s'est retrouvé aussi endetté, mais elle le devine plus ou moins.

– La grande banque, puis la petite, et enfin l'usurier, voilà comment ça se passe. Quand on n'arrive pas à rembourser la première, on s'adresse à la deuxième. Et si on ne peut pas non plus la rembourser, on va chez le troisième. S'il y en avait eu un quatrième, il y serait allé aussi, malheureusement il n'y en a pas. Le seul endroit où l'on peut aller après avoir emprunté au troisième, c'est là-haut, dit-il en pointant son index vers le plafond. Comme il n'arrivait pas à rembourser sa dette et qu'il a continué à faire des promesses qu'il était incapable de tenir, au bout d'un moment, il a dû se mettre en colère et se battre avec ses créanciers. Jusqu'à ce qu'il finisse par se tourner vers une solution radicale. Lorsque votre père, Yun Su-chang, tenait son magasin d'outillage, il disait souvent à ses amis : « J'ai du mal à joindre les deux bouts. À quoi bon vivre de cette façon ? Je préfère mourir. » Peu avant l'explosion, il a demandé où il pouvait acheter des pesticides. Vous savez, le taux de suicide réussi chez les personnes âgées est très élevé. Elles, elles n'ergotent pas. Si elles ont décidé de mourir, elles meurent.

– Mon père ne ferait pas ça.

Une fois ces mots prononcés, elle se sent très seule. Mais elle se rassure en se disant que ça va aller. Car sa solitude est supportable à côté de celle de son père, couché dans sa chambre d'hôpital, entièrement bandé. Aussi seule soit-elle, elle ne l'est pas autant que son père.

– Bien sûr qu'il ne ferait pas ça ! Bien sûr que non, répond l'inspecteur Kim en esquissant un sourire. Mais vous savez, ce genre d'acte est toujours commis par des personnes qui ne feraient jamais ça. Ce n'est pas dans la nature de l'être humain. Si l'espèce humaine n'était constituée que de gens comme ça, nous serions terrifiés. Il n'est pas non plus dans la nature de l'homme de violer, et pourtant il le fait. Il en va de même pour les escrocs et les suicidaires.

L'inspecteur Kim observe le visage silencieux de Sae-oh et se tait. Pour qu'il puisse conclure au suicide, il faut avant tout que le motif ne fasse aucun doute. Dans l'affaire Yun Su-chang, on peut tout aussi bien incriminer ses difficultés financières que sa dépression. Il a aussi une assurance-vie – même si la somme n'est pas très importante –, dont sa famille bénéficiera si sa mort est considérée comme un accident. Ce qu'il faut, c'est que la famille soit d'accord avec ce constat.

Sae-oh fixe l'inspecteur. Elle fait le vœu de ne jamais fermer les yeux face à la situation. Elle ne peut pas se permettre de se cacher dans ce monde défendu par un mur de sécurité, sinon son père se sentira tout seul sur son lit d'hôpital.

– Ce jour-là, votre père avait rendez-vous avec un homme. Vous le connaissez ? Il devait venir régulièrement réclamer le remboursement de sa dette. Il s'appelle Yi Su-ho. Vous dites que vous restiez tout le temps à la maison. Vous l'avez vu, non ?

Sae-ho savait que quelqu'un venait dans ce but, mais elle n'en a jamais parlé à son père. Celui-ci ne souhaitait pas qu'elle le connaisse. En fait, elle ne sait rien de cet homme dont elle n'a jamais vu le visage et elle serait incapable de reconnaître sa voix. Son père le voyait toujours dans la cour. En de très rares occasions, la voix de l'homme s'infiltrait faiblement dans la maison.

– L'explosion a eu lieu juste avant l'arrivée de cet homme. Ce qui veut dire que votre père n'avait pas d'argent à lui donner. Je pense qu'il l'a fait pour montrer au type ce qui arriverait s'il continuait à venir. Il a même réussi à obtenir de sa fille, qui ne quitte jamais la maison, qu'elle sorte. Quel timing ! Mais vous n'étiez au courant de rien de tout ça ?

Comme l'a dit l'inspecteur Kim, Sae-oh ne connaît pas tout de son père. Ou plus précisément, le père qu'elle connaît est différent de celui perçu par l'inspecteur.

Son père était un homme qui soulevait chaque matin deux haltères de trois kilos chacune en grognant : « Ouf, ça me tue ! » Ce n'était pas pour faire de l'exercice, mais afin de réveiller sa fille. Il prétendait ne pas vouloir prendre le petit déjeuner seul, mais en réalité il craignait que Sae-oh, grosse dormeuse, saute le repas. Le week-end, pour passer du temps avec sa fille, il s'installait à côté d'elle sur le canapé et regardait le programme humoristique à la télé. Quand Sae-oh riait, il l'imitait en s'exclamant : « Je suis mort de rire ! » Non que l'émission fût drôle, mais il était content que sa fille s'esclaffe. Quand il était fait mention des politiciens aux informations, il ronchonnait en faisant claquer sa langue : « Qu'ils tombent tous raides morts ! » C'était sûrement la résignation pure et simple d'un homme du peuple impuissant et faible. Quand des poussières lui entraient dans l'œil en changeant l'ampoule du lustre, il s'écriait en exagérant la douleur : « Aïe, j'ai failli mourir. » Quand, à l'issue d'une soirée passée à boire, il rentrait en bus pour économiser la course en taxi et qu'il y oubliait ses lunettes, il se lamentait : « Ma radinerie me tuera », et quand il retournait une chaussette trouée pour la repriser, il se vantait : « J'ai un talent mortel, non ? » Lors de la construction de leur maison, il avait posé lui-même les briques plutôt que d'embaucher des ouvriers et en avait fait grand cas comme s'il avait combattu pour l'indépendance du pays : « Tu es fière à en mourir, de ton père ! » Quand Sae-oh faisait une remarque sur les traces laissées par le ciment ayant servi à combler les fissures du mur, il disait avoir « honte à en mourir » de l'industrie du bâtiment, incapable de fabriquer des briques correctes. Quand il arrivait à Sae-oh de préparer un ragoût, il le mangeait bruyamment en s'exclamant : « C'est une tuerie. » Voilà toutes les circonstances dans lesquelles son père, Yun Su-chang, parlait de la mort.

L'inspecteur Kim ignore ces aspects-là de son père. Pour lui, ce dernier a toutes les raisons de sombrer dans la dépression : des dettes, une fille déjà grande qui reste enfermée chez elle et sa boutique, qu'il a tenue plus de dix ans et qui a été vendue une bouchée de pain, a fait encore croître sa dette. L'inspecteur Kim a raison. Avant que le pire arrive, les choses allaient déjà terriblement mal.

Sae-oh est d'accord avec lui. Ce n'est pas une, mais plusieurs raisons, ajoutées les unes aux autres, tels les maillons d'une chaîne, qui ont fait s'accumuler la malchance autour de son père et du numéro 157, jusqu'à ce que tout explose. Et sans le vouloir, l'inspecteur Kim a révélé l'un de ces maillons à Sae-oh : la personne qui a poussé son père à effectuer ce choix fatal, la personne qui a obligé son père à s'asseoir sur le canapé alors que le gaz se répandait, celle qui l'a conduit à ne compter que sur sa maigre assurance pour sauver sa fille, au prix de sa propre vie. Sae-oh mémorise le nom de cette personne.

6

Sae-oh, après avoir longtemps vécu recluse, a fini par mettre le nez dehors quand son père s'est fait mal au coccyx. Il lui a fallu deux heures et demie pour aller payer la facture d'électricité à la banque. À sa surprise, ce n'était plus au guichet, mais au moyen d'une machine ressemblant à un distributeur de billets exclusivement réservée à cet usage. Sae-oh est restée perplexe, ne sachant comment procéder. Après un moment d'attente, elle a appelé un agent à l'aide et, alors qu'elle glissait la facture dans la machine, elle s'est rendu compte que le monde avait continué à changer à toute vitesse, sans aucun égard pour elle.

Sae-oh est rentrée chez elle fébrile et tremblant de tout son corps. Mais elle a néanmoins compris quelque chose : elle croyait jusque-là que dès qu'elle mettrait un pied dehors, elle tomberait entre les mains de ceux qui la pourchassaient ; que l'un d'eux l'attendrait à chaque coin de rue. Mais elle se trompait. Ce n'est plus le cas. Plus personne ne surveille sa ruelle, caché derrière un poteau électrique. Elle ne reçoit plus aucune lettre de menace. Elle ne voit plus non plus d'insultes taguées sur les murs de sa maison.

Certaines personnes lui ont tout de même jeté des coups d'œil furtifs. Elle a eu peur mais en réfléchissant, elle s'est dit que c'était sans doute à cause du grand masque qui lui couvrait le visage et du bonnet en laine qui n'était pas de saison. Sinon, la plupart des passants ne lui prêtaient aucune attention. Tout le temps qu'elle avait passé enfermée, elle s'était imaginé que le monde extérieur pouvait l'avaler toute crue à tout moment. En réalité, il se fichait totalement d'elle.

Grâce à cette première sortie, son père a su qu'il lui suffisait d'être alité pour envoyer sa fille à l'extérieur. Par la suite, il est souvent tombé malade.

Cette sortie a permis à Sae-oh de comprendre que personne n'allait la reconnaître ni lui sauter dessus. Cela dit, ce n'était pas suffisant pour la convaincre que le monde était sûr. Elle avait juste eu de la chance. Et c'est pour la tester qu'elle a accepté la course suivante. Cette fois, il s'agissait de se rendre dans un grand supermarché. Elle gardait la tête si basse qu'elle a attiré l'attention d'un employé. Il imitait Sae-oh chaque fois qu'elle se baissait pour chercher des articles, et la suivait lors de ses déplacements le long des rayons. C'était tout. Il ne s'est rien passé d'autre. Personne n'a cherché à l'agresser.

En s'aventurant progressivement hors de chez elle, Sae-oh a compris que si le monde contenait tout ce qui lui faisait peur, il n'allait pas immédiatement se précipiter sur elle. Elle s'est sentie un peu bête.

Non seulement le monde ne lui prêtait aucune attention, mais elle finissait par se demander si les gens censés souffrir à cause d'elle ne l'avaient pas totalement oubliée. Non, c'était impossible. Ils n'arrivaient certainement pas plus à l'effacer de sa mémoire qu'elle ne parvenait à les en sortir. Ce n'est pas par hasard qu'ils n'ont pas encore surgi devant elle, mais parce qu'ils continuent à se cacher.

Avant chaque sortie, elle dénombrait les personnes qu'il ne fallait absolument pas qu'elle croise. Ils étaient parfois plus de trente et d'autres fois à peine dix, mais dans tous les cas, toujours plus nombreux que ceux qu'elle aurait pu rencontrer, par plaisir ou nécessité. Cet écart ne se réduisait pas.

Le jour de l'accident, son père l'a envoyée dans un grand magasin près de la gare routière.

– Si tu pars à 14 h 30, tu y seras à temps.

Contrairement aux autres fois, son père lui a indiqué l'heure de départ précise, mais Sae-oh ne lui a pas demandé pourquoi. Si elle l'avait fait, son père lui aurait-il avoué sa situation difficile, aurait-il essayé d'en parler avec elle ? Aurait-il regretté l'absence de réaction de sa fille qui l'écoutait toujours en silence, sans discuter ?

– Fais attention à toi et à tout à l'heure, lui a lancé son père.

En se retournant, elle a vu son père qui l'observait, planté devant la porte d'entrée. Parvenue au bout de la ruelle, elle a encore une fois tourné la tête ; son père était toujours là. Sae-oh a caressé le chien jaune avant de quitter la ruelle.

Lorsqu'elle est arrivée dans la boutique avec la preuve d'achat, la vendeuse lui a apporté un vêtement emballé dans un sac plastique.

– Essayez-le.

– Pardon ?

– Votre père l'a choisi avec tant de soin.

Croyant avoir mal entendu, elle a fixé la vendeuse, qui insistait pour qu'elle le mette.

Un vêtement. Celui que son père a choisi. Celui que son père a choisi pour elle. Celui que son père a choisi après avoir fait le tour du magasin. Celui que son père a choisi après avoir fait le tour du magasin pour lui faire un cadeau. Le seul et unique vêtement que son père a choisi après avoir fait tout le tour du magasin pour lui offrir un cadeau.

Sae-oh a essayé ainsi de prolonger les phrases étape par étape en suivant les actions de son père, ce qui l'a aidée à atténuer son émerveillement, son admiration et ses doutes vis-à-vis de son père. Mais avancer jusqu'à la dernière étape n'allait pas de soi. Ses doutes persistaient. Des questions telles que : mais pourquoi a-t-il fait ça ?

Le vêtement en question était un trench-coat violet. Il avait un col rond et le bas rétréci, telle une jarre. Sur les poches étaient brodées deux cerises blanches entourées de feuilles vertes. C'était un manteau féminin, mais pas vraiment joli. Il évoquait davantage une nappe qu'un vêtement.

– Essayez-le. Il faut qu'on vérifie la taille, a recommandé la vendeuse, ayant sans doute compris son air peu enthousiaste.

Sae-oh s'est présentée devant le miroir. Tout comme un vêtement pouvait être féminin sans être joli, il pouvait aussi être moche et lui aller bien. Elle a retiré sa longue doudoune bleu marine et enfilé le trench-coat violet. Dans le miroir elle se voyait portant le premier vêtement que son père lui ait jamais acheté.

En fait, son père ne lui offrait jamais quelque chose qu'il avait choisi lui-même. Il avait dû lui acheter des petites choses quand elle était enfant, mais depuis qu'elle était grande, il préférait lui donner de l'argent de poche. Dont elle n'avait plus besoin puisqu'elle restait enfermée chez elle. A-t-il pensé qu'un nouveau vêtement donnerait envie à sa fille de sortir ?

Il savait que Sae-oh n'avait rien à se mettre pour la saison. Il savait aussi que le trench-coat était à la mode. Ce qu'il ignorait, c'était qu'il ne connaissait pas grand-chose sur sa fille.

– Vous voulez essayer une autre taille ? a demandé la vendeuse à Sae-oh dans le miroir.

Les manches lui serraient les avant-bras et les coutures des épaules étaient trop proches du cou. La vendeuse lui a apporté la taille au-dessus. Son père passait son temps à la harceler pour qu'elle mange plus. Trop maigre. La peau sur les os. Il avait sans doute dit la même chose à la vendeuse : elle a un appétit d'oiseau ; elle est squelettique.

– Cette taille vous va très bien. Préférez-vous essayer un pantalon ?

Sae-oh en a déduit qu'elle voulait dire que la taille était parfaite, mais que le manteau ne lui allait pas du tout. Elle a aussitôt décliné.

Une petite femme vêtue d'un trench-coat violet la regardait dans le miroir. Devant, le bas du tee-shirt qui apparaissait était effiloché. Son visage non maquillé paraissait desséché.

Le manteau ne lui allait pas, mais il y avait un point qui lui plaisait, c'était son épaisseur, qui semblait adaptée à la saison. Il faisait encore froid, mais le vent n'était plus aussi mordant, alors pourquoi ne pas mettre un manteau léger et coloré comme celui-ci ? Par-dessus tout, il s'agissait du premier habit que son père avait choisi pour elle. Bien sûr, à ce moment-là, elle ne savait pas que ce serait aussi le dernier.

7

On peut démantibuler un cadavre sans pour autant parvenir à une conclusion probante. Les résultats de l'autopsie indiquent qu'il s'agit d'une mort par noyade. On dit avoir retrouvé du plancton dans ses poumons, mais on ne sait toujours pas s'il s'agit d'un suicide ou d'un accident. On estime que la mort remonte environ au début du mois de janvier, trois mois plus tôt. Ki-jeong écoute en silence ce que dit l'inspecteur. Parmi toutes ces incertitudes, elle demeure convaincue que c'est un suicide. L'inspecteur semble du même avis, d'autant que l'on vient de mettre au jour les dettes de sa petite sœur.

Elles sont équivalentes à la somme que Ki-jeong a économisée, depuis ses débuts en tant qu'enseignante suppléante jusqu'à son poste de titulaire. Ki-jeong est découragée. Sa petite sœur reste un fardeau même après sa mort.

Ki-jeong, qui assiste seule aux obsèques de sa sœur, reste calme et posée tout au long de la cérémonie. Ayant par moments l'impression que son sang-froid est excessif, vu les circonstances, elle décide d'afficher les émotions attendues. Elle incarne la grande sœur éplorée, muette de chagrin. Elle joue toujours la comédie lorsqu'elle est incapable de mettre un nom sur ses sentiments.

Après les obsèques, elle retourne au collège où elle se retrouve, là encore, en situation de jouer la comédie. Cela l'aide à assumer son rôle de professeur avec aisance. Quand par exemple elle n'est pas certaine de ce qu'elle doit dire à un élève venu lui demander conseil, quand elle se demande si elle a raison d'exprimer ses émotions, ou quand un enfant indiscipliné l'a mise en colère, elle s'imagine en train d'interpréter un rôle de professeur dans une grande production de théâtre expérimental. Pour avoir la conscience à peu près tranquille, il lui suffit de se dire que celui qui joue le rôle de l'élève est censé commettre sans cesse des erreurs et s'attirer des ennuis.

Sans quoi elle se prend à considérer les élèves comme des insectes géants. Elle a envie de les écraser sous son pied ou de les abattre impitoyablement avec un outil tranchant. Elle est toujours surprise lorsque de vrais insectes filent comme le vent dans sa direction ou s'envolent tout à coup à tire-d'aile et, à cet égard, ils ne sont pas différents des enfants. Ceux-ci agissent de manière imprévisible et se montrent pénibles dans leur entêtement. Après leur avoir expliqué une fois, elle demande s'ils ont compris, ils répondent par la négative. Elle réexplique, lentement, mais le résultat est le même. Ki-jeong joue alors la prof patiente qui répète encore une fois. Quand elle leur tourne le dos pour écrire au tableau ce qu'elle vient de dire, elle entend des gloussements fuser dans les rangs.

La mère de Ki-jeong a toujours souhaité voir sa fille entrer dans l'enseignement. Celle-ci s'y est volontiers pliée afin d'échapper à l'ingérence constante d'une mère hystérique et irascible. Il arrive souvent à Ki-jeong d'adopter une conduite conforme à ce qu'on attend d'elle. Aussi éprouve-t-elle un sentiment d'infériorité quand elle voit des gens qui décident facilement ce qu'ils veulent.

Le métier d'enseignant exige d'avoir le sens du devoir. Lorsque Ki-jeong a compris qu'elle n'était pas faite pour ce travail, il était trop tard, elle était déjà inapte à embrasser une autre carrière. Il lui arrive toutefois d'avoir envie d'exercer correctement son métier. Elle ne sait pas comment. Ses élèves sont intelligents mais teigneux ; lorsqu'elle les imagine grandir et devenir adultes, tout lui paraît sans espoir.

Après avoir lu dans un livre une expérience menée par une université américaine, elle a commencé à s'apercevoir qu'elle jouait un rôle. Les participants à cette expérience sont divisés en deux groupes : celui des enseignants et celui des apprenants. L'apprenant doit effectuer un exercice simple consistant à associer deux mots correspondants et s'il commet une erreur, l'enseignant lui inflige une décharge électrique. Le but est d'augmenter leur capacité à apprendre. À chaque nouvelle erreur commise, l'intensité de la décharge augmente de quinze volts.

Ki-jeong a parfois l'impression d'être le professeur de cette expérience, c'est-à-dire de jouer un rôle déterminé de façon compulsive, contrainte par le sens des responsabilités et les ordres venus d'en haut.

Il semble en être de même pour Dojun. Désormais, en présence d'autres personnes, que ce soit en cours ou dans la salle des profs, il se concentre sur son rôle d'apprenant. Comme pour montrer qu'il se repent de ses bêtises, il se comporte sagement, l'air timide et coupable. Mais quand il est seul avec Ki-jeong, son attitude change du tout au tout. Il prend de grands airs, comme s'il avait obtenu l'absolution puisqu'elle est sa complice et s'est approprié des biens volés.

Quand le père de Dojun l'appelle, elle a l'impression que l'expérience a repris. Celui qui joue le père de l'apprenant lui demande en la tutoyant d'emblée : « C'est toi la prof de mon fils ? », puis il hausse le ton : « Tu traites mon fils de voleur alors qu'il n'a fait que piquer un paquet de chewing-gums ? Plutôt que le menacer, tu ferais bien de lui apprendre à ne pas voler ! » Il ajoute : « Il paraît que tu t'es gardé les affaires volées ? Alors, si mon petit est un voleur, tu l'es toi aussi. Vous devez partir en taule tous les deux ! » Ensuite, il la menace : « Si mon gamin est mis en retenue, toi, tu resteras chez toi, sans boulot. » Puis il ironise, la vouvoyant tout à coup : « Je vais aller jeter un œil à ces affaires volées que vous gardez. On se retrouve dans le bureau du président du conseil d'administration. » Ki-jeong supporte sans rien dire en s'efforçant de penser que celui qui supervise l'expérience l'observe et qu'elle se doit de la mener à bien.

C'est étrange que sa propre expérience paraisse identique à celle du livre, autrement dit qu'il s'agisse là aussi de confirmer la soumission à l'autorité. Ki-jeong va patienter quelque temps avant de se demander avec indignation pourquoi il faut que cela lui arrive. Puis elle finira par se repentir pour ses erreurs et présenter ses excuses à tout le monde.

– Tout ira bien, il va être exclu temporairement. Attends encore un peu, lui dit Trigo pour la consoler quand elle essaie de se rappeler comment s'est déroulée l'expérience dans le livre.

Sur le chemin de la salle des profs après son cours, elle y pense encore. En passant devant la salle d'entretien, elle voit par la porte entrouverte Dojun, assis crânement, les pieds sur le bureau, et d'un seul coup elle se rappelle : l'enseignant use de son autorité pour discipliner l'apprenant avec violence. Au fur et à mesure de l'expérience, l'apprenant qui ne cesse de recevoir des décharges électriques veut s'en libérer. L'enseignant, conscient de la responsabilité qui est la sienne de mener à bien l'expérience, estime de son devoir de lui infliger des décharges électriques de plus en plus fortes.

L'idée guidant cette expérience est de mettre en garde contre le fait qu'un individu soumis à une autorité perd peu à peu son esprit critique et son autonomie. Elle démontre également que lorsque l'autorité rigide s'oppose à la valeur morale selon laquelle il ne faut pas faire de mal à autrui, c'est l'autorité qui l'emporte dans la plupart des cas.

Dojun regarde Ki-jeong à travers la porte entrouverte et lui adresse un grand sourire. Il lui adresse même un signe de tête, comme pour l'inviter à entrer. Il ne fait pas mine d'enlever ses pieds du bureau. Il paraît bien à l'aise pour un élève en probation. Ki-jeong s'est élevée fermement contre l'avis du principal adjoint qui voulait retarder la sanction de Dojun jusqu'à ce que l'on ait découvert le meneur du groupe et les circonstances de ces méfaits et elle a obtenu non sans mal cette punition provisoire.

Ki-jeong fixe Dojun d'un œil dur et froid. Celui-ci soutient son regard sans se laisser intimider le moins du monde. Est-ce cet éclat dans ses yeux ? Ou son attitude provocante ? En tout cas, elle entre dans la salle et verrouille bruyamment la porte. Dojun enlève discrètement ses pieds et se rassoit correctement. Ki-jeong enlève une de ses claquettes, celles que le garçon lui a données. Elle l'agrippe de sa main et l'abat sur le garçon de toutes ses forces à plusieurs reprises. Dojun gémit doucement et se recroqueville tel un insecte pour éviter les coups. Mais quand elle s'arrête, il lève la tête et braque sur elle un regard étincelant qui semble lui dire : vas-y, frappe-moi encore. Il ne fait aucun doute que c'est ce qu'il dit.

Elle ne s'aperçoit que plus tard qu'elle a oublié cette partie de l'expérience : en réalité, les apprenants n'ont reçu aucune décharge électrique. Bien qu'ils aient fait semblant de souffrir, aucune douleur ne leur a été infligée. Les apprenants étaient tous des acteurs professionnels.

Dojun a délibérément cherché à se faire tabasser. Il sait que le principal interdit strictement tout châtiment corporel et que tous les enseignants sont au courant. La sanction de Dojun va être atténuée et c'est Ki-jeong qui va être punie en premier. Après tout, elle est la seule à avoir demandé une punition sévère.

8

Tandis que l'obscurité gagne et que les lumières s'allument les unes après les autres, les ruines du numéro 157 se dévoilent : les murs détruits, la cuisine brûlée, l'armoire à moitié disparue, la commode calcinée, le plafond du salon effondré, la grande platine cassette fondue, l'évier tombé, la table affaissée sur ses pieds, le canapé réduit à son armature métallique et ses ressorts noircis…

Quand on regarde depuis le salon, seuls les arbres du jardin sont intacts. Les fleurs qui s'étaient épanouies dans la terre meuble ont vu passer un printemps découragé avant de faner. À présent, des feuilles vert tendre poussent à leur place. Les pétales jaunis sont tombés et tapissent le sol, témoins silencieux du temps qui a passé.

Avant, un lustre désuet assombri par la poussière était suspendu au plafond ; un canapé dont le cuir usé laissait percevoir la bourre jaunie longeait le mur droit tandis que le mur gauche était occupé par le meuble vitré sur lequel trônait une grande télé. Mais il ne reste rien de tout cela.

En comparaison, la chambre de Sae-oh est relativement préservée. La boîte à musique en porcelaine surplombée d'un petit ange se trouve toujours au même endroit sur l'étagère et n'a pas la moindre trace de cendre. Les yeux gris de l'ange la fixent d'un regard plein de bonté. Sae-oh le tourne pour ne pas voir ce regard qui lui rappelle son père.

Une fois arrivée à l'hôpital, et après avoir constaté dans quel état il était, Sae-oh regrette que l'homme aperçu sur le brancard tout à l'heure n'ait pas été son père, car au moins celui-là parvenait à bouger. Il aurait sûrement été capable d'agiter la main et de gémir pour demander de l'aide.

Son père, entièrement bandé, est allongé sur le lit. Elle ne renonce pas encore à l'espoir que l'homme sous ses yeux ne soit pas son père. Rien ne le prouve, sauf le nom apposé au pied du lit.

Le médecin a fait venir Sae-oh en tant que tutrice légale de Yun Su-chang. Pressé par le temps, il parle vite et sans amabilité. Le jargon médical dont il abuse rend ces propos largement inintelligibles pour Sae-oh. Elle comprend tout de même sans difficulté que son père est dans un état grave contre lequel les soins médicaux ne peuvent pas grand-chose et qu'il va vraisemblablement mourir. En réalité, elle n'a pas besoin des explications du médecin. Le simple fait de voir son corps entièrement bandé et relié à toutes sortes d'appareils lui inspire un sentiment de désespoir.

Il fait chaud dans l'hôpital, et plus encore dans la chambre, mais Sae-oh n'enlève pas son trench-coat violet. Elle tient à le porter tant qu'elle est dans cette pièce au cas où son père ouvrirait les yeux et la regarderait. Elle veut qu'il la voie vêtue de son nouveau manteau. À en croire le médecin, il est hautement probable que son père ne reprenne jamais conscience et, sans surprise, c'est ce qui arrive.

La première matinée qui suit les funérailles de son père est silencieuse. Elle n'entend pas son père grogner en soulevant ses haltères, ni lire le journal en murmurant, pas plus qu'elle n'entend le cliquetis du cuiseur vapeur ou les rots émis par son père après le petit déjeuner, suivis des gargouillements qu'il faisait en s'efforçant de retenir lesdits rots parce qu'il remarquait les sourcils froncés de sa fille. C'était d'elle qu'il avait le plus peur au monde. Il voulait plaire à Sae-oh, qu'il aimait plus que tout.

Les matinées, les journées et les nuits remplies de ce genre de bruits étaient on ne peut plus monotones et ennuyeuses. Et pourtant, ces mêmes sons lui paraissent aujourd'hui magnifiques. Le cliquètement des haltères, le crépitement du porc sur le gril, et même les rots de son père… Sae-oh, verse-moi de l'eau, Sae-oh, viens manger, Sae-oh, faisons un peu de ménage, Sae-oh, tu ne veux pas qu'on regarde la télé ? Sae-oh, ouvre un peu les fenêtres, Sae-oh, viens m'aider à plier le linge. Ces phrases brèves et simples commençant par « Sae-oh » sont devenues ce qu'il y a de plus beau au monde.

Ces bruits et ces phrases sont perdus pour Sae-oh. Tout comme le sont son amour inconditionnel, son regard silencieux mais plein d'affection, son air grave empreint de responsabilité paternelle. La vie à laquelle ils appartenaient n'est plus là que pour rappeler à Sae-oh à quel point elle la regrette.

À mesure que les jours passent et que le froid nocturne s'adoucit, elle pense de moins en moins à son père. Sauf, bien sûr, quand elle voit le trench-coat violet qu'elle a accroché au mur tel un tableau, ou quand elle croise dans la rue des hommes de l'âge de son père, quand elle se réveille le matin sans entendre le bruit des haltères, quand elle va se coucher sans souhaiter bonne nuit, quand elle sent l'odeur du porc mariné dans une sauce au piment, quand elle aperçoit un grand chien, quand ses yeux tombent, dans la rue, sur des chaussures dont le bout éraflé est arrondi, ou quand elle fait un tour dans les ruines calcinées du numéro 157. Autrement dit, à part le plus clair de son temps, elle ne pense pas à lui.

Elle se porte relativement bien. Elle est parfois déconcertée de constater qu'elle continue à vivre après avoir perdu son père et sa maison. À l'hôpital, au chevet de son père bandé, elle a continué à avoir faim aux heures des repas. Chaque jour, elle est allée manger à la cantine au sein de l'établissement. Au début, elle a eu le sentiment de se nourrir sans savoir quel goût avaient les aliments. Puis, en prenant petit à petit conscience que tout était infect, elle en a voulu à ses intestins de leur capacité à digérer si rapidement. Elle se rendait parfois en salle de repos et se surprenait à éclater de rire devant le programme que diffusait la télé accrochée au mur. Quand une vieille dame n'entendait pas bien les répliques des comédiens, elle les lui répétait.

Pour passer la nuit dans sa maison en ruines, elle étale une couverture épaisse sur des panneaux de bois, mais s'avère incapable de dormir tellement elle a mal au dos. Elle est choquée de constater que, même en de pareilles circonstances, son corps exprime son inconfort. Elle se réveille le matin le visage noirci par les cendres tombées du plafond. Elle le lave soigneusement à l'eau froide avant de l'enduire abondamment de crème hydratante. Elle sent alors sa colère et sa tristesse s'apaiser, ne serait-ce que temporairement.

Assise sur le parquet imbibé d'eau du salon, Sae-oh contemple le canapé carbonisé. Elle visualise les derniers instants de son père qui, assis sur ce canapé, stoïque, attend vainement que quelqu'un vienne, puis tombe ; jusqu'à ce qu'il s'effondre, pensant à appeler à l'aide avant d'y renoncer en se disant qu'il n'y arrivera pas ; regardant sa maison s'écrouler tout en songeant à sa fille.

Qui a obligé son père à vivre de tels instants ? Sae-oh pense à l'homme sans visage dont elle n'a fait qu'entendre la voix de temps en temps. Celui qui a menacé son père, qui l'a convaincu que sa vie ne valait rien et l'a poussé à s'endetter davantage encore, celui qui l'a conduit à la mort.

Maintenant qu'elle n'a plus rien, elle ne comprend pas pourquoi elle pense sans cesse à cet homme et pourquoi il lui paraît si important de découvrir qui il est. Alors qu'elle ignore tout de lui, elle y pense tout au long des nuits froides et sombres auxquelles elle est habituée désormais, et dans ses rêves qui se dévident à l'infini ; elle y pense également chaque nuit qu'elle passe allongée sur les panneaux de bois et en observant les feuilles d'arbre vert clair devenir vert foncé. Elle pense à la façon dont cet homme a fait pression sur son père, dont il l'a menacé, terrorisé, avant de finir par tout détruire.

Le jour, Sae-oh juge ces réflexions nocturnes idiotes. Même dans le flou le plus total, il est une chose dont elle est sûre : la Sae-oh de la nuit est stupide. Si stupide qu'elle essaie de s'appuyer sur les choses qu'elle a perdues.

La Sae-oh de la journée juge celle de la nuit minable. Mais elle comprend vite qu'elle l'est aussi le jour. La seule partie de sa vie qui valait la peine, c'étaient les moments qu'elle passait avec son père, à la maison.

Le jour comme la nuit, Sae-oh sait à quel point elle est stupide et minable. Cet homme sait-il qu'il vaut moins que rien ? A-t-il dévalorisé son père sans s'en apercevoir ? Cette pensée la met tellement en colère qu'elle en a les larmes aux yeux. Elle est prise d'une haine indescriptible. La raison en est simple : il ne lui reste plus rien à aimer dans ce monde.

Sae-oh range dans un carton les objets encore relativement intacts du numéro 157. Elle y met les chaussures en cuir de son père au bout arrondi. Heureusement, celles-ci n'ont pas été brûlées. Ses vêtements ne servent à rien, car une fois lavés, ils perdront l'odeur et la silhouette de son père. Mais ses chaussures gardent le souvenir de ses pieds. Elle prend également les lunettes de lecture qu'il portait pour lire le journal ou passer au crible son relevé bancaire, à moitié fondues dans leur étui. Elle ramasse aussi son fil dentaire et son dentifrice spécial pour les gencives. Elle n'oublie pas non plus la boîte à musique, les lettres et les quelques livres qui ont survécu aux lances à eau des pompiers. Elle y ajoute des objets partiellement intacts jusqu'à ce que le carton soit rempli.

Alors qu'elle jette un dernier coup d'œil au numéro 157, elle repère quelque chose qui dépasse sous le meuble vitré. C'est un marteau arrache-clous dont la tête comporte deux parties : l'une arrondie et l'autre recourbée en deux larges fourches. Caché sous le meuble, il semble avoir échappé au feu. Le bout du manche est un peu roussi, mais une fois débarrassé des cendres, il est encore utilisable. Son manche en bois est agréablement tiède. Peut-être, dans ses profondeurs les plus insondables, recèle-t-il une braise ? Sa tête en acier est froide en contraste avec son manche.

Elle serre le marteau dans sa main. Son père s'en servait pour fixer le calendrier au mur. Il s'en est également servi pour accrocher le premier prix reçu par Sae-oh à l'école après l'avoir encadré. Si elle avait obtenu son diplôme universitaire sans s'interrompre en cours de route, il s'en serait sans doute encore servi pour accrocher la photo la représentant coiffée de la toque des diplômés.

On dirait qu'il va pleuvoir. Un vent humide soulève les cendres. Son carton dans les bras, elle fait lentement le tour de sa maison, qui renferme tout son passé. Celui-ci a entièrement brûlé. Tous les moments vécus ici ont brûlé. Tous les jours à venir sont également là. Brûlés, eux aussi.

Cette séparation n'est pas particulièrement douloureuse. Les objets calcinés ainsi que l'odeur de brûlé dominent les souvenirs de Sae-oh, ce qui l'aide à se débarrasser plus facilement de la compassion, de l'honneur, de la générosité et des sentiments nobles qui habitent ce lieu. Elle pressent que vont se succéder les jours de souffrance, de déception et de colère, suivis de ceux où elle ne ressentira rien du tout avant de se retrouver de nouveau au bord des larmes, et ainsi de suite. Ils vont défiler, innombrables et tous identiques. L'avenir doit être un couloir obscur. Elle aura beau s'y frayer un chemin à tâtons, au bout, la porte sera hermétiquement fermée.

Sae-oh se dirige vers ce couloir obscur, chargée de son lourd carton. La ruelle qu'elle a toujours empruntée est aussi sombre, étroite et déserte que son avenir, si bien qu'elle la trouve peu sympathique. Il y a déjà eu des nuits calmes sans cris d'enfants, sans le brouhaha quotidien provenant des immeubles abritant un grand nombre de familles de l'autre côté de la rue. Des nuits sans chiens qui aboient, sans voitures qui passent, sans télés qui hurlent. Mais en cet instant, le silence est encore plus épais et plus dense que ces nuits-là.

Pendant le temps passé seule au numéro 157, elle a pris garde d'entrer à l'insu de tous, de passer la nuit sans lumière, de partir avant le lever du jour et de revenir à la nuit tombée. Elle n'a croisé le chemin de personne. Elle était certaine que ses voisins ne s'étaient pas rendu compte de sa présence.

Mais le silence ambiant lui dit le contraire. C'est un silence délibéré. Elle est convaincue qu'ils savaient le numéro 157 habité. Ils n'y ont jeté aucune ordure, ont régulièrement ramassé et soigneusement posé le courrier à l'entrée. Ils ont mis une pierre dessus pour éviter qu'il s'envole et l'ont couvert pour le protéger de la pluie. Même les enfants ne sont pas venus s'amuser dans cette maison dépourvue de murs et de porte. En tout cas, aucune trace ne le laisse supposer.

À ces pensées, Sae-oh s'arrête et se retourne. En empaquetant leurs objets, elle croyait avoir accepté tout ce qui s'était produit, mais là, debout dans l'étroite ruelle, avec l'accompagnement silencieux de ses voisins, elle se sent tout à coup complètement déstabilisée.

La nuit avance lentement. Sae-oh se remet en route et arrive au bout de la ruelle. Elle pose son carton par terre et s'assied près du chien jaune pour lui caresser la tête. L'animal, qui dormait, la regarde de ses yeux doux.

Au moment où elle reprend son carton, elle se dit qu'il n'est pas si lourd. Elle a l'impression d'être devenue adulte. Elle comprendra bien plus tard, en y repensant, que ce n'est pas elle qui a grandi cette nuit-là, mais la colère enfermée en elle. Elle continuera malgré tout à croire qu'elle est devenue adulte cette nuit-là.

9

Le principal est assis derrière son bureau, le visage fatigué. Ki-jeong est surprise de ne pas trouver Won Dojun, l'air contrit et la tête basse, ni même l'un de ses parents qui serait venu précipitamment quémander un traitement de faveur pour son fils ou tout simplement accabler Ki-jeong. C'est étrange que ces gens qui lui ont causé tant de soucis soient absents.

Le principal est petit mais costaud et chacun de ses mouvements semble lui coûter, comme s'il portait une pile de briques sur les épaules. Il soupire tout le temps, qu'il soit en train de prononcer un discours officiel, de blâmer les professeurs ou encore de décerner des certificats de mérite et des prix sur l'estrade. Ki-jeong est curieuse de savoir s'il en est conscient.

– Vous avez réglé les affaires urgentes ? lui demande-t-il d'emblée sans l'inviter à s'asseoir.

Il n'a pas l'air d'attendre de réponse.

– Oui, répond Ki-jeong brièvement, toujours debout, l'air penaud.

– C'est parfait.

Il se lève, va vers le canapé et lui fait signe de s'asseoir. Le canapé est imposant et confortable ; s'y enfoncer donnerait trop l'impression que l'on s'y prélasse. Elle pose ses fesses au bord et se demande ce qui est « parfait ».

Le principal l'observe sans mot dire. Ki-jeong garde le silence, elle aussi. Quand elle est avec lui, elle est mal à l'aise et ne sait jamais quoi dire. Muet, il se contente de la fixer comme pour l'inciter à prendre la parole en premier. Tout en soupirant de temps en temps. Lorsqu'elle parvient enfin à sortir les mots de sa bouche, il l'écoute distraitement et l'oblige à se répéter. Puis il lui fait remarquer les erreurs dans ses propos, comme si elle n'avait rien dit qu'il ne sût déjà. Un entretien avec lui la laisse toujours désemparée.

Les éclats de rire d'élèves en train de nettoyer les parterres de fleurs leur parviennent par la fenêtre. L'un d'eux parle fort et les autres s'esclaffent de nouveau. L'atmosphère dans le bureau du principal devient plus froide et pesante. Le principal s'apprête à se lever. Devinant qu'il veut fermer la fenêtre, Ki-jeong le devance. Il pousse un petit soupir.

Lorsqu'elle retourne s'asseoir, il lui tend une enveloppe posée à côté de lui. Il ne prononce toujours pas un mot, mais de toute évidence, il attend qu'elle l'ouvre.

L'enveloppe contient deux feuilles. Sur l'une, il y a une liste d'articles que l'on peut acheter dans une épicerie ou une supérette. Ki-jeong devine aussitôt de quoi il s'agit et lorsqu'elle y repère le mot « claquettes », elle n'a plus aucun doute. L'autre feuille est un certificat médical attestant que Won Dojun a été hospitalisé. Elle est prise d'une nausée qu'elle réprime difficilement.

Le principal marmonne quelque chose que Ki-jeong a du mal à saisir. Elle entend toutefois clairement les mots « pots-de-vin » et « agression » malgré son élocution confuse.

En désignant les claquettes qu'elle a aux pieds, il dit : « Il doit s'agir de l'objet incriminé » avant de pousser un nouveau soupir. Ki-jeong se demande s'il veut dire par là que c'est un objet volé ou que c'est celui qui a servi à frapper le garçon. Comme s'il n'avait rien d'autre à ajouter, le principal se tait et la regarde un moment avant de regagner son bureau.

Ki-jeong reste immobile sur le canapé. Ce n'est pas juste. Elle aimerait mettre de l'ordre dans ses idées et faire valoir son point de vue. Derrière son bureau, le principal soupire de temps en temps et renifle, le nez bouché. Il ne dit pas à Ki-jeong de partir et elle ne se lève pas non plus.

Les minutes s'égrènent. Le principal s'empare du téléphone et dit : « Oui, c'est moi. Vous pouvez venir ? C'est au sujet du professeur principal temporaire de la cinquième. » Ki-jeong se lève lentement du canapé et sort du bureau en laissant traîner les claquettes volées sans même saluer le principal.

À son arrivée dans la salle des profs, les enseignants qui bavardaient en groupes se taisent aussitôt et regagnent leur place. La nouvelle a dû se répandre. Les mains tremblantes, elle essaie de sortir son sac à main du tiroir de son bureau et le fait tomber. Trigo ramasse ses affaires dispersées sur le sol avant de les lui donner. Ki-jeong veut lui sourire gentiment mais le visage figé de ce dernier l'en empêche. Son intention de paraître sereine s'envole, tout comme sa détermination à prouver qu'elle est capable de tout affronter, même une telle injustice.

Ki-jeong fixe le visage du prof de maths qui lui tend ses affaires. Si la conseillère en orientation et les caméras de surveillance de l'établissement ont révélé au principal qu'elle a frappé Won Dojun, c'est peut-être Trigo qui lui a dit que ce dernier lui remettait régulièrement les fruits de son larcin. Oui, c'est vrai, elle a eu envie de se vanter de sa popularité auprès des élèves en distribuant à ses collègues les bricoles que Dojun lui apportait. A-t-il deviné sa vanité ?

Ki-jeong éprouve le désir de demander à ses collègues qui font mine d'être concentrés sur leur tâche s'ils se rendent compte de l'injustice dont elle est victime. Ne trouvent-ils pas que c'est trop cher payer sa vanité ? Elle s'aperçoit alors que la véritable source de sa colère n'est pas Dojun, mais quelque chose de bien plus profond. En fait, c'est la combinaison de plusieurs éléments, son dégoût pour le principal et son adjoint inféodés au président du conseil d'administration, son sentiment d'exclusion vis-à-vis de ses collègues, issus des mêmes facs, qui se fréquentent entre eux, et son mépris pour les parents de Dojun.

La mine placide, elle met lentement son sac à main sur son épaule et quitte la pièce. Les élèves qui sont en train de nettoyer le couloir s'écartent pour la laisser passer tout en lui jetant des coups d'œil furtifs, et une fois qu'elle s'est éloignée, ils reprennent leur besogne en bavardant. Le gardien, toujours gentil avec elle, lui lance : « Vous partez tôt aujourd'hui ! » Mais elle fait semblant de ne pas l'avoir entendu.

Dans le bus qui la ramène chez elle, son téléphone sonne. C'est la police. Elle s'aperçoit qu'elle a pris le bus dans la mauvaise direction. La sonnerie du téléphone s'interrompt. Elle descend à l'arrêt suivant. Alors qu'elle se demande ce que la police peut avoir à lui dire, sa colère s'apaise.

L'inspecteur lui donne le nom et l'adresse de la personne que sa sœur a essayé de joindre à ses derniers instants sur cette terre, avant d'indiquer qu'il n'a toujours pas réussi à la contacter. Ki-jeong ne se formalise pas de l'incompétence du policier, elle n'a pas la force de s'emporter aujourd'hui. Le nom épelé par l'inspecteur lui est inconnu, comme tout ce qui concerne sa petite sœur. Face au silence de Ki-jeong, l'inspecteur ajoute quelques détails supplémentaires. La personne en question a environ le même âge que sa petite sœur.

Ki-jeong mémorise instantanément ce nom. Elle ne l'a jamais entendu avant, et pourtant il lui inspire une certaine sympathie, comme si elle le connaissait depuis longtemps.

10

La société de recouvrement David siège dans la tour E, du côté nord du pont de Mapo. L'immeuble de vingt-cinq étages possède trois entrées : une porte devant, une à gauche donnant sur un jardin public et une à droite qui débouche sur une rue piétonne. D'après les informations affichées dans le hall, la tour héberge trente-deux sociétés. Le rez-de-chaussée et le premier étage abritent des banques tandis que du deuxième au septième étage, on trouve surtout des cliniques. Il y a donc beaucoup de passage tout au long de la journée. La société de recouvrement David occupe la totalité du seizième étage. À part les salles destinées à recevoir les clients, tous les bureaux sont protégés par un système de sécurité qui interdit leur accès à quiconque n'y est pas employé.

Aux alentours de 8 h 30, la bouche de métro est bondée de travailleurs se rendant dans cette tour. C'est également à cette heure-là qu'y apparaît Yi Su-ho. Mais au lieu d'entrer directement dans l'immeuble, il va habituellement acheter du *kimbap* dans un fast-food situé en face de la station de métro ou de quoi grignoter dans une supérette ouverte vingt-quatre heures sur vingt-quatre près du jardin public. Étant donné qu'il prend son petit déjeuner à l'extérieur tous les matins, Sae-oh en a d'abord déduit qu'il était célibataire, mais elle sait à présent que la plupart des gens font de même. Elle a vite compris qu'en ce qui concerne Yi Su-ho, il faut éviter de tirer des conclusions hâtives.

Sae-oh veut en savoir le plus possible à son sujet. Elle a l'intention de collecter le maximum d'informations, d'en faire une analyse statistique et d'en tirer des probabilités pour parvenir à faire de lui un être prévisible. Mener cette mission à bien la maintient en vie, elle qui a tout perdu et n'est plus qu'une coquille vide.

Elle ne cesse de le perdre à l'heure du déjeuner. Il lui est impossible de surveiller les trois entrées en même temps et elle ne peut pas non plus suivre chaque homme ayant la même tenue que lui. Il arrive aussi à Yi Su-ho de ne pas sortir du tout, car le sous-sol abrite plusieurs restaurants.

Il déjeune le plus souvent seul et parfois en groupe, accompagné de quatre collègues au maximum, toujours les mêmes, jamais en tête à tête avec un ami. Le groupe va en général dans un restaurant servant une soupe censée chasser la gueule de bois ou, les jours de forte chaleur, dans un autre servant des nouilles froides.

Quand elle rate Yi Su-ho à l'heure du déjeuner, elle va l'attendre dans le jardin public où il se rend en sortant du restaurant, environ deux fois par semaine, après être passé à la supérette. Il y achète un paquet de cigarettes ainsi qu'un café ou parfois du yaourt à boire.

D'un côté du parc, se trouve une aire de jeux pour enfants avec un toboggan et une balançoire à bascule tandis que de l'autre côté sont disposés quelques équipements sportifs. Il y a des bancs partout. Yi Su-ho prend toujours place sur l'un d'eux, dans le coin réservé aux sportifs, et fume plusieurs cigarettes d'affilée avant de regagner son bureau par la porte donnant sur la rue piétonne. Vers 14 heures, il ressort de l'immeuble par l'entrée principale. C'est là que commence son véritable travail.

Sae-oh le suit dans le métro et tout au long de ses déplacements. Elle a rarement la chance de le filer jusqu'au bout. Le plus souvent, elle le perd. Il marche vite. Parfois, elle ne trouve pas de cachette idéale pour l'observer et d'autres fois, elle est contrainte de se diriger dans l'autre sens lorsqu'il rebrousse brusquement chemin.

Chaque fois qu'elle arpente un quartier inconnu derrière Yi Su-ho, malgré la chaleur insupportable, elle se demande quand tout ceci a commencé. Non qu'il faille obligatoirement un début et une fin à tout. Toutefois, Sae-oh persiste à croire qu'il existe un point de départ précis. Un point qui a décidé de tout le reste. Un point à partir duquel plus rien n'a été comme avant. Un jalon qui lui servira de repère quand, beaucoup plus tard, elle se retournera sur son passé.

Est-ce l'instant où elle a entendu le nom de Yi Su-ho ? Dès que l'inspecteur Kim a prononcé ce nom, elle en a immédiatement déduit que cet homme était impliqué dans l'incendie du numéro 157. Une fois cette idée en tête, aucune autre hypothèse ne s'est présentée.

Pendant qu'elle file Yi Su-ho, elle pense souvent à son cher père, c'est-à-dire à elle-même. Elle croyait bien connaître son père. Elle pensait qu'il n'aurait jamais fait ce choix dont on l'accusait, et pourquoi aurait-elle pensé autrement ? Sae-oh ne mettait pas ses convictions en doute. Ce n'est plus le cas aujourd'hui. Elle commence à comprendre que la vie qu'elle a connue jusque-là peut s'arrêter à tout moment, changer de direction, prendre un tour imprévu.

Et puisqu'il y a un point de départ, il y a forcément un point d'arrivée. Autrement dit, elle a un avenir imprévisible devant elle. Elle ne saurait dire si elle en est heureuse ou triste. Désormais, elle ne se préoccupe plus de ces questions. Sa vie n'est plus conduite que par sa volonté et sa détermination à mener son plan à bien. C'est toujours mieux que de rester à ne rien faire.

Sae-oh a imaginé Yi Su-ho, sa façon de parler, son physique, son parcours scolaire, ses goûts, sa famille, ses amis. Elle y a tellement pensé qu'elle a cru s'être trompée de personne lorsqu'elle l'a vu pour la première fois. Le Yi Su-ho de son imagination avait le teint mat, les cheveux noirs, les épaules larges, la poitrine solide ; les bras que révélaient ses manches retroussées étaient musclés et il était capable de tenir dans une seule de ses grandes mains épaisses un ballon de basket.

Mais le vrai Yi Su-ho n'est pas imposant, costaud et menaçant. Il n'a pas non plus un air patibulaire qui fait peur à ceux qui croisent sa route. Il n'est pas grand au point d'être intimidant. Il crache souvent, mais il fait davantage négligé que mauvais genre. Il ne roule pas les mécaniques, l'œil noir, pas plus qu'il ne jette des regards assassins en prenant tout le monde de haut. Il n'a pas une coupe en brosse et ce n'est pas non plus le genre d'homme à porter son costume avec un tee-shirt et des baskets. Ses yeux ne sont ni globuleux ni très bridés et il n'a pas la voix rauque.

Il mesure environ un mètre soixante-quinze. Il a toujours des chaussures en cuir noir, dont les semelles sont faites d'un matériau souple, car elles ne font pas de bruit quand il marche. Il est maigre et menu. Il porte des lunettes à monture plastique dont l'intérieur et l'extérieur ne sont pas de la même couleur. Il a un tic, celui de remonter ses lunettes sur son nez. Quand il parle avec ses collègues, il bafouille un peu et laisse ses phrases en suspens par manque de confiance en lui.

Il alterne les deux costumes qu'il possède. Les pantalons sont si lâches qu'ils paraissent vides. Non parce qu'il est maigre, mais parce que la taille n'est pas la bonne. Les vestes, beaucoup trop larges aux épaules, témoignent d'un style démodé. À moins qu'il ait brutalement perdu du poids et n'ait pas eu le temps de faire retoucher ses costumes. Comme il prend rarement la peine de rajuster sa veste après avoir mis sa sacoche sur son épaule, un côté de celle-ci remonte jusqu'à sa taille. Il porte toujours une cravate aux motifs trop voyants qui lui donne l'air d'un plouc.

De près, il sent la sueur et la cigarette. Quand il sort du métro le matin, ses cheveux sont relativement bien peignés, mais l'après-midi ils sont tout ébouriffés et gras. On voit même des pellicules sur sa veste. Il n'a pas dû aller chez le coiffeur depuis des lustres. Les pointes, trop longues, rebiquent sur la nuque. Il paraît exténué et usé.

Contrairement à l'air gentil et inoffensif que sa fatigue lui confère, Yi Su-ho n'est pas un homme bon. Plus précisément, c'est parce qu'il ne l'est pas qu'il est épuisé. Il tourmente ses débiteurs sans relâche, les agresse verbalement et exerce une pression permanente sur eux, comme pour se venger de sa rémunération médiocre. Il exige d'eux qu'ils prennent leurs responsabilités tout en revendiquant son droit à saisir leurs biens et il n'hésite pas à leur faire du chantage en évoquant le nom de leurs proches. Il se moque ouvertement de gens qui, après une vie de dur labeur, n'ont rien accumulé d'autre que des dettes. Et, ce faisant, il les pousse à en vouloir à leur famille de ne pouvoir les aider ou à se sentir désolés d'être un tel fardeau pour elle. Il les amène à détester la vie simple et honnête qu'ils ont menée jusque-là.

Il se peut que Yi Su-ho agisse ainsi non pas de son propre chef, mais en vertu de la nature de son travail, de la politique de sa société axée sur l'efficacité, et de ses méthodes de formation. Oui, c'est certainement cela. Ou alors il s'imagine à tort que terroriser les gens en se moquant d'eux, en les accusant et en les insultant va faire grimper son taux de recouvrement.

Et quand bien même ce serait le cas, les paroles et les actes d'une personne finissent par la ronger. Quel que soit le genre d'homme qu'il était au départ, voilà bien longtemps que Yi Su-ho est dévoyé. Ce n'est pas son travail qui l'a conduit à utiliser ces mots-là, à adopter ce comportement-là ; il a plutôt trouvé le travail qui lui correspondait.

D'après l'inspecteur Kim, les humains ne sont pas mauvais par nature. Ils sont capables d'être honnêtes, bien intentionnés et de faire passer les autres avant eux-mêmes. Malgré les choses terribles qui se produisent dans le monde, et dont on ignore les tenants et les aboutissants, il est une vérité qui prévaut : tout au fond d'eux, les gens sont bons.

Mais connaître cette vérité n'entame pas la détermination de Sae-oh. Pour agir, elle doit y rester sourde. Parce qu'avant tout, les hommes commettent toujours ce qu'ils s'étaient prétendus incapables de faire. Frapper les gens, leur mentir, les tromper, les escroquer, les menacer au point de les pousser vers la mort, c'est aussi ce que font les gens.

11

Quand Yi Su-oh se prend à regarder par la fenêtre d'une rame de métro, il repense à la fois où il s'est retrouvé assis à côté de son chef d'équipe, au retour de sa première mission. Ce jour-là, il a eu des sueurs froides. Son chef lui a tendu son mouchoir sans mot dire. C'était un mouchoir à rayures bleues fraîchement repassé, assorti à son apparence, évoquant un homme travaillant dans la finance ou un employé dans une société d'informatique.

Yi Su-ho a accepté le mouchoir de sa main tremblante, fait mine d'essuyer son front transpirant et l'a rendu. Le chef d'équipe a repris le mouchoir intact et émis un petit rire. Yi Su-ho a jeté un coup d'œil rapide au reflet de son chef dans la vitre. Une ombre passait sur son visage.

– Tu as peur de moi, hein ? a demandé le chef au reflet de Yi Su-ho.

– Euh… non, monsieur.

C'était un mensonge. En vérité, il avait peur de lui et l'enviait. Il aurait aimé posséder un tel pouvoir. Le pouvoir de tuer avec un mot, de frapper avec un regard, de faire tressaillir son interlocuteur au seul bruit de sa respiration.

Son chef a tourné la tête vers Yi Su-ho, qui continuait à regarder droit devant lui.

– Écoute-moi bien. Si tu veux réussir dans ce travail, il y a deux choses que tu ne dois absolument jamais répandre. Lesquelles, à ton avis ?

Yi Su-ho a baissé la tête. Il n'osait pas croiser le regard de son chef de peur de se mettre à trembler de tout son corps.

– Hé, regarde-moi, petite merde. Je te fais peur ? a lancé le chef entre ses lèvres, comme s'il était ventriloque.

– Non, monsieur.

– Réponds-moi. Si tu me dis des larmes, je te tue. Il n'y a pas de honte à pleurer, même pour un homme. Pourquoi on devrait retenir ses larmes, putain ? a-t-il murmuré, les dents serrées, comme il l'avait fait avec le débiteur qu'ils venaient de rencontrer.

Yi Su-ho, sur le point de dire « larmes », a rapidement changé sa réponse :

– De… de la salive.

– De la salive, hein ? Tiens, tiens, t'es créatif à ce que je vois. Et le deuxième ?

– Du… du… du riz.

– Du… du… du riz ? a-t-il répété en ricanant. C'est trop drôle de te voir bafouiller.

Yi Su-ho l'a regardé dans la vitre en se demandant s'il devait rire lui aussi. Le visage de son chef, tordu de rire, donnait l'impression qu'il pleurait.

– Pour la salive, ça peut arriver de postillonner quand on parle. Tu vas pas te faire virer parce que tu postillonnes. Et si t'es maladroit avec tes baguettes, tu peux laisser tomber des grains de riz, il n'y a pas de mal à ça. « Est-ce qu'il faut bien savoir se servir des baguettes pour manger ? Même si on est maladroit, aucun problème. » Tu connais pas cette chanson, crétin ? À l'avenir, quand tu mangeras avec moi, ne laisse jamais tomber de grains de riz, sinon je te tue.

– Oui, monsieur.

– « Oui, monsieur » ? Quand on est un mec, on ne passe pas son temps à dire « Oui, monsieur »… Qu'est-ce que tu vas devenir ? On peut avoir une attitude positive sans être obséquieux. Arrête ça.

– Oui, monsieur.

– Écoute-moi bien : la réponse, c'est la sueur et la pisse. Répandre ces deux trucs, c'est encore plus humiliant que de se faire tabasser par un abruti sans argent. La sueur, tu l'as déjà fait. Si tu te pisses dessus, t'es foutu. Pigé ? N'oublie pas ça.

Yi Su-ho a contracté son entrecuisse. Le chef d'équipe a gloussé avant de tourner son regard vers une passagère en face.

Depuis ce jour, Yi Su-ho est hanté par la mise en garde de son chef, qui a sous-entendu qu'il ne lui restait plus qu'une chance. Puisqu'il a déjà fait couler sa sueur en présence de son chef, il doit tout faire pour ne pas se faire pipi dessus. Il va falloir qu'il se surveille. Cette idée lui paraît ridicule, mais il a beau réfléchir, il ne voit pas d'autre solution.

Son chef qui s'était tu pendant un bon moment a de nouveau ouvert la bouche :

– Tu sais pourquoi notre boîte s'appelle David ?

– Non… Non, monsieur.

– Putain, il est où, ton amour envers la boîte ? Tu connais David et Goliath, au moins ?

– Oui, monsieur.

– Ça parle de quoi ?

– Euh… C'est l'histoire de David qui gagne contre Goliath.

– C'est tout ? T'es allé à l'école en Chine ou quoi ? Dis-m'en un peu plus. C'est quoi, la morale de l'histoire ?

– Euh… Aussi faible soit-on, si on utilise notre cerveau, on peut gagner contre un géant… Un truc comme ça.

– Nous sommes David et les débiteurs sont Goliath. David n'est pas allé se battre contre Goliath les mains vides. Il a pris des cailloux. Il en a lancé un sur Goliath pile au bon endroit et Goliath est tombé. David lui a foncé dessus pour lui arracher son épée avant de le décapiter avec. Fin de l'histoire.

– Nous… Nous ne sommes pas Goliath ?

– Pourquoi je te raconterais un cliché pareil ? En général, celui qui doit rendre de l'argent est dans une position de force tandis que celui qui doit en récupérer est dans une position de faiblesse. Ce sont les débiteurs, ceux qui ont quelque chose à donner, qui détiennent le pouvoir. Tout comme le patron qui donne les salaires à ses employés. Ces enfoirés de débiteurs, ils ne cillent même pas devant nous. Les puissants sont comme ça. En plus, comme ces types n'ont pas d'argent, ils ont un culot monstre. Ils n'ont peur de rien, mais nous, qu'est-ce que nous avons à part nos bouts de papier ? Il nous faut au moins cinq cailloux, tout comme David, pour remettre ces crétins à leur place.

– Des cailloux ?

– Oui, des cailloux, putain. Ça fait mal, un caillou. Ce que je veux dire, c'est que nous devons injurier Goliath, le menacer, le tabasser, ne jamais le laisser en paix. On ne les insulte pas juste pour nous faire plaisir, mais parce qu'ils se montrent odieux en jouant au Goliath. Alors on essaie de leur lancer des cailloux. Pigé ?

– Oui, monsieur.

– Dans notre cas, quelle est l'épée que nous allons utiliser pour décapiter Goliath ?

– De… de... de l'argent.

– Crétin, il faut d'abord donner des coups d'épée pour obtenir de l'argent. Fais marcher tes méninges ! Une épée. Un truc fatal, qui tue celui qui est touché. Qu'est-ce que ça peut être ? La famille, bien sûr ! Quand tu sais que tu es parvenu au moment où tu dois donner des coups d'épée à ton débiteur, tu évoques, l'air de rien, sa famille. C'est pour ça qu'il est essentiel de tout savoir sur celle-ci avant.

Une épée. Un truc fatal. Qui tue celui qui est touché. La famille. Yi Su-oh repense aux conseils de son chef et sa bouche s'emplit de salive.

À peine descendu du métro, il crache par terre. Depuis ce jour où il a commencé à faire des efforts pour se retenir d'évacuer la sueur et l'urine, il a pris l'habitude de se débarrasser ainsi de ses autres liquides corporels. Conscient de son geste incivil, il regarde autour de lui. Une femme bien charpentée a dû le voir cracher, car elle s'écarte discrètement avant de continuer son chemin. Yi Su-ho écrase sa salive au sol de sa chaussure en cuir. Il allume une cigarette, traverse la zone commerciale bardée d'enseignes lumineuses et prend la direction de Gojan-dong.

Sa recherche d'emploi s'est orientée autour d'un seul critère : arriver en costume à neuf heures du matin. C'est tout. Son père, mort depuis longtemps, a exercé toute sa vie un travail manuel dépendant de la météo. Tout était bon pour Yi Su-ho tant qu'il ne s'agissait pas d'un emploi de cette nature.

Il a eu de la chance. Après avoir passé plusieurs années au chômage à l'issue de son service militaire, un ami rencontré à l'armée l'a contacté. Ils se sont retrouvés dans un restaurant de travers de porc à Mapo. Son ami était en costume, une tenue qui allait à merveille avec cette rue éclairée au néon, bordée de gratte-ciel, et dans laquelle les voitures roulaient sans répit en direction du pont de Mapo et de la voie rapide Gangbycon.

Dans son costume froissé juste ce qu'il fallait, avec sa cravate au nœud desserré et ses manches de chemise remontées au coude, son ami, qui portait à sa bouche des morceaux de travers de porc pas tout à fait cuits accompagnés de rasades de *soju*, lui a paru insupportablement cool. Le restaurant était plein à craquer d'employés de bureau habillés comme lui qui crachaient des jurons comme « putain, merde, enfoiré » pour insulter il ne savait qui. Yi Su-ho les enviait. La seule personne qu'il pouvait injurier, c'était lui, l'incapable.

À l'armée, son ami, que l'on traitait de fille, était la cible des moqueries. Quand il se faisait houspiller par un gradé, timide et réservé comme il était, il allait pleurer aux toilettes jusqu'à en avoir les yeux rouges. « Tu ferais un bon candidat, a-t-il déclaré à Yi Su-ho entre deux bouchées de viande. Peut-être très bon, même. » Si ce crétin y arrive, s'est dit Yi Su-ho, aucun doute que je serai bien meilleur que lui.

Quel bonheur, le jour où il a réussi son entretien haut la main ! Considérant la vie infortunée qu'il avait eue jusque-là, trouver un emploi dans cette société située au sein d'une tour de vingt-cinq étages à Mapo, où il se présentait en costume à neuf heures du matin, c'était une chance inespérée.

Hélas, la chance s'est arrêtée là. Ce n'était pas difficile à deviner au vu de son CV médiocre. Il s'est étonné qu'on le mette directement au travail sans la moindre formation, mais cela n'a en rien altéré sa confiance dans le costume. On n'allait quand même pas demander à un homme en costume de faire n'importe quoi. Quand il a compris que sa tâche consistait à user de mots violents, à menacer, railler, intimider, et qu'il a assisté à la démonstration faite par son supérieur, il s'est efforcé de ne pas trahir sa peur.

Jusqu'à leur première visite à domicile, lorsque son chef a sonné chez un débiteur avec la douceur d'un protestant venu prêcher la bonne parole, Yi Su-ho a gardé espoir. Il s'accrochait à l'idée que son travail ne consisterait en rien d'autre que serrer poliment la main du débiteur, lui tendre la lettre d'avertissement, rediscuter le délai du remboursement et tout finaliser par écrit.

Aussitôt rentré de cette première mission, il est allé voir son ami. Il était très en colère, mais il ne savait pas contre qui. Il comprenait pourquoi les employés ne faisaient que jurer à propos de leur travail quand ils se retrouvaient. Yi Su-ho avait l'intention de demander des comptes à son ami : pour quel genre d'homme le prenait-il pour lui recommander un travail pareil ? Un bon candidat, avait-il dit ? Son nouveau travail était encore plus malhonnête que celui des voyous.

– Quoi ? Il te correspond parfaitement, ce boulot. Pourquoi tu fais cette tête ? a lancé son ami en gloussant.

Sa chemise était toute froissée, comme si quelqu'un l'avait saisi au collet.

– En quoi il me correspond ?

– Tu vois vraiment pas ?

– En quoi il me correspond, putain ?

– Réfléchis.

– À quoi veux-tu que je réfléchisse ?

– Ce travail est fait pour les chanceux. On dit que pour réussir, c'est soixante-dix pour cent de chance et trente pour cent de talent. C'est tout à fait ton cas.

– Qu'est-ce que tu en sais, pauvre con ? J'ai la pire malchance du monde.

Son ami l'a fixé un moment avant d'afficher un grand sourire. Yi Su-ho connaissait bien cette expression. Il l'avait déjà vue. Si ce n'était pas sur le visage de son ami, c'était sur le sien.

Un souvenir lui est revenu. À l'armée, leur supérieur acariâtre les punissait, lui et son ami dont le physique était similaire au sien, en les enroulant dans une couverture et en ordonnant aux autres recrues de les tourner et de les mélanger. L'officier en choisissait alors un au hasard pour le tabasser. Selon lui, comme il s'agissait d'un pur hasard et non d'un choix délibéré, celui qui recevait les coups n'était pas victime d'une injustice, il n'avait tout simplement pas de chance. À tous les coups, c'était tombé sur son ami. « Soixante-dix pour cent de chance, trente pour cent de talent », disait toujours le supérieur avant de le rouer de coups.

Chaque fois que son ami s'en indignait, Yi Su-ho ironisait sur son manque de chance, en partie pour cacher ses remords. La chance venait en récompense des efforts de Su-ho. Pour qu'elle ne l'abandonne pas, celui-ci faisait toutes les manœuvres possibles auprès de l'officier dans le dos de son ami.

Comme il ne possédait rien, il devait en permanence assurer ses arrières. Il se créait sa propre chance tandis que son ami, lui, comptait sur celle-ci. Il pensait que ce dernier ne se rendait compte de rien, mais peut-être avait-il toujours su.

– Essaie de tenir au moins trois mois, a tenté de le convaincre son ami. On dit que si on réussit à passer le mauvais cap des trois mois, on tient trois ans, puis treize. Dis-toi que l'argent que tu dois récupérer est le tien. Et tout ira bien.

– Mais je ne peux pas faire ça, ce n'est pas mon argent ! T'as une putain de façon de m'encourager.

Le conseil de son ami a en tout cas permis à Yi Su-ho de comprendre que pour effectuer ce travail, il fallait être tenace et cruel. Il devait se dire qu'il ne faisait que récupérer ce qu'il avait prêté.

La sueur froide qu'il a eue lors de son premier jour sur le terrain lui a bien servi de leçon. Aujourd'hui, il fait exactement ce que son chef lui a montré et appris. Il croit pouvoir prendre son destin en main, comme à l'armée. Il débarque chez les débiteurs sans prévenir, les prend par surprise, chamboule leur vie quotidienne dans les limites de la loi et se débrouille pour que l'entourage sache ce qu'il fait. Il ne sourit jamais, fait souvent les gros yeux et montre les dents. De temps à autre, il parle gentiment, évoque, l'air de rien, le nom des membres de leur famille et certains détails les concernant, obtenus de façon illégale.

Il ne lui a pas fallu beaucoup de temps. Il a vite compris qu'il n'était pas seulement apte mais très bon dans son travail, et cette idée l'a dégoûté, quoique pas longtemps. Comme le lui a expliqué son chef, le mépris, les moqueries, l'intimidation et l'agression verbale sont les cailloux de David. Tel un élagueur abattant des arbres vigoureux pour éclaircir la forêt, Yi Su-ho est prêt à s'écorcher pour de l'argent.

Son ami avait raison, c'est plus facile en faisant comme si on avait prêté son propre argent. Ce qui n'est pas totalement faux, d'ailleurs, puisqu'il doit recouvrer les créances pour gagner son salaire. Pour autant, il ne se montre pas toujours impitoyable avec eux. Il lui arrive de prendre en compte certaines situations et d'attendre un ou deux mois. Il leur dit parfois, avec un sourire : « Il faut bien s'entraider, c'est ça, être humain, non ? » Il n'adresse ces paroles réconfortantes qu'à ceux auprès desquels il pense pouvoir récupérer quelque chose. Quand il leur laisse une seconde chance, ils ont eu tellement peur qu'ils sont tout prêts à lui faire confiance. Ils essaient de discuter avec lui des moyens de rembourser leur dette. Ils ont envie de faire des efforts pour y parvenir. Ils le considèrent comme quelqu'un de bien.

Dès qu'ils arrivent à toucher ne serait-ce qu'un peu d'argent, Yi su-ho change du tout au tout. Il devient intraitable. Les gens qui sont endettés ne doivent compter sur personne. Il faut qu'ils soient prêts à prendre la fuite à tout moment.

Alors même qu'ils ne tiennent jamais les délais qu'on leur a consentis, les débiteurs se plaignent d'être traités injustement et disent tous la même chose : « C'est l'argent qui ment, pas les hommes. » C'est faux. Ce sont toujours les hommes qui mentent. Ils se moquent du crédit. Ils ne respectent jamais leurs promesses de s'acquitter de leurs dettes dans le délai imparti. Ils n'hésitent pas une seconde avant de contracter un emprunt et quand vient le temps de rembourser, ils accusent leurs créanciers de ne pas tenir compte des aléas de la vie.

Ils dépensent l'argent des autres et ils ont le culot de se récrier : « Vous pensez que vous pouvez me traiter comme un moins-que-rien simplement parce que je n'ai pas d'argent ? »

Quand Yi Su-ho leur répond calmement : « Oui, je peux », ils hurlent de plus belle : « Vous croyez que vous avez ce droit, espèce d'ordure ? » Ce à quoi il réplique sèchement : « Oui, je suis une ordure. »

C'est exactement ce qui s'est passé avec Gu Ki-in, qui réside à Gojan-dong. Au début, il s'est indigné, puis excusé, et à présent, il semble dire : advienne que pourra. Il ne possède presque plus rien. C'est toujours le cas pour ceux qui sont endettés auprès de petites banques, lesquelles passent la main à la société de recouvrement David.

Ils ont tout perdu injustement ; quelques pièces de monnaie dans leur poche constituent leur seule fortune. De telles histoires à fendre le cœur, Yi Su-ho en a tellement entendu depuis son entrée dans l'entreprise qu'elles ne lui arrachent que des soupirs.

Pour des raisons que Yi Su-ho ignore, Gu Ki-in s'est trouvé dans l'incapacité de rembourser l'emprunt contracté auprès de sa banque habituelle. Voyant ses biens saisis à titre provisoire, il s'est tourné vers une petite banque, qui lui a prêté de l'argent en échange d'une hypothèque sur sa maison. Gu Ki-in s'est dit qu'il allait d'abord libérer sa maison de la saisie avec l'argent emprunté, puis s'acquitter de sa dette une fois sa maison vendue. Ce qui n'était pas particulièrement stupide. N'importe qui aurait fait pareil dans sa situation. Et, à plusieurs reprises, il a failli réussir à vendre sa maison. Elle était vieille, mais possédait un terrain assez grand pour la démolir et construire à la place un immeuble locatif. C'était un projet tout à fait réalisable. À chaque fois, le gestionnaire de crédit employé par la petite banque a refusé d'autoriser la transaction, Yi Su-ho en est sûr et certain. Inutile de poser la question. Dans la mesure où il est impossible de lever une hypothèque sans l'accord de celui qui la détient, les banques abusent de leur pouvoir. La dette de Gu Ki-in a donc augmenté et comme il n'a pas réussi à vendre sa maison, il a dû emprunter de nouveau.

Et là, c'était fichu pour lui. La banque a cédé sa créance à la société de recouvrement David. La plupart des débiteurs dont Yi Su-ho se charge ont tout perdu de cette façon. Les banques ne vendent jamais la créance d'un client avant qu'elle ne soit plus assez rentable.

Yi Su-ho ne sait que trop bien comment on se retrouve endetté. Les débiteurs, eux, ne le savent pas. Contrairement à lui, ils ignorent que dépenser inconsidérément mène à la dette, que la dette fait boule de neige et qu'on se retrouve rapidement enseveli dessous. Tout ce qu'ils font, c'est se montrer perplexes, puis affligés, ensuite agressifs et enfin réfractaires.

Envoyer au débiteur un avis réclamant la somme due avant de le traîner au tribunal n'aboutit qu'à une confirmation de la dette sur le plan légal. L'exécution forcée ne donne pas grand-chose non plus. Dans la plupart des cas, il n'y a rien à sauver. Et si le débiteur dépose un dossier de faillite personnelle, le problème se complique. Les procédures visant à obtenir le remboursement ne font qu'augmenter les frais de justice et au bout du compte, l'argent récolté est inférieur au montant du capital et des intérêts. Il faut donc tout faire pour en récupérer le plus possible avant que la situation atteigne ce seuil critique.

Après avoir fait l'inventaire chez Gu Ki-in, Yi Su-ho constate qu'il ne reste que quelques meubles sans valeur dont même un brocanteur ne voudrait pas. Sa fille, qui travaille à temps partiel dans un restaurant, a promis de rembourser ne serait-ce qu'une petite somme, prélevée sur son salaire mensuel, et elle a tenu promesse pendant deux mois. C'était à peine cinquante ou cent mille wons à chaque fois, soit cinq ou dix mille wons pour Yi Su-ho, une somme dérisoire qui ne couvrait même pas les frais de transport jusqu'au domicile de Gu Kin-in à Ansan, dans la banlieue de Séoul.

– À ton avis, comment ces débiteurs en arrivent là ? a demandé le chef d'équipe à Yi Su-ho en lui confiant sa première mission une semaine après son arrivée dans la société.

– Euh… Eh bien…, a bafouillé Yi Su-ho.

Son chef s'est impatienté.

– Si tu me dis que c'est parce que ce sont des incapables, c'est toi qui en es un, tu m'entends, abruti ?

Yi Su-ho, qui s'apprêtait à dire ce mot, s'est tu et a regardé son chef, l'air perdu.

– Les agents de recouvrement doivent au moins savoir ça. Pourquoi ? Pour pas te faire avoir, et pour inspirer confiance. « Je comprends bien, ce n'est pas votre faute, la société s'est jouée de vous et je vais vous expliquer comment. » Voilà l'attitude que tu dois avoir. Pigé ?

– Oui, monsieur.

– Tu dis tout le temps oui, espèce de crétin. Il n'y a rien d'autre dans ton crâne ?

Yi Su-ho a baissé la tête. Son chef a levé sa grande main et caressé ses cheveux, comme il le ferait avec un animal domestique. Habituellement, Yi Su-ho s'énerve dès qu'on lui touche la tête, mais là, il lui en a été reconnaissant au point d'en avoir les larmes aux yeux.

– Écoute. D'après les spécialistes, le problème réside dans la finance non réglementée, qui engendre des accros aux taux d'intérêt faibles. Les banques baissent les taux et prêtent de l'argent à qui veut en les poussant à s'endetter jusqu'au cou. Les gens considèrent les sommes empruntées comme leur propre argent et s'achètent des voitures, des maisons… Ils pensent qu'il y a un truc sur lequel ils peuvent compter : l'immobilier. La terre ne ment pas, se disent-ils. Ils achètent donc des appartements et des terrains. Ils ont raison. La terre ne ment pas, mais le marché, si. Quand le marché est gelé, c'est l'immobilier qui en pâtit en premier. Une consommation en berne, les finances des ménages qui se dégradent, l'immobilier qui plonge, tout s'enchaîne, c'est un engrenage qui tourne et tourne encore jusqu'à ce que la classe populaire soit ruinée.

– Ah bon ?

– Le gouvernement renfloue toujours les banques en premier, avant les familles. Et il arrête dès la stabilisation du système économique. Le gouvernement et les banques s'en mettent plein les poches, sans se soucier le moins du monde des petites gens. Ils s'en foutent qu'ils coulent, ou même qu'ils meurent. Tu vois ce que je veux dire ? Ce n'est pas parce qu'ils sont idiots qu'ils sont réduits à la pauvreté. C'est le système qui est merdique.

– Oui, monsieur.

– Quoi, « oui, monsieur » ? Tu es capable de me répéter ce que je viens de te dire ? Si tu n'y arrives pas, ça veut dire que tu n'as pas compris. Alors, souviens-toi de ceci. Certains, parmi les débiteurs les plus instruits, prennent de grands airs en faisant valoir ce genre d'arguments. Ils prétendent que ce n'est pas leur faute, mais celle de la société. Rappelle-toi ceci : personne ne les a obligés à en arriver là. Ces salauds se sont mis eux-mêmes dans cette situation merdique. Ils ont emprunté de l'argent par cupidité et se sont retrouvés dans le pétrin, pigé ? C'est même dans la Bible : « Le méchant emprunte, et il ne rend pas ; le juste est compatissant, et il donne. » Si même le seigneur a dit ça, ce n'est pas pour rien. Tous ces salauds qui empruntent de l'argent sans le rembourser, c'est eux les méchants.

D'après la logique de son chef, l'erreur ne vient pas des débiteurs, mais la faute leur en incombe quand même. Ces idées contradictoires paraissent toutes deux avérées aux yeux de Yi Su-ho. C'est le problème du système, mais en même temps celui des débiteurs. Ils auraient dû au moins réfléchir à la possibilité de tomber dans un piège avant de contracter un emprunt. Ils sont coupables parce qu'ils n'ont pas remboursé leur dette, mais avant d'en arriver là, ils auraient dû prendre conscience de leur incapacité à rembourser.

Bien sûr, le fait de le savoir ne change pas grand-chose. Le mieux, c'est de réprimer ses envies déraisonnables tant qu'on possède encore quelques biens à préserver. Si on veut éponger sa dette, il faut savoir céder sa maison. Or, les débiteurs cherchent toujours un moyen de garder leurs biens tout en obtenant la remise de leur dette.

Il en est de même pour Gu Ki-in. Il fait mine d'ignorer qu'il a tout perdu en voulant sauvegarder sa maison. Il est convaincu d'être tombé dans le piège tendu par une société qui incite les gens à s'endetter. Yi Su-ho a l'intention de rappeler à Gu Ki-in qu'il a encore une chose à perdre. Quand il prononcera le nom du restaurant où sa fille travaille, Gu réfléchira sérieusement à « cette chose qu'il a à perdre ». Le seul conseil que peut lui donner Yi Su-ho, c'est qu'il faut agir tant qu'elle est encore en vie. Une fois qu'elle sera morte, il ne pourra plus rien faire.

Yi Su-ho appuie lentement sur la sonnette.

– Bonjour, c'est Yi Su-ho.

Il n'entend rien. Le calme total, comme si la maison était inhabitée. Les humains agissent en général comme ça : face à la crise, ils font les morts. Mais à la moindre menace, ils quittent le navire comme des rats.

Yi Su-ho se souvient encore en grande partie de ce que lui a dit son chef, et notamment ces paroles: « Dans le fond, ces gens-là ont droit à la pitié. Certes, ils doivent de l'argent, mais est-ce une raison pour les frapper, les menacer et profiter de leur faiblesse ? Bien sûr que non. Ce n'est pas une façon de traiter ses semblables. Un être humain a-t-il le droit de frapper ses congénères ? De les insulter ? De prendre leurs affaires ? Bien sûr que non. Ça ne se fait pas. Cela dit… » Son chef s'est interrompu et a regardé Yi Su-ho, qui a dégluti. Le chef a eu un sourire ambigu et déconcertant, en un mot, un sourire humain. « En revanche, traiter un animal de cette façon ne nous pose aucun problème. On jette les grenouilles contre les rochers pour les tuer, on écrabouille les insectes à mains nues, on donne des coups de pied aux chiens. On les fait même rôtir ou bouillir pour les manger. Les débiteurs ne sont pas des humains. S'ils étaient vraiment humains, ils ne seraient pas aussi irresponsables et incapables. Ce sont des insectes, des rats, des grenouilles. À peine des chiens. »

Yi Su-ho fait remonter sa salive du fond de sa gorge et la crache avant de l'écraser sous sa chaussure. Puis il donne des coups de pied violents sur le portail. L'animal doit se recroqueviller à l'intérieur. Yi Su-ho a bien l'intention de lui flanquer des coups de pied tout aussi violents dès qu'il réussira à pénétrer dans la maison. S'il n'arrive pas à ouvrir le portail, il fera le mur et si la bête n'est pas à l'intérieur, il se lancera à sa poursuite, jusqu'au bout du monde s'il le faut.

Il frappe encore plus fort. Il est en train de tendre une souricière. De répandre de l'insecticide. Il n'est pas en train de frapper à la porte d'une maison, mais à celle d'une niche.

12

À partir de quel moment l'intention malveillante devient-elle le mal ? Est-ce au moment où elle naît ou bien au moment où on la met à exécution ? Et au cas où l'on n'y parviendrait pas, le mal est-il absent ?

Et dans l'éventualité où l'intention malveillante ne devient pas le mal, peut-on la laisser nous dicter notre comportement, nous conduire à déménager, à changer de vie ? Cela signifie-t-il que les mauvaises pensées ne sont rien d'autre qu'un rêve éveillé, un simple fantasme ? Car ces derniers altèrent parfois la réalité.

Quand l'intention malveillante a-t-elle commencé à naître en Sae-oh ? Est-ce au moment où elle a entendu l'inspecteur Kim prononcer le nom de cet homme ? Au moment où elle a vu le corps de son père entièrement bandé, au moment où elle n'a pu lui montrer de quoi elle avait l'air dans le trench-coat violet qu'il lui avait acheté ? Était-ce au lendemain de la nuit blanche qu'elle a passée dans la coque calcinée du numéro 157 ? Ou bien plus tard, lorsqu'elle a posé ses baguettes devant son bol de *ramen*, incapable qu'elle était de lui trouver le même goût que celui préparé par son père ? Ou était-ce lors d'une des nombreuses réminiscences des paroles de son père qui continuent à résonner à ses oreilles ?

À moins qu'il ne s'agisse du moment où elle a vu Yi Su-ho en chair et en os, et s'est aperçue qu'il n'était ni grand ni intimidant. Celui où il lui a paru peureux, du genre à s'affoler en voyant un cadavre, et non à pousser quelqu'un au suicide. Peut-être est-ce le moment où elle a été témoin de son habitude dégoûtante de cracher par terre, exactement comme elle l'avait imaginé. Ou est-ce lorsqu'elle a compris que ce n'était pas juste de l'accuser de tout ? Ou enfin quand elle s'est rendu compte qu'elle était animée de cette inhabituelle vigueur qui accompagne l'amplification de la malveillance ?

En réalité, c'est tout cela à la fois qui constitue le point de départ. Ces moments dispersés ont convergé et formé une ligne qu'a empruntée Sae-oh pour arriver à l'état dans lequel elle se trouve actuellement.

Pour elle, l'intention malveillante s'apparente à une arme à la fois froide et chaude, forte et fragile, émoussée et tranchante, lourde et légère. Si son cœur bouillonne comme un haut fourneau puis devient aussi froid que la glace en un cycle toujours plus rapide, c'est lié à la nature de cette méchanceté.

L'intention malveillante de Sae-oh est incarnée par le marteau venu du numéro 157. Si elle l'utilise un jour, ce sera pour sa lourdeur. Elle ne savait pas à quoi il lui servirait quand elle s'en est emparée, mais il a trouvé lui-même son usage. Pour s'empêcher de le sortir tout de suite, elle doit parfois se convaincre qu'elle aura plus tard une occasion bien meilleure de l'utiliser.

Si elle abat un jour ce marteau, il va sans dire qu'elle visera le crâne, histoire d'en finir du premier coup. Le cerveau étant un organe vulnérable, on a nettement plus de chances d'obtenir une mort immédiate en le ciblant qu'en visant le cœur.

Elle pourrait aussi frapper à un autre endroit. Sur la poitrine, par exemple, ou sur le dos, dont la surface plus large offre une meilleure opportunité de ne pas rater sa cible. Sur les bras et les jambes, aussi, faciles à toucher en abattant le marteau dans toutes les directions. Cela suffira pour l'envoyer un mois à l'hôpital couvert d'hématomes. Mais c'est loin d'être suffisant dans la mesure où son intention est de le tuer.

Le cerveau a la superficie d'une feuille de journal et ne pèse que deux pour cent du poids du corps, soit un kilo et demi environ. Un si petit organe est capable de commander un homme mesurant plus d'un mètre soixante-dix. Il lui dit de manger, de monter dans le bus, d'être rancunier, de haïr et de prendre des décisions aussi bien cruciales qu'insignifiantes. Il lui dicte également de tromper ou de mentir. Il lui ordonne de menacer, de faire chanter, de violenter et d'exiger. Il le pousse à avoir des pensées suicidaires et le conduit à se donner la mort.

Quand on inhale du monoxyde de carbone ou qu'on fume beaucoup de cigarettes, c'est le cerveau qui en pâtit le premier par manque d'oxygène. Il est particulièrement sensible à la chaleur. Sae-oh ose à peine imaginer la douleur atroce d'un cerveau, d'un corps, d'une maison, d'un monde engloutis par les flammes. Elle serre plus fort le manche du marteau. Elle voit alors clairement ce qu'elle a à faire : abattre de toutes ses forces cet outil sur quelque chose. Tchac !

Le bruit qu'il émet en fendant l'air est suffisamment violent pour faire vibrer son propre cerveau.

Après plusieurs essais, Sae-oh comprend que c'est en levant le marteau au-dessus de sa tête avant de l'abattre d'un seul coup qu'il génère le plus de force. Mais pour attaquer le crâne de Yi Su-ho avec, il faut qu'elle soit plus grande que ce dernier. Comme ce n'est pas le cas, elle ne pourra pas lui causer la blessure mortelle d'un trait. Et lui, pour se défendre de cette attaque dont il ignore la raison, va riposter violemment. Elle devra s'enfuir à toutes jambes aussitôt après avoir brandi son marteau, mais ne tardera pas à se faire attraper.

Lorsque Sae-oh voit Yi Su-ho sortir de chez un débiteur et cracher par terre, elle se dirige vers la station de métro. Elle entend l'homme marcher derrière elle puis la dépasser de son pas rapide.

Elle perd Yi Su-ho dans la rue commerçante pleine d'employés qui sortent du travail. Comme cet endroit commence à lui être familier, elle s'est laissé distraire. Mais elle devine où il a pu aller : le quartier des restaurants de l'autre côté de la rue. Il en est un client régulier.

Elle jette des coups d'œil à l'intérieur de chacun d'entre eux sans le trouver. Bien qu'elle le suive depuis un certain temps déjà, elle a du mal à deviner ses goûts en matière de nourriture. Alors qu'elle se redirige vers le métro, elle l'aperçoit enfin, assis à une table dans un restaurant de nouilles. Il attend son plat en regardant distraitement la télé accrochée au mur. C'est la première fois qu'il va dans ce restaurant.

Ce n'est pas grâce à ses observations méticuleuses qu'elle l'a retrouvé, cette fois. C'est un pur hasard. Cela lui donne envie d'en finir tout de suite. Pas besoin de traîner davantage. Il suffit qu'elle l'attende et qu'elle abatte sur sa tête le marteau qui se trouve dans son sac à main dès sa sortie du restaurant. Comme ce sera une attaque inattendue, il aura du mal à se défendre. Il n'est pas rare de nos jours de se faire attaquer par un inconnu dans un lieu animé.

Mais elle ne peut pas. Supprimer cet homme, c'est presque un devoir pour elle, une nécessité. Aussi doit-elle se refréner et attendre la bonne occasion. Agir de façon impulsive n'exprimera pas toute l'indignation et la haine qu'éprouve Sae-oh. Elle va trouver une meilleure méthode que le marteau. Et d'ici là, elle acceptera bien volontiers la malveillance pour compagnie.

La malveillance a donné à Sae-oh une tâche à accomplir. Elle soulage sa peine et la fait se lever le matin. Elle lui donne de l'énergie et l'envie de manger, la pousse à sortir plutôt qu'à rester au lit toute la journée. Elle lui donne la capacité de vivre chichement, et sans se plaindre, dans le *goshiwon*[1] exigu qu'elle occupe. Elle l'aide à supporter les nuits chaudes dans cette pièce sans fenêtre où elle reste allongée, immobile, pour ne pas faire de bruit. Elle l'aide également à endurer les heures passées à ne parler à personne. Et elle l'empêche de retourner au numéro 157 réduit en cendres.

Sae-oh laisse Yi Su-ho au restaurant et se dirige lentement vers la station de métro. Il n'y a qu'une entrée. Si elle se dissimule au milieu de la foule, elle peut l'attendre sans se faire repérer et prendre la même rame que lui. Sae-oh n'est pas seule. Quels que soient l'heure et l'endroit, Yi Su-ho est toujours avec elle.

À force de s'imaginer en train de l'attaquer, elle se demande parfois si elle a déjà accompli sa vengeance. Elle a du mal à distinguer la réalité de son imagination. Ce qui relève du futur lui semble appartenir au passé. La façon dont elle visualise son projet de vengeance est si concrète, si détaillée qu'elle finit par se demander si c'est encore dans son imagination ou si elle se remémore quelque chose qui s'est produit. L'absence de logique et de pertinence est profondément enracinée dans son esprit. Sae-oh n'est plus du tout en capacité de faire la différence.

1. Mini studio meublé de 5 à 8 m^2 qui contient le minimum vital.

13

Contrairement à ce que son nom laisse entendre, le *goshiwon* Le Soleil se trouve au fin fond d'une ruelle que les rayons du soleil n'atteignent jamais. Comme c'est l'été, l'ombre préserve la fraîcheur des lieux, mais l'hiver, il y fait certainement glacial. Le bâtiment étant très vieux, la peinture de la cage d'escalier est complètement écaillée. On arrive à peine à lire la date de construction inscrite sur la pierre usée de l'édifice à l'entrée. Des fenêtres brisées du palier, il ne reste que les vantaux. Ki-jeong ne doute pas qu'en cas de forte pluie, le couloir et l'escalier se transforment en ruisseau. Au rez-de-chaussée, une affichette annonçant « À louer » est collée sur l'enseigne de l'ancien restaurant de tripes. Les fenêtres des premier et deuxième étages sont couvertes de papier noir. Le *goshiwon* occupe la totalité du troisième étage.

Ki-jeong compose le numéro de téléphone affiché sur la porte d'entrée.

– Le Soleil, bonjour.

– Je suis bien au *goshiwon* ?

– Oui, au *goshiwon* Le Soleil.

– J'aimerais visiter une chambre.

– Cent ou cent trente sur trois cents.

– Pardon ?

– Trois cent mille wons de caution. La chambre, c'est cent mille wons sans fenêtre et cent trente mille avec.

– Ah, je vois.

– Vous ne trouverez pas moins cher dans le quartier. Il suffit d'aller en visiter d'autres, vous allez comprendre.

– Non, non, je trouve que ce n'est vraiment pas cher.

– Ah bon. Alors, prenez celle à cent trente mille. La chambre à cent mille, c'est un peu rude, même à mes yeux. Vous imaginez un toit sur le sol, c'est exactement ça. Quand comptez-vous la prendre ?

– J'aimerais d'abord visiter la chambre.

– Les *goshiwons* sont tous les mêmes. De toute façon, je n'ai aucune chambre libre à vous faire visiter.

– Ah bon ?

– Vous êtes en troisième position sur la liste d'attente. Il faut attendre environ deux mois pour avoir une chambre. Peut-être un peu moins. Aujourd'hui, les gens entrent et sortent de ce logement un peu comme dans un bain public, il est difficile de prévoir. Alors, vous la prenez ? Quel est votre nom ?

Ki-jeong raccroche aussitôt. Ce n'est pas le prix dérisoire de la chambre qui la surprend, mais le ton de la femme qui lui fait peur. Elle a l'impression qu'une fois entrée, elle ne pourra plus jamais sortir.

Ki-jeong n'a pas vraiment voulu se lancer dans cette enquête, elle s'est imposée à elle, à cause de sa petite sœur. En fait, elle n'est même pas certaine de le faire pour le bien de sa sœur. Sa sœur voudrait-elle vraiment que Ki-jeong se renseigne sur son entourage, recherche les personnes qu'elle a essayé de contacter ? Ki-jeong s'est surtout engagée dans cette enquête pour soulager sa conscience, elle qui a laissé sa sœur mourir seule, pour se libérer des pensées qui la torturent. Elle avait également envie de s'éloigner à tout prix de ce qui lui rappelle sa situation actuelle, et de la colère de Dojun. Et qui mieux que sa sœur pour y parvenir ?

Ki-jeong a beaucoup de mal à cerner Dojun. Il n'arrête pas de lui envoyer des textos d'insultes. Si bien qu'à chaque fois qu'elle reçoit des SMS vantant des taux d'intérêt très bas pour l'inciter à emprunter, signalant des soldes sur divers sites Internet auxquels elle ne s'est jamais inscrite ou proposant des services de chauffeurs à toute heure du jour et de la nuit, elle se persuade que, d'une façon ou d'une autre, c'est Dojun qui les lui envoie.

Dès qu'elle sort de son immeuble, Dojun est là, en train de la fixer d'un regard noir à une certaine distance, avant de s'en aller. Cela se produit à tout moment, que ce soit l'heure de l'école ou pas. Il dépose des cailloux ou des canettes vides écrasées dans sa boîte aux lettres. En pleine nuit, il frappe à la porte de son appartement et crie pour la réveiller.

Si Ki-jeong se demandait ne serait-ce qu'un instant comment Dojun peut lui envoyer autant de textos obscènes, se poster devant son immeuble au beau milieu d'une journée d'école, accéder à sa boîte aux lettres ou crier sous ses fenêtres, elle se rendrait compte que ses soupçons ne tiennent pas debout. Mais non. Elle attribue tous ses malheurs à Dojun.

Au début, elle était en colère. Dojun, enfant surprotégé n'ayant jamais manqué de rien, est incapable de s'imaginer subir un traitement injuste. Son ressentiment, sa mentalité de victime, l'indignation et la haine en résultant, elle trouvait tout cela très exagéré.

Ensuite, elle s'est mise à se reprocher les erreurs qu'elle a commises : se servir des notes pour tenir ses élèves, survoler leurs devoirs, se lasser de leur contenu trop prévisible, évaluer leur travail en se basant sur leur attitude et leur personnalité, les noter selon ses préjugés sans tenir compte des efforts et des progrès de chacun, faire des remarques sur tout, se montrer ouvertement ironique, n'écouter leurs problèmes que d'une oreille, être avare de compliments, remettre les intentions des élèves en question et leur demander des explications sans prendre la peine de leur cacher à quel point ce travail l'épuise.

Ki-jeong a suffisamment souffert à cause de ce garçon. C'est elle qui a fini par être punie, pas lui. Elle a fait l'objet d'une mesure disciplinaire dûment approuvée par la société. Dojun, lui, considéré d'emblée comme la victime, y a totalement échappé. Heureusement, elle s'était chargée de la punition elle-même en le frappant, sinon elle n'aurait jamais eu l'occasion de le sanctionner.

Donner quelques tapes à son élève, à des fins éducatives bien sûr, est-ce vraiment plus répréhensible que mettre délibérément un professeur dans une situation difficile ? Dans certains cas, peut-être. Ki-jeong sait que le véritable problème, c'est la malveillance qui a guidé ses actions. Les seuls petits moments où sa colère s'apaise sont ceux où elle se rappelle la sensation de joie intense qu'elle a éprouvée en frappant Dojun. Elle pense que c'est ce qui lui a valu d'être sanctionnée. La malveillance est tenace, comme le goût du gingembre ou de l'ail. Une fois qu'elle est là, on ne s'en défait plus.

Si elle s'excuse sincèrement auprès du garçon, sera-t-elle pardonnée ? Mais comment être sincère sans savoir ce qu'elle a fait de mal ? Se sentira-t-elle mieux si la colère de Dojun s'apaise ? Aura-t-elle la sensation de commencer une nouvelle vie ?

Même si elle tente de lui présenter ses excuses, Dojun ne les acceptera pas. Il y a quelque temps, elle a croisé le garçon et l'a hélé. Ce dernier a tourné rapidement la tête puis a continué sans s'arrêter. Elle l'a poursuivi à toutes jambes. Elle s'est convaincue que ce n'était pas pour s'énerver contre lui, bien que sa folle poursuite ait eu toutes les apparences de la colère. Si elle n'arrivait pas à approcher Dojun, l'occasion de s'entretenir avec lui s'envolerait à jamais.

Une fois Dojun sorti de son champ de vision, Ki-jeong s'est sentie plutôt soulagée. C'est une bonne chose qu'elle ne lui ait pas parlé. Elle est soulagée de ne pas lui avoir donné l'impression que tout était réglé. Il mérite de vivre dans un monde de ressentiment, où il en veut aux autres et où quelqu'un le déteste. Personne ne l'a entraîné là, il s'y est mis lui-même.

Ki-jeong a toutefois du mal à s'en convaincre. L'occasion de se réconcilier avec Dojun est perdue. Elle ne sait pas si c'est sa faute ou celle de Dojun. Elle a juste envie de l'éviter. Elle ne peut quand même pas déménager ou changer de numéro. Il lui faudrait alors tout avouer à sa mère et Ki-jeong n'en a pas l'intention. Si sa mère est au courant, elle ne consolera pas sa fille, au contraire, elle sera désespérée à l'idée que sa fille, sa seule joie et son unique fierté, ne se remette jamais de cet accroc dans sa carrière. Peut-être même dira-t-elle à Ki-jeong : « Qu'est-ce que je vais faire si tu deviens comme cette fille ? » Ki-jeong redoute elle aussi que sa vie se réduise à celle, médiocre, de « cette fille », comme le pense sa mère.

Ki-jeong était collégienne quand elle a rencontré sa demi-sœur, qui n'était alors qu'un nouveau-né, chez la mère de cette dernière. En pensant à sa mère seule à la maison, elle n'a pas eu le cœur de s'exclamer que l'enfant était jolie. Elle ne pouvait ignorer le mépris et la haine que sa demi-sœur inspirait à sa mère. Son père, lui, était heureux. Le bébé ne cessait de sourire et suçoter ses doigts, parfois ses orteils tout sales, en babillant de façon inintelligible. Il était adorable. L'enfant lui a vaguement laissé entrevoir que la vie est faite de sentiments ambivalents.

N'ayant pas envie d'être détestée par ses parents, Ki-jeong commençait toujours par leur demander ce qu'ils attendaient d'elle. Elle choisissait de faire passer leurs désirs avant les siens pour éviter tout conflit. Il lui arrivait aussi de leur poser cette question parce qu'elle-même ne savait pas ce qu'elle voulait.

D'une certaine façon, la vie de sa demi-sœur semblait préférable à la sienne. Très vite, Ha-jeong a su renoncer facilement à ce qu'elle ne pouvait obtenir. Elle ne s'efforçait pas de gagner l'amour de la mère de Ki-jeong et ne semblait pas particulièrement affectée par cette absence d'amour. Ki-jeong, elle, bien que couvée par sa mère, souffrait constamment du manque d'affection de cette dernière.

Malgré une vie rangée et bien organisée, Ki-jeong était toujours inquiète et soucieuse. Ha-jeong, de son côté, arrivait à être à la fois calme et courageuse, insouciante alors qu'elle n'avait rien, et elle se montrait spontanée et optimiste malgré son avenir incertain. Comment faisait-elle ? Et qu'est-ce qui aurait poussé une sœur aussi pétillante de vie à mettre fin à ses jours ? Cette Yun Sae-oh pourrait-elle répondre à ces questions tardives ?

Arrivée aux alentours de l'adresse de Yun Sae-oh, Ki-jeong a eu du mal à trouver le numéro 157. Les ruelles se ressemblaient toutes et rares étaient les maisons affichant leur numéro. Après avoir fait plusieurs tours du quartier, elle a réprimé l'envie de rentrer chez elle, car elle pressentait que tout allait prendre fin avec cette visite. Le problème, c'était qu'elle ne savait pas la fin de quoi.

Après s'être renseignée dans une agence immobilière, elle a enfin trouvé le numéro 157 et compris pourquoi le patron de l'agence avait affiché un regard aussi méfiant. Ki-jeong est retournée lui demander ce qui s'était passé dans cette maison, mais il n'a rien voulu dire. C'était étrange, car, en général, les gens aiment parler du malheur des autres. Peut-être que ce qui a eu lieu au numéro 157 était trop grave pour s'autoriser ce genre de légèreté.

Obligée de constater qu'elle a échoué à rencontrer Yun Sae-oh, Ki-jeong s'est sentie perdue. Elle a lentement quitté la ruelle. Elle croyait que cette visite allait mettre fin à son enquête alors qu'elle ne faisait que commencer.

L'inspecteur chargé de l'affaire l'a réprimandée. Il l'avait prévenue que ses recherches ne donneraient rien. Ki-jeong, sans se laisser intimider, a toisé le policier comme si c'était lui qui avait fait disparaître Sae-oh du numéro 157. Avec un mouvement d'impatience, l'homme a marmonné qu'il était bien trop occupé pour ce genre de broutilles.

Face au manque de coopération de la police, Ki-jeong s'est dit qu'il existait un service privé capable de l'aider. Elle a un peu hésité à composer le numéro, mais la démarche s'est avérée plus simple qu'elle ne l'avait imaginé. Elle n'a même pas eu besoin de se rendre sur place. Il lui a suffi d'expliquer la situation par téléphone et de faire un virement en ligne. « Ne vous inquiétez pas, a dit l'employé avec conviction. C'est comme si c'était fait. »

Rien n'a marché comme prévu, évidemment. Quelque temps plus tard, l'employé a rappelé et convenu que ce n'était pas une mince affaire. Il n'avait trouvé ni numéro de téléphone au nom de Yun Sae-oh, ni facturettes de carte bleue, ni historique de ses recherches sur Internet.

Ki-jeong a pensé que c'était une pratique habituelle. Plus la mission est difficile, plus la prestation coûte cher, après tout. Ils se doivent de prétendre que la tâche est ardue, aussi facile soit-elle en réalité. C'était la première fois que Ki-jeong recourait à ce genre de service. Aussi essayait-elle de prendre garde à ne pas se laisser escroquer. Mais afin de ne pas perdre l'acompte déjà versé, elle n'a eu d'autre choix que procéder à un nouveau virement, non sans hésitation, chaque fois que l'employé lui annonçait des frais supplémentaires.

Un peu plus de trois mois après avoir confié la mission au détective privé, celui-ci lui a annoncé d'une voix triomphante au téléphone : « Ça y est ! J'ai réussi ! »

Il a retrouvé la trace de Yun Sae-oh, qui s'est connectée sur un site d'offres d'emploi. Elle a répondu à une annonce déposée par une supérette et laissé son CV, dont le numéro de téléphone correspond à celui du *goshiwon* Le Soleil.

Sae-oh était-elle une camarade d'école de sa sœur ? Étaient-elles proches ? Yun Sae-oh, qui avant habitait au numéro 157. Yun Sae-oh, qui espérait se faire embaucher dans une supérette. Yun Sae-oh, qui logeait dans le *goshiwon* Le Soleil. Yun Sae-oh, qui n'avait même pas de téléphone et utilisait celui du *goshiwon*. Le cœur de Ki-jeong battait la chamade comme si elle allait rencontrer sa propre sœur.

Le couloir exigu du *goshiwon* est bordé de chambres extrêmement rapprochées les unes des autres. Sa largeur est inférieure à un mètre, il est long et obscur même en plein jour. Une odeur particulière y règne, l'odeur du désastre. Il a dû s'y produire une catastrophe similaire au numéro 157. Avec une telle promiscuité, il serait dangereux de rester dans une chambre en cas de sinistre.

Ki-jeong frappe doucement à la porte du numéro 433. Les coups résonnent dans le couloir. Bien qu'aucun son ne s'échappe de la chambre, elle perçoit différents bruits : la télé, la radio, l'eau qui coule, le bourdonnement des frigos, le vrombissement des ventilateurs, l'eau qui bout, un objet qui tombe par terre, les chaises qui raclent, quelqu'un qui a le hoquet… Ils proviennent de toutes parts. Ki-jeong ne saurait dire si certains sortent du numéro 433.

Puis une porte s'ouvre brusquement. Celle qui se trouve à droite du 433. Une silhouette sombre et débraillée en sort. Ce qui lui a tout d'abord paru être une fumée noire se transforme en une forme visqueuse et mollasse. Elle avance lentement en traînant les pieds et disparaît peu à peu dans l'obscurité du couloir. Celui-ci est de nouveau désert. Ki-jeong essaie de tourner la poignée du 433, en vain, et rebrousse chemin dans ce couloir mal aéré, chaud et humide, avant de quitter le *goshiwon*.

14

Chez Ki-jeong, la porte de la chambre de sa petite sœur a toujours été fermée. Elle est restée close quand elle a disparu sans prévenir quelques années plus tôt, et aussi quand elle est revenue. Il en a été de même après que Ki-jeong a célébré seule ses obsèques. Elle n'a jamais trouvé cela bizarre. À ses yeux, c'était plutôt naturel que cette porte reste fermée, comme celle d'un débarras ou d'un cagibi.

Ce n'est qu'après sa visite au *goshiwon* que Ki-jeong entre enfin dans cette chambre. La pièce est relativement bien rangée. Comme elle est inhabitée, il y fait froid malgré la chaleur de l'été, mais ce n'est pas le froid que l'on ressent dans une remise ou un sous-sol. Elle a plutôt l'impression d'être dans un hôpital, désinfecté et ordonné.

Elle fait le tour de la chambre, mais elle a le pressentiment qu'elle ne trouvera rien qui soit de nature à lui en apprendre davantage sur sa petite sœur. On dirait que son occupante l'a délibérément rangée et nettoyée avant de partir. Tout ce qu'elle peut faire, c'est déduire le temps qui a passé d'après les couches de poussière accumulées.

Un tiroir verrouillé attire son attention. Elle va chercher un tournevis dans la boîte à outils et réussit à l'ouvrir après plusieurs tentatives. En entendant le bruit fracassant, sa mère accourt. Elle s'immobilise sur le seuil de la porte, comme si elle n'osait le franchir, et fait claquer sa langue, les bras croisés.

– C'est quoi, ce vacarme ? Qu'est-ce que tu cherches ? Et comment se fait-il que cette fille ne mette pas un pied à la maison et ne passe pas le moindre coup de fil alors qu'elle est en vacances ? Elle n'a vraiment aucun respect pour moi. Il y a des bornes à ne pas dépasser, quand même.

Ki-jeong ne répond pas. Elle lui apprendra la mort de sa sœur le plus tard possible. Qu'elle en parle maintenant ne changera rien. Elle a peur d'être blessée par la réaction de sa mère. Sa petite sœur, elle, n'a pas besoin de la craindre, puisqu'elle n'est plus de ce monde.

Ha-jeong n'a laissé aucun carnet, ni agenda ni journal intime. Elle n'a même pas marqué la date de son anniversaire sur son calendrier de bureau. Les deux cahiers trouvés dans le tiroir verrouillé ne semblent pas avoir été utilisés. Ki-jeong feuillette aussi quelques livres, mais n'y voit aucun passage souligné.

Elle essaie de lire les titres à haute voix en espérant que l'un d'eux lui fournisse un indice : *Théorie esthétique* ; *Robert Capa, l'homme qui jouait avec la vie* ; *Aroma* : *The Cultural History of Smell* ; *Le Dieu des petits riens* ; *Underworld* ; *Premier Amour* ; *Le Jeu du siècle*. Ces livres ne font que démontrer que sa sœur s'intéressait à beaucoup de domaines sans jamais en creuser aucun en profondeur. Ha-jeong n'a rien laissé dans cette pièce qui permette de la comprendre.

Ki-jeong a toujours considéré sa sœur comme insouciante, négligente et incapable d'exprimer sa propre opinion. Elle pensait que celle-ci cachait derrière un grand sourire candide et assuré la piètre estime qu'elle avait d'elle-même, consécutive au fait d'avoir grandi dans une maison qui n'était pas la sienne. Ha-jeong avait peut-être simplement choisi de dissimuler sa vraie nature pour vivre en harmonie avec la famille dans laquelle elle s'était brutalement retrouvée. En fait, peut-être était-elle bien plus perfectionniste que Ki-jeong ne le pensait, au point d'avoir prévu ce qui allait arriver et rangé méticuleusement ses affaires afin de ne laisser aucune trace.

Ki-jeong reste sur sa lancée et décide d'aller visiter le lycée que sa sœur fréquentait. Le professeur principal de Ha-jeong se souvient d'elle. Très surpris d'apprendre que sa sœur a disparu – elle a improvisé cette explication en estimant que c'était mieux que lui annoncer sa mort –, il lui fait part des coordonnées de plusieurs de ses anciens camarades.

Ki-jeong essaie de les appeler tous. L'un d'eux a changé de numéro, une autre nie avoir été proche de sa sœur et se montre antipathique dès qu'elle entend le nom de Ha-jeong. En tout cas, elle déduit de leur attitude à son égard qu'aucun de ses camarades ne tient sa sœur en grande estime et ne souhaite avoir de ses nouvelles. Ils semblent plutôt contrariés de recevoir un appel de la grande sœur de leur ancienne camarade. Ki-jeong les comprend. Il n'y a en général rien de plaisant à recevoir un appel de la famille d'une camarade dont on n'a plus de nouvelles depuis des lustres. Parmi les personnes qu'elle a réussi à joindre, une seule accepte de la rencontrer.

Celle-ci informe Ki-jeong qu'elle vient d'obtenir son diplôme universitaire et qu'elle prépare un concours de la fonction publique. C'est en effet l'âge auquel on est en train de tenter quelque chose ou de retenter après avoir échoué. L'âge auquel on essaie inlassablement d'atteindre son but sans y parvenir.

La fille, qui était dans la même classe que sa sœur, lui indique qu'elles n'étaient pas amies ; elles ne faisaient que se saluer et ne se sont jamais contactées après le lycée. Ki-jeong creuse un peu plus, mais la fille ne semble pas être au courant de la situation familiale de sa sœur ni des problèmes en découlant. Elle ne se souvient pas non plus des habitudes ou des vedettes préférées de sa sœur. Quelles que soient les questions que lui pose Ki-jeong, elle répond : « Vous savez, elle était calme et souriait tout le temps. » Au bout d'un moment, la fille s'excuse de faire perdre son temps à Ki-jeong, vu le peu qu'elle sait sur sa sœur.

Lorsque Ki-jeong lui demande si elle veut bien l'orienter vers quelqu'un qui pourrait lui en dire plus, la fille lâche, d'une voix hésitante :

– En fait, des bruits couraient.

– Quels bruits ?

– Une camarade a raconté s'être fait avoir par Ha-jeong. Ha-jeong l'a appelée, toute guillerette, pour lui proposer un petit boulot qu'elle a accepté sans réfléchir. Il s'agissait en fait d'une arnaque de vente en réseau.

– De vente en réseau ?

– Oui, la rumeur s'est répandue partout et elle est parvenue jusqu'à moi. À l'époque, on en parlait pas mal aussi dans les médias. Toutes ces opérations pyramidales illégales, patati, patata. La rumeur disait que ceux qui avaient mis le doigt dedans finissaient par mendier, que les filles et les garçons couchaient dans la même chambre sans même se connaître, qu'on leur donnait des déchets à manger. On nous faisait tellement peur que quand nous recevions un coup de fil d'une connaissance que nous n'avions pas vue depuis un certain temps, nous soupçonnions tout de suite une histoire de vente pyramidale. Et c'est à cette période que Ha-jeong m'a appelée alors qu'on ne s'était jamais téléphoné. Nous n'étions vraiment pas proches. J'avais même du mal à mettre un visage sur son nom. D'après mes amis, elle faisait ça avec tous ses anciens camarades de lycée dont elle trouvait les coordonnées dans l'album de terminale. J'avais entendu tellement d'histoires là-dessus que j'ai fait semblant de ne pas la connaître et je lui ai raccroché au nez. J'en suis désolée.

– Je ne vous blâme pas.

– J'ai eu peur de me laisser convaincre si je l'écoutais. On m'avait dit que dans ce genre de réseaux, les gens étaient de beaux parleurs et qu'il suffisait de les écouter un peu pour se faire embobiner. Par la suite, elle a continué à m'appeler mais je n'ai jamais décroché. Elle a fini par arrêter.

C'était donc ça, le secret bien gardé de sa petite sœur ? Dès que Ki-jeong entend les mots « vente en réseau », il lui semble que toutes les pièces du puzzle s'emboîtent. La dette dont l'inspecteur a parlé s'explique. Pour réussir, sa petite sœur a misé tout ce qu'elle avait, puis, comme cela ne suffisait pas, elle s'est endettée et, quand elle n'a plus été capable de rembourser, elle a offert sa vie en échange.

Grâce à l'aide de la fille, Ki-jeong finit par rencontrer certains de ceux qui ont un temps fait partie de ce système de vente en réseau, embobinés par sa sœur. Elle leur annonce directement la mort de sa sœur, ce qui lui paraît être le meilleur moyen d'expliquer sa situation. Ils expriment tous la même surprise suivie d'une formule de condoléances convenue.

Tous racontent la même histoire. Le zèle dont elle a fait preuve pour les berner, la façon dont elle les a intimidés pour les retenir, les discours séduisants nourris de rêves fous qu'elle leur a répétés. Ki-jeong ne sait pas jusqu'à quel point elle doit y prêter foi. Mais qu'elle les croie ou non, c'est le genre de choses qui arrive souvent. Le fait qu'ils lui dépeignent une sœur totalement différente de celle qu'elle connaissait n'est pas une raison pour ne pas les croire. Il est évident qu'elle ne la voit pas de la même façon qu'eux.

Devant la réaction manifestement peu compatissante de Ki-jeong, l'une des amies de sa sœur lance, l'air mécontente :

– Moi aussi je suis restée là-dedans pendant trois mois à cause d'elle. J'ai même interrompu mon semestre et dilapidé tout l'argent réservé aux frais de scolarité. Je me suis fait tuer par ma mère.

– Ma sœur était si convaincante que ça ?

– Oui, à l'époque, elle l'était.

– Et qui a entraîné ma sœur là-dedans ?

– Son parrain, vous voulez dire ?

– Parrain ?

– Oui, celui qui l'a recrutée. Pfiou, je m'en souviens encore, de tous ces termes, tellement je les ai entendus. C'est comme ça qu'on parle, là-bas. Le parrain, c'est celui qui recrute. Le filleul, c'est celui qui est recruté.

– Quand on amène une amie, elle devient une filleule ?

– Oui, j'étais sa filleule.

– Qui était son parrain ? demande Ki-jeong d'une voix légèrement tremblante.

Peut-être a-t-elle enfin trouvé le lien entre Yun Sae-oh et sa sœur.

– C'était un garçon nommé Bu-yi.

– Bu-yi ?

– Oui, il était dans son lycée, c'était son petit ami.

Tout ce qui concernait sa sœur était nouveau pour Ki-jeong. Y compris le fait qu'elle avait un petit ami.

– Et Yun Sae-oh ? Elle était là-bas avec vous ?

– Qui ça ?

– Vous n'en avez jamais entendu parler ?

– Elle est morte avec elle ?

À peine a-t-elle fini sa phrase que la fille affiche un air désolé. Mais elle n'a pas à s'excuser. Elle est encore à l'âge où l'on est insensible à la mort et où l'on a le droit de gaffer à ce sujet.

Rentrée chez elle, Ki-jeong cherche un ouvrage sur le marketing de réseau. À en croire le livre, il suffit de modifier légèrement la méthode de travail pour réduire drastiquement le nombre d'années passées à trimer. Il préconise pour ce faire d'utiliser son réseau personnel. Les consommateurs deviennent eux-mêmes vendeurs en se passant des intermédiaires que sont les grossistes ou détaillants et ils élargissent le marché en parrainant en chaîne de nouveaux vendeurs. Si on parvient à recruter des filleuls de façon exponentielle, on peut gagner en un an une somme colossale, équivalente à trente-neuf ans de salaire d'un employé de bureau.

Le livre n'explique pas d'où sort ce chiffre trente-neuf. En revanche, il ne cesse de répéter comment fonctionne le système de rémunération ; comment on peut passer de un à deux filleuls, puis dix, et ainsi de suite, et comment ces filleuls vont à leur tour recruter de nouveaux vendeurs, vous faisant ainsi atteindre un taux de marge astronomique, époustouflant.

L'idée, c'est qu'en investissant le fruit d'un an de travail, on passe les trente-neuf années suivantes à se reposer. Autrement dit, si l'on supporte d'en baver pendant un an seulement, le succès est garanti. Il faut donc voir ces quelques mois difficiles comme une espèce de capital d'investissement. À partir du moment où on s'accroche, on est capable de tout. Renoncer conduit à l'échec, mais tenir bon pendant une année est synonyme de réussite.

Y a-t-il vraiment des gens pour croire à ces foutaises ? Croire aux conditions exagérément alléchantes et à ce boniment selon lequel on est assuré de toucher le pactole si l'on travaille assez dur ? Ki-jeong en doute, mais vu le nombre de personnes adhérant à ce discours, elle se dit qu'il doit forcément contenir des points convaincants.

Ki-jeong se remet en piste. Elle retourne au lycée de Ha-jeong, à la recherche de Bu-yi cette fois, comptant bien sur son métier de professeure pour lui faciliter les choses.

Et pourtant, elle ne trouve pas Bu-yi. Son numéro de téléphone n'est plus en service et quelqu'un d'autre habite à son adresse personnelle. Elle va voir la fac à laquelle Bu-yi est censé s'être inscrit, mais on lui dit qu'il n'y a aucun étudiant de ce nom, même parmi les anciens.

Ki-jeong prononce à voix haute et à plusieurs reprises le nom de Bu-yi. Elle écrit le nom de sa sœur, puis celui de Bu-yi et enferme chacun dans un cercle. Ensuite, elle matérialise par une ligne reliant les deux cercles la relation parrain-filleule. Elle ajoute un cercle contenant le nom de Yun Sae-oh en dessous et tente de relier les trois ronds de toutes les façons possibles. La ligne part de sa sœur, passe par Yun Sae-oh et arrive à Bu-yi. Qu'importe l'ordre, que ce soit Sae-oh/Ha-jeong/Bu-yi ou Ha-jeong/Bu-yi/Sae-oh, les trois sont liés. Dans son imagination, tout est possible, car elle ne connaît vraiment aucun des trois. Ki-jeong fixe ces lignes qui partent dans toutes les directions en restant chacune à sa place. Comme si ceux que ces lignes représentaient étaient là, en chair et en os. Comme si, à force de scruter leur nom, elle allait voir leur visage.

À l'époque où leurs vies étaient liées, ils n'auraient sans doute jamais imaginé que l'une d'eux allait connaître une mort aussi solitaire, quelques années plus tard, et qu'aucun ne viendrait la pleurer à ses obsèques.

15

Kim Usul, le propriétaire de la supérette, s'est montré excessivement exigeant pour le recrutement de son employé. Il a rejeté pratiquement tous les CV proposés par le site de recherche d'emploi. Seuls quelques-uns, qui lui ont paru sérieux et dynamiques, ont retenu son attention. Mais ce sont eux qui ont déchanté une fois sur place, manifestement déçus de constater qu'il s'agissait d'une petite épicerie cachée dans une barre d'immeubles. Quand Kim Usul leur a posé quelques questions en guise d'entretien, ils ont répondu avec un manque évident d'intérêt et l'ont à leur tour interrogé sur le chiffre d'affaires annuel.

Kim Usul se dit alors qu'il ferait mieux de recruter quelqu'un directement. Il écrit sur une feuille en gros caractères « URGENT : RECHERCHE PLANIFICATEUR DU SERVICE D'ASSISTANCE » et la colle sur la vitre. Son employé Sin Jae-hyeong se moque de lui en disant que c'est une annonce trop pompeuse pour le travail à effectuer. Kim Usul n'en est pas totalement satisfait non plus, mais il refuse de la changer, car son manque de clarté lui plaît. Si quelqu'un s'arrête pour lui demander en quoi consiste le travail, il l'embauchera. Hélas, personne ne vient lui poser la question.

– C'est parce que vous avez mis une annonce très ambiguë, grommelle Sin Jae-hyeong, l'unique employé de la supérette.

Il y a plein de mots qui conviennent à ce genre d'annonces : « employé », « main-d'œuvre », « assistant » ou même « travailleur », mais « planificateur du service d'assistance » ? On ne comprend pas du tout ce que c'est, enfin !

À l'en croire, il souffre quotidiennement de la surcharge de travail et il est à deux doigts de tomber d'épuisement.

– Justement, j'ai écrit ça exprès. J'ai besoin de quelqu'un qui soit assez malin pour comprendre, ou assez hardi pour me demander franchement de quoi il s'agit. S'il ne comprend pas, il n'a qu'à le dire. Inutile d'avoir honte.

– Pourquoi ne pas écrire une annonce ordinaire comme « Recherche employé à temps partiel ». C'est simple, non ?

– Non, moi je veux un CDI à temps complet.

– Vous rigolez ! Qui voudrait travailler en CDI dans une si petite supérette ?

– Tu ne comprends pas les difficultés des travailleurs précaires parce que tu as grandi sans manquer de rien.

– D'accord, d'accord. Je n'ai pas non plus subi un licenciement économique comme vous, patron.

– Continue à parler à ton patron comme ça et tu vas y avoir droit.

– Vous n'avez qu'à laisser le candidat choisir entre CDD et CDI.

– Bon, d'accord. Dès que quelqu'un se présentera, je m'entretiendrai avec lui sans condition, peu importe qui c'est.

Il dit ça sur le ton de la plaisanterie, mais lorsque Yun Sae-oh lui tend son CV, Kim Usul ne peut s'empêcher de jeter un coup d'œil furtif à son employé Jae-hyeong. Ce dernier, qui a enchaîné les livraisons tout l'après-midi, a les traits tirés. Kim Usul sait qu'il exagère à peine quand il dit être à deux doigts de mourir par excès de fatigue.

Jae-hyeong lui adresse un regard implorant : *Qu'est-ce que vous attendez ? Prenez-la vite*. Mais, faisant mine de l'ignorer, Usul regarde tour à tour Sae-oh et l'enveloppe blanche, l'air de lui demander ce que c'est. La jeune femme garde les yeux fixés au sol. Elle ne s'incline pas en disant « Je souhaiterais vous soumettre ma candidature », ne s'encombre pas d'égards inutiles tels que « Je compte sur vous », pas plus qu'elle ne lui adresse un sourire aimable pour faire bonne impression. Elle n'a pas l'air non plus de savoir ce qu'elle a dans la main ni de se demander quelle est la meilleure façon de se comporter.

Usul n'a d'autre choix que d'ouvrir la bouche le premier :

– C'est votre CV ?

La jeune femme hoche imperceptiblement la tête. Elle paraît encore plus grande que la compagne d'Usul qui est pourtant imposante. Au moindre mouvement de cette dernière, son ombre ondule en tous sens. Sae-oh, elle, semble ne pas bouger du tout. On dirait presque une nature morte, son ombre est clouée sur place. Elle n'a d'ailleurs pas réellement hoché la tête mais seulement donné l'impression de l'avoir fait. Pour être tout à fait exact, seules ses paupières ont légèrement frémi.

– Nous cherchons un planificateur du service d'assistance. Vous savez en quoi cela consiste ? demande Kim Usul.

– Ce n'est pas un poste de vendeuse ? répond-elle nonchalamment.

À la surprise de Kim Usul, sa réponse lui plaît. Il ne supporte pas le genre de réponse mettant en avant le bonheur des clients. Il déteste qu'on embellisse exagérément l'idée de service. Une supérette est un lieu où l'on vend des produits, pas des services. Pas besoin de s'épuiser en gentillesse et en amabilité. Il n'a rien contre le fait d'être aimable, bien sûr, mais l'important, pour une épicerie, c'est de vendre des articles de qualité. Il n'est pas fan non plus des candidats qui enjolivent le métier de vendeur à grand renfort de mots comme « capital, business, gestion, marketing ». S'efforcer de donner aux choses un sens qu'elles n'ont pas est éreintant. Le travail dans une supérette consiste à acheter et vendre des produits industriels, un point c'est tout.

Il n'a pourtant pas l'intention d'embaucher la jeune femme. Même s'il n'accorde que peu d'importance à l'idée d'un service avenant, il est hors de question qu'il engage cette femme maussade, massive et effacée. Comme elle l'a dit elle-même, il s'agit de vendre, c'est-à-dire échanger des produits contre de l'argent et dans une supérette, ceux qui paient sont tout de même des êtres humains.

– Nous recherchons plutôt un homme, improvise-t-il.

Il lui a fallu un peu de courage pour lui mentir. Il lui semble alors que la silhouette géante de la jeune femme dégage une présence encore plus monumentale. Trouvant cela étrange, Kim Usul continue à l'observer. Sans avoir l'air particulièrement déçue, elle remet lentement son CV dans la poche de son trench-coat violet pas adapté à la saison et sort.

Jae-hyeong regarde son patron d'un air accusateur. Kim Usul fait mine de ne pas le voir, puis se lève d'un bond, se précipite dehors et appelle la jeune femme, en train de se diriger vers un parc voisin. Son impassibilité ne semble pas liée au fait qu'il s'agit d'un poste dans une simple supérette. On dirait plutôt que c'est la seule expression qu'elle connaît.

Assis face à elle dans la réserve exiguë où il a l'habitude de mener ses entretiens d'embauche, Kim Usul ouvre lentement le CV qu'elle lui a tendu. Comme il s'en doutait, elle n'a aucune expérience professionnelle. Après avoir arrêté ses études universitaires, elle n'a travaillé nulle part. Il fait un rapide calcul et s'avise qu'elle est inactive depuis environ cinq ans. Qu'a-t-elle fait pendant tout ce temps ? Il se surprend lui-même. Pourquoi s'intéresse-t-il à cette personne ? Il croit avoir la réponse. C'est parce qu'elle ne semble pas déterminée ou acharnée à obtenir un emploi ou quoi que ce soit. Il ne s'agit pas là d'un comportement calculé, c'est simplement sa façon d'être. Elle a une attitude détachée. Et cette observation lui apporte la réponse à son autre question : celle de savoir pourquoi il est sur le point d'embaucher cette femme.

Kim Usul hésite un instant avant de lui tendre la main. La jeune femme le regarde, l'air stoïque. Il se demande s'il ne vient pas de commettre une erreur, mais il ne revient pas sur sa décision. De toute façon, il n'a pas le choix, elle est apparue au moment où il ne pouvait retarder davantage l'embauche d'une personne supplémentaire.

Le « service d'assistance » consiste à prendre la commande des clients par téléphone, choisir et préparer les ingrédients adéquats, ajouter les assaisonnements correspondants et livrer le tout à domicile. La résidence dans laquelle la supérette est située abrite essentiellement de petits appartements habités en grande majorité par des couples jeunes et actifs. C'est Jaehyeong qui a eu l'idée de proposer à ces jeunes gens de leur livrer les produits qu'ils souhaitent au moment voulu, en somme, de faire les courses à leur place.

Après avoir collé et distribué des affichettes partout dans la résidence, le bouche-à-oreille a fonctionné : le bruit s'est rapidement répandu qu'ils offraient un service de préparation de plats pour un coût raisonnable et le nombre de clients a régulièrement augmenté jusqu'à ce qu'ils se soient constitué un socle de clients fidèles. Les jeunes couples actifs commandent majoritairement des préparations pour le dîner, pour le repas des tout-petits ou pour recevoir des invités.

Kim Usul a chargé Sae-oh de tenir la caisse. Certains après-midi, il lui demande aussi de s'occuper des commandes clients. Il s'agit de préparer les ingrédients et de les mettre dans un carton en fonction du lieu et de l'heure de livraison. Pour les produits déjà emballés, c'est facile, elle n'a qu'à les mettre en carton après leur avoir demandé leur marque préférée. Bien sûr, il faut vérifier attentivement les dates de péremption et l'état de l'emballage. Si l'on envoie des produits bientôt périmés ou des paquets abîmés, les clients vont croire que la supérette a voulu liquider son stock. Pour les commandes de légumes, viande et poisson, il faut être encore plus vigilant. Leur fraîcheur, leur poids et leur quantité représentent toujours un véritable casse-tête. Si elle ne pense pas à demander au client de tout indiquer précisément lors de la commande téléphonique, ils se plaindront, inévitablement.

Pendant qu'elle prépare les ingrédients, Sae-oh prend des photos et les envoie systématiquement par SMS aux clients. Elle ne manque pas d'insérer dans les cartons une note détaillant les produits. Elle ne se prévaut jamais du travail soigné qu'elle effectue. Si Kim Usul n'avait pas ouvert par hasard des cartons avant la livraison, il ne l'aurait jamais su.

Elle est toujours aussi peu expressive, ce que l'on n'attend pas forcément d'une personne censée être au service de ses clients. Mais elle ne manque pas d'être aimable. Elle ne se mêle jamais aux bavardages futiles qu'échangent Kim Usul et Jae-hyeong, mais elle les écoute attentivement. Il arrive souvent qu'elle ne prononce aucun autre mot que bonjour en arrivant et au revoir en repartant. Parfois l'envie prend Usul d'arracher un sourire à cette Sae-oh qui semble à la fois comblée par cette vie dans la supérette et totalement détachée de tout, comme si rien n'avait de sens. Il se demande comment ces deux aspects contradictoires peuvent paraître aussi sincères l'un que l'autre.

16

Alors que les avis de démolition se multiplient dans ce quartier en voie de réhabilitation, les vieux immeubles collectifs ne cessent de se vider. Au petit matin, le jardin public est plus calme et l'on voit nettement moins de personnes âgées y faire leur aérobic. D'après Kim Usul, ils n'étaient au début que quelques-uns, disséminés dans le parc, à faire leur gymnastique matinale. Puis un vieil homme, ancien coach en aérobic, les a rejoints et leur nombre a augmenté rapidement. Mais avec le projet de reconstruction et les déménagements successifs, le groupe a diminué.

Bien qu'ils soient moins nombreux désormais, Sae-oh est heureuse quand elle voit ces rangées de personnes âgées bouger au rythme de la musique. Cela lui rappelle son père soulevant chaque matin ses haltères au son de ses « un, deux, un, deux », mais qui ne faisait en réalité travailler que sa bouche.

Un club de badminton prend la place du groupe d'aérobic. Chacun s'échauffe en brandissant sa raquette ou en se penchant d'avant en arrière. Lorsque les volants commencent à flotter dans le ciel, l'attention de Sae-oh se porte tour à tour sur les mouvements réguliers des joueurs et sur les immeubles collectifs attenants.

Les employés, pressés de rejoindre leur lieu de travail, traversent le jardin public au pas de course en direction de la station de métro. Yi Su-ho se trouve parmi eux. Vers la fin de la première séance de badminton, Sae-oh l'aperçoit sortant de son immeuble. Tout en secouant ses cheveux encore humides avec la main, il se précipite vers le métro. Sae-oh se lance à sa poursuite.

Dès l'apparition de Yi Su-ho, elle est tendue. Arrivée à un mètre de lui, son cœur se glace. Elle a l'impression que quelqu'un la ligote. Elle s'efforce d'avoir l'air naturelle, il n'y a aucune chance que Yi Su-ho la voie. Elle est tellement consciente de sa présence que parfois, elle est incapable de le quitter des yeux et d'autres fois, elle n'ose même pas regarder dans sa direction.

Depuis un moment déjà, Sae-oh note soigneusement l'emploi du temps de Yi Su-ho, l'heure de son départ pour le travail et de son retour à la maison, les gens qu'il fréquente, son rayon d'action. Elle s'est servie de son courrier pour trouver son numéro de téléphone, sa date de naissance et en déduire sa situation familiale. Elle connaît à présent ses goûts alimentaires et ses habitudes quotidiennes. Elle sait même qui sont les débiteurs dont il est actuellement chargé et combien ils doivent.

Elle pensait que ces informations l'aideraient à prévoir ses faits et gestes. Mais non. Elle s'est trompée. Elle est incapable de deviner ses choix et ce qu'il ressent. Il se rend souvent dans des restaurants que Sae-oh ne l'aurait jamais imaginé fréquenter. Il ne mange pas un seul bol de nouilles aux haricots rouges pendant un mois et, la semaine suivante, il en commande chaque jour au déjeuner. Il prend le métro tous les jours et, d'un seul coup, saute dans le bus. En général, pour rentrer chez lui, il emprunte la rue commerçante animée. Mais, de temps à autre, il passe par le chantier de construction. Certains soirs après le travail, il boit beaucoup avec ses collègues, tandis que d'autres, il ne touche pas une goutte d'alcool. Par moments, il agonit les débiteurs d'injures et à d'autres, il les réconforte gentiment. Parfois il donne de grands coups de pied dans leur porte et d'autres fois il appuie sur la sonnette comme un invité et attend calmement.

Ce qui ne change jamais, c'est son habitude de cracher par terre et d'écraser sa salive avant d'allumer une cigarette chaque fois qu'il sort. Ce n'est pas un gros fumeur, mais il fume dès qu'il se rend dans un nouvel endroit, comme pour prendre le temps de se familiariser avec le lieu.

Il est impossible à Sae-oh d'établir des statistiques exactes ou d'avoir une certitude absolue au sujet de Yi Su-ho. Il lui a fallu un bon moment pour s'en convaincre et aujourd'hui, elle s'aperçoit que passer ses journées à l'observer n'a aucun sens. Mieux vaut gagner quelques sous pour sa subsistance. Sa situation financière ne lui laisse plus le choix.

Le manque d'argent l'empêche de plus en plus souvent de suivre Yi Su-ho. Il y a des jours où elle a tout juste de quoi payer le bus. Elle perd sa trace en l'attendant, puis le rattrape avant de le perdre de nouveau. Lorsqu'il prend un taxi, il lui échappe totalement. La faim qui la tenaille pendant sa filature lui donne d'autant plus envie de le poursuivre. La malveillance conspire allègrement avec la pauvreté et s'acoquine volontiers avec cette dernière. Sae-oh ne peut que le constater, impuissante.

Les critères présidant à sa recherche d'emploi sont simples : le salaire doit lui permettre de rester en vie et le lieu de travail se situer à proximité du domicile de Yi Su-ho. Il y a plusieurs mois, elle a vu sur Internet l'offre d'emploi émanant de la supérette. En affinant sa recherche au quartier qui l'intéressait et aux entreprises susceptibles de l'embaucher, celle-ci est ressortie. Elle a soumis sa candidature et, faute de posséder un mobile, elle a indiqué le numéro de téléphone du *goshiwon*. Mais personne ne l'a appelée. Ce qui ne la surprend pas, étant donné son CV pratiquement vide. Le plus réaliste était d'essayer de trouver un petit boulot à temps partiel dans une épicerie des environs.

Il y en avait trois entre la station de métro et le quartier des immeubles collectifs. Aucune d'elles n'embauchait, mais elle y a quand même laissé son CV en espérant qu'elles auraient un jour besoin de quelqu'un. Deux mois plus tard, l'une d'elles l'a contactée. Elle s'y est rendue pour un entretien, puis sur le chemin du retour, elle a remarqué l'annonce collée contre la vitre de la supérette pour laquelle elle avait déposé son dossier quelques mois plus tôt.

Elle a été très étonnée et contente d'être embauchée. Elle n'avait pas éprouvé ce sentiment depuis longtemps. Ce qui la rendait heureuse, c'était de savoir que Yi Su-ho n'habitait pas loin. Pour Sae-oh, la malveillance n'est pas une émotion fugace. Elle le constate chaque matin en filant Yi Su-ho jusqu'à son travail. La malveillance ne se lasse pas du train-train quotidien. Au contraire, elle le stimule. Seul le fait d'être proche de lui et de savoir qu'elle pourra faire ce qu'elle a à faire quand elle l'aura décidé lui permet de mener une vie normale.

Le travail dans la supérette est amusant. Elle aime particulièrement scanner un article et voir s'afficher un chiffre, puis la somme totale à la fin. Le hasard et la logique n'ont pas leur place, ici. Il arrive qu'elle soit obligée de taper manuellement un code-barres qui ne passe pas ou qu'elle refasse l'addition car la machine n'a pas compté le prix de certains produits, mais en dehors de ces cas exceptionnels, il n'y a pas de surprise.

Ce qui lui plaît le plus, c'est de voir les articles le plus souvent achetés par les clients ou les produits les plus commandés via le service de livraison à domicile. Elle a tout en tête : quelle variété de fruits, de yaourts, ou de plats préparés ils consomment le plus, quelle marque de chewing-gums ou de bonbons ils prennent à la caisse sur un coup de tête en attendant leur tour, quelles piles, quels produits frais, quelles lessives, quelles eaux minérales. La caisse enregistreuse de la supérette lui fait comprendre que la vie quotidienne se résume à un processus de consommation de petits produits successifs.

Ces dernières années, pas une fois Sae-oh n'a eu besoin de comparer le prix des articles dans différents supermarchés pour acheter les moins chers ni de se disputer avec un vendeur refusant de lui rembourser un achat ni d'appeler le service après-vente pour faire venir un technicien à domicile, ni de rappeler pour confirmer le rendez-vous ni d'implorer qu'il soit à l'heure. Il ne lui est pas arrivé non plus de faire trente minutes de queue devant un établissement public ni d'errer d'un service à l'autre à la recherche d'un responsable susceptible de l'aider. C'était son père qui se chargeait de tout cela. Sae-oh restait à la maison, à l'abri de toutes ces corvées quotidiennes.

Son travail au supermarché n'a évidemment pas que des bons côtés. De temps à autre, un visage lui rappelle un de ceux qu'elle a connus autrefois et quand des clients qui ne lui évoquent personne la fixent des yeux, elle devient nerveuse. Les joues rouges et les mains tremblantes, elle est persuadée qu'ils vont se mettre à crier son nom à tout instant. Or, cela n'arrive jamais. Ils ne font que la regarder en attendant de récupérer leur carte de crédit ou leur monnaie, c'est tout.

Quand elle a le courage de jeter des coups d'œil aux clients, elle se pose des questions saugrenues du genre : quel âge peut avoir ce visage ? La seule personne dont elle connaît l'âge, c'est elle-même. Face au miroir, elle se demande si ce qu'elle voit représente vraiment le visage d'une fille de vingt-six ans. Pas joufflu, mais bouffi, il respire la frustration, comme s'il souffrait d'une injustice. Les coins de sa bouche orientés vers le bas lui donnent un air fâché et accentuent ses plis d'amertume. Ses paupières tombantes la font paraître somnolente et désabusée.

Si tous ces traits sont ceux d'un visage de vingt-six ans, peut-on dire que les traits de Yi Su-ho sont caractéristiques d'un visage de vingt-huit ans ? Dans ce cas, va-t-elle bientôt avoir le même que Yi Su-ho : fatigué, névrosé, tellement imprégné de sa mentalité de victime qu'il évoque un chien battu ?

En regardant les gens choisir tel ou tel article, elle se demande souvent ce qu'ils faisaient à vingt ans. Qu'ont-ils fait de leurs vingt ans pour se retrouver aujourd'hui dans ce magasin à acheter de l'eau minérale, des épinards et du riz instantané ?

Puis elle songe à Jo Mi-yeon. En fin de compte, elle ne l'a jamais oubliée. Il y a simplement des moments où son amie ne flotte pas à la surface de sa mémoire. Où est-elle ? Mène-t-elle le même genre de vie que ces gens-là ? Depuis quand cela lui est-il devenu possible ? Combien de temps lui a-t-il fallu avant de se remettre à converser agréablement avec les autres ?

Quand elle discute avec Sin Jae-hyeong ou Kim Usul, Sae-oh se rend parfaitement compte qu'elle est très maladroite. Parler avec son père, en revanche, ne lui posait pas de problème. Du temps où elle restait confinée chez elle, elle regardait beaucoup de séries, de journaux télévisés et d'émissions de variétés. Elle se tenait également au courant des actualités sur Internet. Parfois, sans même le vouloir, il lui arrivait de connaître dans ses moindres détails un incident qui faisait la une. Mais les conversations de la vie réelle sont différentes de ce que l'on voit à la télé et de ce que l'on lit sur Internet. Elle ne bute jamais sur aucun mot, ce n'est pas pour autant qu'elle parvient à dialoguer sans difficulté avec les autres.

Non qu'elle ne sache plus comment on parle ou quel sujet aborder. À voir interagir ses collègues, elle s'aperçoit qu'elle n'est pas en mesure d'établir des relations normales avec les gens. Elle reste sérieuse en réaction aux plaisanteries et devient bourrue dans les situations où il faut rire. Elle a du mal, se sent même désolée de leur parler à cœur ouvert, vu le plan qu'elle a en tête. Et quand elle pense à son plan, au sort qui attend Yi Su-ho, elle a peur de se lier d'amitié avec ses collègues.

Ils vivent dans un monde différent du sien, un monde où les êtres humains sont animés de bonnes intentions. Mais elle apprend aussi par ses deux collègues que les humains ne sont pas toujours fondamentalement bons. Ils font des remarques à vos dépens, vous accablent à tort et à travers, éclatent de rire sans raison, grommellent, sont de mauvaise humeur avant de se montrer soudain sympathiques, comme si de rien n'était. Car les êtres humains se soucient peu de la frontière entre le bien et le mal.

Lorsque ces pensées lui viennent, Sae-oh a envie de se consacrer corps et âme à cette supérette. Elle rêve d'une vie faite de petits bonheurs, de la joie de savoir que tous les gens ne se tendent pas mutuellement des pièges, qu'ils ne sont pas tous reliés par une chaîne alimentaire brutale, qu'ils ne sont pas tous habités par la rancune et la colère. Elle aimerait croire que l'on peut travailler avec plaisir, essayer de nouvelles choses, se découvrir en parlant et plaisantant avec des collègues.

Hélas, c'est trop tard. Son espoir est vain. Pour commencer, la malveillance qui l'habite ne s'effacera pas. Elle la ronge de l'intérieur, quoi qu'elle fasse. Dès que Sae-oh pense à Yi Su-ho, elle rejoint instantanément un monde dominé par les blessures, les mensonges, la mort et la colère, les menaces perpétuelles, les moqueries, la violence et le sarcasme.

Yi Su-ho n'est pas le seul à évoluer dans ce monde. Sae-oh y a vécu, elle aussi.

17

Les souvenirs de cette période surgissent n'importe quand et de façon plus fréquente depuis qu'elle file Yi Su-ho. Sans doute parce qu'à cette époque, une partie de son travail consistait à garder un œil sur les autres.

C'était la période où tout était possible et où elle ne pouvait pourtant rien faire. La période où elle voulait s'échapper sans savoir où aller, où il lui fallait sans cesse se sauver. L'époque où la nuit ressemblait au jour, l'hiver à l'été et aujourd'hui à demain. À bien y réfléchir, rien n'a vraiment changé depuis. Elle s'est montrée si naïve. Elle pensait qu'elle vivait la période la plus tragique de sa vie. Elle ne savait pas qu'elle ne triompherait de cet enfer que pour se retrouver obligée d'en affronter un nouveau.

Depuis que Sae-oh a cessé de se cacher chez elle, elle croise souvent des femmes qui ressemblent à Mi-yeon, avec le même corps mince et ce petit sourire qui paraît froid mais dont ses proches savent qu'il est sincère. Des femmes dont les cheveux noirs et épais leur arrivent aux épaules et qui portent des vêtements et arborent des sacs à main au design sobre mais raffiné. Mi-yeon avait beau paraître unique, il existe un grand nombre de femmes qui font penser à elle.

Sae-oh se fige aussitôt qu'elle en voit une. Troublée, elle trébuche et attire l'attention sur elle. Puis elle fonce et dévisage ouvertement la femme, car il lui faut s'assurer qu'il ne s'agit pas de Mi-yeon. Dans le même temps, elle est en colère que Mi-yeon n'ait toujours pas refait surface. Elle se rend compte que ses émotions contradictoires permettent à cette période de garder une emprise sur le présent.

Enfants, Mi-yeon et Sae-oh étaient les meilleures amies du monde. Ayant grandi ensemble, elles étaient un peu comme des sœurs. Elles se racontaient tout. Seule Mi-yeon était capable de l'écouter sans la juger. Il n'y avait qu'à elle que Sae-oh pouvait parler sans craindre d'être mal comprise. Elles profitaient de chaque occasion pour discuter de tout, dans les moindres détails, jusqu'à ce que chacune sache tout ce qu'il y avait à savoir sur l'autre.

À l'époque, Sae-oh avait l'habitude de palper le lobe des oreilles de Mi-yeon. Dès que son doigt touchait ce lobe tout doux, Mi-yeon entrouvrait les lèvres. Qu'elle soit en train d'écouter ou de parler, Sae-oh observait attentivement son amie expirer. Chaque fois que son souffle caressait la peau de Sae-oh, celle-ci sentait un chatouillement dans un endroit inconnu.

À l'école, Mi-yeon s'est fait percer les oreilles et s'est mise à porter des boucles cubiques et scintillantes. Sae-oh ne pouvait plus toucher ses lobes qui lui paraissaient intégrés au bijou. Au collège, le règlement plus strict lui interdisait de mettre ses boucles d'oreilles. Les trous se sont refermés, laissant apparaître une petite cicatrice. Une fois infligée, une blessure laisse toujours une trace.

Leurs camarades étaient choqués de voir Sae-oh palper le lobe des oreilles de Mi-yeon, ou caresser délicatement ses longs cils. Pourtant Sae-oh n'a jamais renoncé à ce geste qu'elle seule était autorisée à faire.

Tout a commencé à changer à l'entrée au lycée. Au début, Sae-oh a pensé que c'était par manque de temps. Comme elles ne fréquentaient plus le même établissement, elles avaient de plus en plus de choses à se dire, il leur fallait même connaître la couleur de leurs tenues de sport respectives. Sae-oh espérait que Mi-yeon lui raconterait tout, sans omettre le moindre détail, mais elle a dû se rendre à l'évidence : c'était impossible. Elle a été obligée d'accepter le fait qu'elles ne pouvaient plus tout partager de manière aussi exhaustive. Elle ne savait pas comment le vivait Mi-yeon, mais pour elle, cela s'est avéré difficile.

Pour ne rien arranger, non seulement Mi-yeon a arrêté de se confier, mais elle n'avait plus le temps d'écouter Sae-oh. Lors de leurs conversations téléphoniques, Mi-yeon ne cessait de faire du bruit avec sa main. Elle apportait des réponses toutes faites et quand Sae-oh lui demandait son avis ou cherchait son approbation, elle changeait de sujet pour masquer le fait qu'elle ne l'avait pas écoutée. Lorsqu'elles se voyaient, si Sae-oh tendait le doigt vers le lobe de son amie, celle-ci s'écartait, le visage dur. Elle ne disait jamais à Sae-oh d'arrêter, mais elle gardait les traits crispés. Sae-oh faisait semblant de ne rien remarquer. Cette attitude à la fois pudique et tendue faisait partie de ces traits de caractère que Sae-oh adorait.

Sae-oh non plus ne racontait pas tout à Mi-yeon. Elle était terriblement inquiète de voir son amie changer peu à peu. Certains sujets devenaient très sensibles dès qu'elles les abordaient, et la distance qui se creusait entre elles en faisait partie.

Avec l'âge, le caractère de Mi-yeon s'est fait plus dur et inconstant. Elle se montrait gentille et amicale quand elle le décidait, mais indifférente le plus souvent. Sae-oh avait parfois l'impression d'en faire trop pour se plier aux sautes d'humeur de son amie. Elle savait qu'un jour, elle ne le supporterait plus. Elle pensait bien connaître Mi-yeon, mais c'était fini. Quand elle avait envie de se sentir plus forte que Mi-yeon, ou que le manque de reconnaissance de cette dernière la frustrait, Sae-oh se disait que c'était parce que son amie avait grandi sans père, ce qui la désolait. Mais quand Mi-yeon attribuait l'attachement excessif de Sae-oh au fait qu'elle n'ait plus sa mère, cela la mettait très en colère.

Elle restait de plus en plus souvent silencieuse en attendant que Mi-yeon lui dise quelque chose. Elle a même arrêté de palper le lobe de ses oreilles. Elles se retrouvaient souvent dans une aire de jeux située à mi-chemin entre leurs maisons et restaient assises chacune sur une balançoire ou sur un banc, le regard dans le vide. À partir du moment où Sae-oh prenait conscience de leur silence, il lui devenait difficile de regarder une balançoire vide, un tape-cul levé vers le ciel, une cage à poules que personne n'escaladait, ou un toboggan tout rouillé.

Où étaient passées toutes les histoires qu'elles partageaient ? Sae-oh pensait que ces récits étaient gravés en elles tels des vaisseaux sanguins, mais non. Ces histoires ont plongé dans les entrailles de la Terre. Elles sont tombées au fond de gorges glaciales. Elles ont disparu dans une grotte noire comme l'ébène.

Sae-oh essayait d'imaginer ce que Mi-yeon faisait de son temps. Elle en passait une grande partie seule, comme elle. Il ne pouvait en être autrement. Ce qu'elles faisaient de ce temps et ce à quoi elles pensaient, chacune de leur côté, était forcément différent, comme l'était l'intervalle séparant leurs respirations. Chacune disposait d'un temps et d'un espace qui lui étaient propres, de même que leur ombre n'appartenait qu'à elles. Pourquoi a-t-il fallu si longtemps à Sae-oh pour le comprendre ? Elle a bêtement confondu l'obsession et l'attachement avec l'amitié. Quelle honte.

Malgré tout, elle n'a pas renoncé à son amitié pour Mi-yeon. Elle se disait qu'elle devait la faire passer en premier et se montrer altruiste. Et plus elle s'en persuadait, plus ce sentiment insupportable de honte s'ancrait secrètement et solidement en elle.

Bu-yi s'est chargé de briser l'espoir que nourrissait Sae-oh de voir les choses s'arranger avec le temps. C'était un garçon qui fréquentait le même lycée que Mi-yeon, et plus son nom revenait dans les histoires qu'elle lui racontait, plus Sae-oh se sentait découragée. Quand Mi-yeon parlait de lui, elle était tout excitée. Elle gloussait bêtement en lui racontant les petites blagues banales auxquelles il s'était livré. Elle répétait les mêmes détails sans intérêt, encore et encore. Puis elle commençait à raconter autre chose et s'interrompait, refusant de finir malgré les supplications de Sae-oh. Celle-ci supposait que c'était en rapport avec Bu-yi.

Mi-yeon paraissait en admiration devant Bu-yi. À l'en croire, le garçon était vif, généreux, attentionné et gentil. Dès qu'elle parlait de ce qu'aimait Bu-yi, elle était aussi enthousiaste que s'il s'était agi de ce qui lui plaisait, à elle.

Sae-oh a vu Bu-yi dans un *hagwon* une fois. En sa présence, Mi-yeon faisait comme si elle ne s'intéressait pas au garçon. Mais c'était un comportement peu naturel, qui sautait aux yeux de Sae-oh.

Le garçon n'a pas du tout plu à Sae-oh. Elle n'était pas loin de le détester. Elle était déçue que Mi-yeon l'ait choisi pour ami. Bu-yi était bien trop turbulent pour elle. Il semblait ne pas supporter de rester un instant sans rien faire. Et il faisait toujours des blagues pas drôles qui refroidissaient l'ambiance. Qui plus est, il n'avait pas vraiment l'air amoureux de Mi-yeon, ce qui était au moins un soulagement pour Sae-oh.

Un jour, Sae-oh est tombée sur Bu-yi dans un bus. Il l'a abordée en premier :

– Comment se fait-il que tu sois toute seule aujourd'hui ? Vous êtes tout le temps collées ensemble, non ?

Cette remarque a réjoui Sae-oh. Mais son plaisir n'a pas duré.

– Ah oui, c'est vrai, Mi-yeon devait aller quelque part, aujourd'hui.

Sae-oh l'ignorait. Elle l'avait eue au téléphone la veille et son amie ne lui avait rien dit à ce sujet. Sae-oh s'est tue, ne sachant plus quoi penser. Au lieu de tenir à savoir où Mi-yeon était, elle lui a demandé d'où il venait.

– Du temple protestant, a-t-il brièvement répondu avant de tourner les yeux vers la fenêtre.

Sae-oh a cru que Bu-yi feignait la gravité, mais il n'avait tout simplement rien d'autre à dire. C'était elle qui voyait les choses de travers. D'après son calcul, il était préférable pour elle de faire ami-ami avec Bu-yi plutôt que lui faire la guerre pour récupérer Mi-yeon, alors que le garçon n'en avait pas du tout l'intention.

– Tu as un joli tee-shirt. Il te va bien.

– Ah bon ? a-t-il répondu, l'air méfiant.

Sae-oh s'est dit qu'elle ferait bien de ne pas poser d'autres questions, mais il y avait quelque chose qu'elle voulait savoir.

– Tu l'as acheté où ?

Bu-yi a semblé comprendre que Sae-oh ne s'intéressait pas vraiment à son tee-shirt. Il s'est contenté de hausser les épaules.

– Je te le demande parce que ce genre de dessin imprimé n'est pas très fréquent.

Le tee-shirt du garçon affichait un grand hibou multicolore. Que cela ait été un lièvre, un tigre ou un fond uni, elle aurait dit la même chose. Bu-yi a laissé échapper un petit rire, elle ne savait pourquoi.

– Qu'est-ce qui te fait rire ? a-t-elle demandé en veillant à garder un ton amical.

Si elle se montrait inquisitrice, il ferait son cachottier.

– Mi-yeon et toi. Vous êtes les mêmes.

À présent, il faisait le malin car il savait qu'elle cherchait à obtenir une information. Comme le ferait n'importe quel garçon pénible et prétentieux.

Sae-oh se demandait ce que Mi-yeon avait pu raconter à Bu-yi pour qu'il lui fasse part de cette ressemblance. Et lui, que savait-il au sujet de Mi-yeon ? Avaient-ils vraiment partagé suffisamment de choses pour affirmer qu'elles avaient les mêmes goûts, tempéraments et façons de parler ? Qu'est-ce que Mi-yeon avait bien pu lui dire ?

Choquée de voir Bu-yi se comporter comme s'il connaissait bien Mi-yeon, Sae-oh a réfléchi à un moyen de prendre sa revanche. L'idée lui est venue de créer un secret entre elle et Bu-yi à l'insu de Mi-yeon : quelque chose qui resterait caché un certain temps puis qui finirait par se savoir.

Sae-oh a commencé à aller au temple protestant, celui que Bu-yi fréquentait. Le garçon n'était pas particulièrement expansif ou vantard, mais il finirait par laisser échapper l'information, car elle ne constituait pas un secret pour lui.

Lors de sa troisième visite au temple, Sae-oh a offert une montre à Bu-yi. Il s'agissait d'une montre de sport très populaire parmi les jeunes de leur âge, qui lui avait coûté toutes ses économies. En réalité, elle avait mis cet argent de côté pour l'acheter à Mi-yeon.

Elle voulait la lui donner juste avant le début de l'office, au moment où ses camarades ne pourraient pas se rassembler mais où le cadeau ne passerait pas inaperçu non plus.

– Qu'est-ce que c'est ? a demandé Bu-yi en examinant la boîte sous toutes ses coutures, comme si la réponse était écrite sur l'emballage.

– Un cadeau.

– Je vois, mais pourquoi tu me donnes ça ? a-t-il répliqué, l'air contrarié.

Il n'affichait pas le moindre signe de gratitude et ne faisait pas mine de vouloir l'ouvrir.

– C'est pour ton anniversaire.

– Tu parles de celui qui va arriver dans quatre mois ou celui qui a eu lieu il y a huit mois ?

Son ton ne laissait pas deviner s'il était content ou pas.

– Les deux. Joyeux anniversaire à venir et joyeux anniversaire en retard.

– Ma propre famille le célèbre rarement, alors je ne vois pas pourquoi je recevrais un cadeau de ta part, pour deux anniversaires d'un coup, en plus.

Maintenant, Sae-oh en était certaine, cela ne lui faisait pas plaisir. Peut-être même allait-il lui rendre le cadeau.

– Ce n'est pas drôle d'offrir un cadeau en même temps que tout le monde.

À ces mots, Bu-yi a semblé se radoucir un peu. Il donnait même l'impression d'apprécier la surprise. Il a hésité encore un peu, puis l'a remerciée, ce qui a plu à Sae-oh. Elle aimait qu'il ait hésité et finalement accepté le cadeau.

– Tu ne l'ouvres pas ?

– Je l'ouvrirai plus tard.

Sae-oh s'est dit qu'il n'avait tout simplement pas envie de s'embêter à l'ouvrir. Il se tournait vers la salle de culte quand elle l'a saisi par le bras.

– Ne le dis à personne.

– Hein ?

– Ne dis à personne que je t'ai offert un cadeau.

Bu-yi a fait volte-face et l'a dévisagée.

– À qui est-ce que je ne dois pas le dire ?

– À tout le monde. Personne ne doit savoir.

– Je déteste ce genre d'histoires. Je te le rends, alors.

– Prends-le, s'il te plaît, c'est à toi, maintenant, l'a-t-elle supplié d'un air grave et timide.

Voilà qui allait donner de la valeur au secret. Plus le secret est lourd, plus il a de chances d'être éventé.

– Reprends-le et je te promets que je ne dirai à personne que tu as voulu m'offrir un cadeau, a dit Bu-yi en posant la boîte dans la main de Sae-oh avant de disparaître dans la salle de culte.

Sae-oh a retenu ses larmes avec peine. Elle s'est efforcée de ne penser qu'au secret qu'elle avait créé. Elle avait enfin un secret, et pourtant, elle se sentait horriblement mal.

Rapidement, Sae-oh a senti qu'au sein du *hagwon*, les autres chuchotaient entre eux à son sujet.

À peine Sae-oh a-t-elle demandé à une camarade ce qui se passait que celle-ci a sauté sur l'occasion, comme si elle n'attendait que ça : « Je ne sais pas si je dois te le dire, mais… » En général, quand une phrase débute de cette façon, la suite est forcément peu agréable à entendre, mais Sae-oh a patienté. Elle savait déjà qu'elle n'était pas très appréciée parmi ses camarades. Elle n'était ni brillante ni attachante et restait tout le temps collée à Mi-yeon. Ce que sa camarade s'apprêtait à lui révéler les concernait sans doute, Mi-yeon et elle.

Elle avait raison. La camarade a omis une partie du récit pour ne pas avoir à donner de noms, mais les rumeurs la concernaient bien. Il s'agissait de ce qu'elle avait fait et dit à Bu-yi. Et de ce que Bu-yi ou Mi-yeon avaient fait ou raconté. L'histoire contenait une part de vérité mais avait été déformée, si bien que Sae-oh avait du mal à discerner le vrai du faux.

Elle aurait dû aussitôt rétablir la vérité, au lieu de quoi elle a feint de l'ignorer. Les choses ne tourneraient pas forcément comme elle le souhaitait. Et de toute façon, ce genre de rumeurs ne se répandait pas par hasard. Elle n'avait plus qu'à attendre que tout se calme. Ce qui la préoccupait, ce n'était pas la propagation de la rumeur, mais sa déformation excessive qui risquait de lui faire perdre toute crédibilité.

Tôt ou tard, la rumeur arriverait jusqu'à Mi-yeon. Elle se douterait de quelque chose à cause de l'attitude de ses camarades. Quand elle l'apprendrait, elle serait tentée de protester, mais elle serait contrainte de reconnaître que certaines choses étaient vraies. Selon les bruits qui couraient sur eux trois,

Mi-yeon jouait le rôle de la meneuse, ce qui n'était pas à son avantage.

Sae-oh et Mi-yeon se voyaient encore de temps en temps, mais jamais elles n'évoquaient la rumeur, ni les parties qui auraient eu besoin d'être élucidées. Elles faisaient comme si de rien n'était. Elles ne parlaient pas non plus de Bu-yi. Dès qu'affleurait un sujet qu'il valait mieux éviter, soit elles le passaient sous silence, soit elles n'en abordaient qu'un aspect. Si bien que Sae-oh avait l'impression que Bu-yi était toujours présent.

Un soir, Sae-oh était assise seule dans l'aire de jeux quand quelqu'un s'est approché. C'était Mi-yeon. Sae-oh n'a pas tourné la tête vers elle et celle-ci ne l'a pas saluée. Au bout d'un moment, Sae-oh s'est adressée à Mi-yeon :

– Tu as quelque chose à me dire ?

– Et toi ? a répliqué Mi-yeon d'une voix douce.

Elle a même esquissé un sourire. Sae-oh n'a pas réagi, ne sachant ce qu'il sous-entendait. Elle commençait à comprendre le pouvoir qu'exercent la cupidité et la jalousie sur une amitié ordinaire, et combien il est facile de fausser une relation.

Leur dialogue s'est arrêté là. Elles sont restées assises en silence pendant un bon moment encore. Les mots qui sortaient de la gorge de Sae-oh s'accumulaient dans sa bouche. Ils pesaient aussi lourd que du béton. Elle aurait voulu tout lui dire : sa jalousie, la froideur de Mi-yeon, la tension et la gêne que Bu-yi avait introduites entre elles, la montre qu'elle avait voulu offrir à ce dernier, la rumeur qu'elle avait lancée.

Au milieu de ce silence pesant, Sae-oh a compris que c'était elle, et personne d'autre, qui avait abîmé leur amitié. Elle avait envie de prouver à Mi-yeon qu'elle était prête à tout pour elle. De lui avouer son amour immuable et de s'excuser pour toutes les erreurs qu'elle avait commises jusque-là. Un désir impérieux de palper les lobes d'oreille de son amie, comme elle le faisait quand elles étaient petites, l'a saisie. Mais elle l'a réprimé et s'est contentée de tapoter anxieusement sa cuisse du bout de ses doigts.

Elle était déconcertée de se rendre compte qu'elle n'avait jamais imaginé une telle situation. Elle a été prise de regrets, comme quand elle s'était rendu compte pour la première fois de sa propre stupidité. Elle allait avoir du mal à s'en remettre.

18

Trois ans plus tard, Sae-oh a reçu un coup de fil de Mi-yeon. Aurait-elle dû se méfier dès le départ ? Aurait-elle dû sentir le coup fourré quand Mi-yeon l'a gentiment appelée par son prénom ? Mi-yeon s'est plainte que cela faisait bien trop longtemps qu'elle ne l'avait pas contactée, avant de lui demander gaiement ce qu'elle faisait, telle une amie prenant régulièrement de ses nouvelles.

Sae-oh a hésité et lui a retourné la question :

– Et toi, tu vas bien ?

– Un peu débordée, mais la vie est belle, a répondu son amie d'un ton enjoué. Où es-tu, Sae-oh ? Chez toi ?

C'était ses quatrièmes vacances d'été depuis son entrée à la fac. Son père était en train de liquider son magasin d'outillage, qui était dans le rouge depuis le lancement du projet de réhabilitation de la zone commerciale. La fermeture de la boutique allait le laisser très endetté. Sae-oh serait obligée de suspendre ses études le semestre suivant.

– Et toi, où es-tu ? a-t-elle demandé à Mi-yeon.

– J'ai interrompu mes études pour travailler. C'était une opportunité que je ne pouvais pas rater. Tu sais à quel point il est difficile de décrocher un travail, aujourd'hui.

Contrairement à Sae-oh, qui, gênée, ne savait pas trop de

quoi parler, Mi-yeon menait gaiement la conversation, l'air de dire qu'il fallait bien surmonter cette période de crise.

– Ce serait bien qu'on se voie un de ces quatre, non ? a lancé Mi-yeon d'un ton désinvolte, comme si elle demandait à Sae-oh ce qu'elle avait pris pour le déjeuner ou bavardait à propos d'un scandale dans le show-business.

Sae-oh a gardé le silence, ne trouvant rien à répondre. Elle a entendu quelqu'un appeler Mi-yeon à l'autre bout du fil. Celle-ci a écarté le combiné et répondu d'une petite voix : « Oui, chef, j'arrive tout de suite. » Puis elle a repris le téléphone et dit :

– Sae-oh, je suis vraiment désolée, mais la chef d'équipe a besoin de moi en urgence. Nous avons une affaire importante à régler. Excuse-moi de raccrocher si brutalement, je peux te rappeler plus tard ?

Sae-oh a hoché la tête comme si Mi-yeon était devant elle, avant de se rendre compte qu'elle était au téléphone.

– D'accord, on se rappelle.

Le changement dans l'attitude de Mi-yeon a laissé Sae-oh pantoise. Mi-yeon lui avait dit : « Excuse-moi », ce qu'elle n'aurait jamais fait avant.

Si elle ne l'avait pas rappelée, Sae-oh aurait pensé qu'elle lui avait téléphoné sur un de ses coups de tête habituels. Mais, comme pour prouver que sa proposition de rencontre n'était pas bidon, Mi-yeon a rappelé et décidé sur-le-champ de l'heure et du lieu de rendez-vous, sans lui demander son avis. Sur ce point, elle n'était pas très différente de celle d'avant. Et Sae-oh en a été soulagée. Elle a tout de même remarqué que son amie utilisait un ton plus aimable et plus attentif qu'avant.

Sae-oh, un peu excitée, est même allée s'acheter une nouvelle tenue à l'insu de son père, lequel poussait souvent de profonds soupirs en raison de la liquidation de son magasin. En route pour la station Gangnam, qui était le lieu de rendez-vous, elle a reçu un appel de Mi-yeon lui demandant de la retrouver plutôt près de la station Gyodae. Mi-yeon s'est excusée plusieurs fois, de manière excessivement courtoise, ce que Sae-oh a trouvé bizarre. La Mi-yeon d'avant ne se serait jamais excusée de modifier un lieu de rendez-vous à la dernière minute, puisqu'elle aurait eu une bonne raison de le faire. Sae-oh n'avait jamais reproché à Mi-yeon d'être sans-gêne. Elles étaient suffisamment proches l'une de l'autre pour s'accorder ce genre de liberté.

Sae-oh était en train de changer de métro pour prendre la direction de Gyodae quand elle s'est soudain demandé pourquoi Mi-yeon l'avait appelée précisément pendant ses heures de travail, alors que c'était leur premier contact depuis trois ans. À sa place, Sae-oh aurait attendu d'être rentrée du travail et de ne rien avoir à faire de la soirée. C'est en effet souvent la nuit que la solitude se fait plus mordante et nous donne le courage d'appeler quelqu'un.

Quel genre de tâche Mi-yeon effectuait-elle cet après-midi-là pour se rappeler Sae-oh ? Qui plus est, elle avait l'air très prise, au point que sa chef avait eu besoin d'elle en urgence. Sae-oh a senti son humeur s'assombrir. Mi-yeon avait dû se souvenir d'elle pour une raison insignifiante et l'avait appelée sur un coup de tête. Ou peut-être avait-elle choisi un moment où elle était occupée pour ne pas avoir à aborder l'épineuse et délicate question de savoir pourquoi elles ne s'étaient pas parlé depuis si longtemps. Sae-oh préférait penser ainsi.

Elle est descendue du métro l'esprit envahi d'idées qui ricochaient et avec l'envie d'aller sur l'autre quai prendre la direction opposée. Mi-yeon l'a appelée à cet instant précis pour lui demander si elle arrivait bientôt. On aurait dit qu'elle avait deviné les pensées de Sae-oh. Le fait que Mi-yeon ait organisé le rendez-vous, changé de lieu, puis vérifié son arrivée prochaine signifiait qu'elle voulait vraiment la revoir.

Il ne s'agissait pas là d'un comportement juste attentionné à son égard, mais plus d'une impatience. Elle s'efforçait de plaire à Sae-oh, qui ignorait pourquoi.

Mi-yeon est arrivée un peu en retard au café et s'est dirigée droit sur Sae-oh, déjà installée, avec un grand sourire. Sae-oh lui a rendu son sourire. Certes, elle n'était pas à l'aise de la revoir de cette façon, mais en entendant la voix de son amie pleine d'entrain, légèrement excitée, elle s'est sentie mal de lui avoir prêté de mauvaises intentions.

Mi-yeon était amaigrie. Malgré son air fatigué, elle avait tout de l'employée de bureau modèle. Elles ont échangé des nouvelles sur leur vie, l'endroit où elles habitaient, leur famille, comme deux amies se retrouvant après un long moment. Tout en posant des questions et en répondant brièvement, Mi-yeon n'a cessé de regarder autour d'elle et de jeter des coups d'œil à l'entrée du café. Remarquant que Sae-oh l'observait, elle a affiché un grand sourire radieux puis s'est efforcée de détendre son visage crispé. Une fois bouclé le tour des nouvelles, Mi-yeon a respiré un grand coup avant de déclarer que son travail lui rapportait beaucoup d'argent. Puis elle s'est lancée dans un récit ininterrompu d'anecdotes destinées à le prouver sans que Sae-oh puisse dire un mot. Celle-ci a supposé qu'elle parlait abondamment de son travail pour effacer la gêne occasionnée par leurs retrouvailles. Elle aurait sans doute fait pareil, se serait accrochée au premier sujet qui lui venait en tête. En chemin, elle avait craint que Mi-yeon ne s'ennuie par manque de sujets de conversation et ne regrette de l'avoir appelée.

Après avoir longuement parlé de son travail et de son entreprise, Mi-yeon a demandé : « Comment va le magasin de ton père ? Il paraît qu'en ce moment toutes les petites affaires font faillite. » Sae-oh a eu soudain l'impression d'avoir discuté jusque-là avec une parfaite inconnue. C'était totalement grossier et indélicat de la part de Mi-yeon.

Que restait-il de la Mi-yeon que Sae-oh avait connue ? À quel point a-t-elle cessé d'être une amie ? La Mi-yeon d'avant était froide et capricieuse, mais discrète et réfléchie. Sous son apparente indifférence, elle savait porter attention aux autres de façon subtile. Mais la Mi-yeon qui se tenait devant elle n'était plus comme ça. Plus elles parlaient, plus celle-ci semblait sarcastique. Elle riait, mais c'était un rire sans joie. Son bavardage excessif n'était pas dû à la gêne ; il lui servait à cacher son jeu.

Chaque fois que Mi-yeon s'interrompait, elle observait les alentours ou consultait sa montre et son téléphone. Dans ces moments-là, Sae-oh se devait de dire quelque chose, sans quoi le silence allait révéler que leur amitié était bel et bien terminée. Alors elle essayait de reprendre là où Mi-yeon s'arrêtait, ajoutait des commentaires et lui posait les mêmes questions : quand avait-elle déménagé ? son travail était-il difficile ? à quel moment comptait-elle reprendre la fac ? Chaque question témoignait du temps qui avait passé depuis leur dernière rencontre.

Après avoir répondu d'un ton brusque à chacune, Mi-yeon a lancé, l'air soudain grave :

– Allons dîner, maintenant.

Joignant le geste à la parole, elle s'est levée d'un bond et a quitté le café à grandes enjambées. C'était un peu tôt pour dîner, mais Sae-oh lui a emboîté le pas. Après avoir réglé leurs consommations, elle a rejoint Mi-yeon, qui était au téléphone.

– Qu'est-ce que tu veux manger ? lui a demandé Sae-oh après avoir attendu la fin de sa communication.

Mi-yeon s'est mise à marcher sans lui répondre. Sae-oh l'a rattrapée et bien qu'il lui fût difficile de voir son visage, elle a noté l'air maussade de son amie depuis leur départ du café.

– Entrons ici, a dit Mi-yeon.

C'était un restaurant de *seolleongtang*, une soupe à base de bouillon de bœuf, non loin du café. Elle devait l'avoir déjà en tête, vu la vitesse à laquelle elle s'y était rendue.

Sae-oh a serré des deux mains le bol contenant la soupe blanchâtre que la serveuse avait posée devant elle. Une idée lui est venue : c'était la première *seolleongtang* qu'elle mangeait avec Mi-yeon. Mais cette première fois lui paraissait bien décevante. L'émotion de leurs retrouvailles était aussi insipide que le bouillon.

Mi-yeon, muette et concentrée sur sa soupe, n'était pas du tout comme au café. Elle a soudain posé sa cuiller et regardé Sae-oh dans les yeux.

– En fait, Sae-oh…, a-t-elle fini par dire après un moment d'hésitation.

Sae-oh a avalé la cuillérée de soupe qu'elle venait d'enfourner et attendu la suite. Le bouillon, déjà refroidi, lui a semblé brûlant. Son visage et son corps se sont embrasés. Personne d'autre que Mi-yeon ne lui faisait cet effet et cela l'effrayait.

Les yeux de Mi-yeon, fixés sur Sae-oh, étaient toujours aussi grands et noirs. Avant, ils étaient animés d'un étrange éclat qui l'ensorcelait. Aujourd'hui, bien que toujours envoûtants, ils étaient totalement différents, mais elle n'aurait su dire en quoi précisément. L'expression de Sae-oh avait dû se figer, car Mi-yeon a esquissé un petit sourire on ne peut plus naturel. Plus Mi-yeon pensait afficher un air naturel, plus son visage devenait sombre et impitoyable. C'était un visage déchiqueté par la vie.

19

Le lendemain matin du jour où Sae-oh a retiré au distributeur une somme qu'elle a comptée et recomptée avant de la tendre à Mi-yeon, celle-ci a disparu. Sae-oh ne l'a pas vue à la réunion de six heures. Peut-être s'était-elle simplement absentée un moment. Peut-être était-elle aux toilettes, partie se promener ou acheter un ingrédient qui lui manquait pour préparer son petit déjeuner. Malgré toutes ces possibilités, Sae-oh ne doutait pas que son amie avait quitté les lieux pour de bon. C'était bien plus une certitude qu'une hypothèse.

Sae-oh a été réveillée par des voix. Chaque fois qu'elle ouvrait les yeux, elle était déconcertée de se trouver allongée au milieu d'inconnus. À mesure que l'obscurité se faisait de moins en moins dense, elle continuait à se demander où elle était. Alors elle restait couchée sans penser à rien dans une lueur presque incolore. Elle voyait les moulures marron encadrant le plafond, mais elle aurait été incapable de décrire les motifs ondulés du papier peint.

Le mur était vide, ce qui n'avait rien d'étonnant. La veille encore, Mi-yeon y était appuyée, somnolente, à côté de Sae-oh. Elle allait désormais pouvoir dormir sur ses deux oreilles grâce aux cinq millions de wons que Sae-oh lui avait obtenus en mentant à son père.

Deux pièces se faisaient face, reliées par un salon combiné d'une cuisine aussi étroit qu'un couloir. Ses collègues déjà réveillés étaient réunis dans ce petit séjour et chuchotaient entre eux, essayant manifestement de cacher quelque chose. Au fur et à mesure que d'autres personnes les rejoignaient, le chuchotement s'amplifiait.

– À partir d'aujourd'hui, mademoiselle Jo Mi-yeon travaillera dans une autre équipe, a annoncé la chef avant même que Sae-oh demande où elle se trouvait.

Aussitôt, les regards agités du groupe se sont apaisés. Le court silence qui s'est ensuivi a donné un sentiment de solitude à Sae-oh. S'ils avaient continué à murmurer, elle n'aurait pas eu l'impression d'être la seule exclue de ce secret de polichinelle.

Sae-oh s'est dirigée vers la salle de formation aux côtés de la chef d'équipe qui, heureusement, ne lui a pas tenu le bras cette fois. Elle qui s'était montrée jusque-là très amicale avait le regard dans le vide et l'air impassible.

– Je peux vous raconter quelque chose ? a-t-elle demandé.

Sae-oh s'est dit qu'elle allait encore avoir droit à l'un de ces innombrables exemples de réussite dont on leur rebattait les oreilles tout le temps de la formation.

– Une fois, une de nos membres a essayé de s'enfuir. Elle s'est rendue dans une supérette voisine. C'était son seul refuge, car les autres boutiques alentour étaient fermées à cette heure-là. À peine entrée, elle a interpellé le jeune employé. Elle se sentait en danger, je ne sais pas pourquoi, peut-être simplement parce que c'est un sentiment qui accompagne la fuite. En tout cas, elle a hurlé : « Au secours ! Aidez-moi ! »

Elle s'était exprimée de façon si réaliste et évocatrice que Sae-oh a cru un instant que sa chef implorait son aide. Ce n'était manifestement pas la première fois qu'elle racontait cette histoire.

– À votre avis, qu'a fait l'employé ? a demandé la chef qui s'est arrêtée et a fixé Sae-oh, comme pour lui laisser le temps de répondre, puis, voyant que celle-ci ne réagissait pas, elle a repris : il a bâillé à s'en décrocher la mâchoire. Rien d'étonnant, c'était la fin de son service. Et il lui a dit : « Quoi ? Vous aussi, vous étiez enfermée ? »

Avec un petit rire, la chef s'est remise en route.

– La fugitive a supplié l'employé de lui prêter son téléphone. Vous savez, les chefs d'équipe confisquent les portables de tous les membres. Même s'ils ont envie d'appeler la police, ils ne peuvent pas. Mais l'employé a refusé, car c'était un modèle dernier cri. On ne prête pas son tout nouveau téléphone à n'importe qui. Vous savez, il y en a qui prétendent n'en avoir besoin qu'un instant, mais ils se sauvent avec. Hors de question que l'employé la laisse l'utiliser. Un œil sur l'entrée du magasin, de peur d'être suivie, la fugitive l'a supplié d'appeler la police à sa place. Le jeune employé s'est exécuté, mais au lieu de dire que quelqu'un cherchait de l'aide, il leur a annoncé qu'il avait une personne bizarre dans son magasin. Le temps que la police arrive, la femme est restée cachée derrière les poubelles, vous savez, celles dans lesquelles on met les restes de soupe. Les bennes qui empestent, avec des morceaux de nouilles collées dessus, voilà derrière quoi elle s'est abritée. Et chaque fois que quelqu'un entrait, elle plongeait entre les rayons. L'employé, agacé de la voir frôler les produits, a fini par s'énerver et l'a avertie de ne pas mettre le désordre. La fugitive a fait des courbettes et s'est confondue en excuses, mais elle est restée là. Au bout d'une vingtaine de minutes, un policier est arrivé, l'air nonchalant. Il a tranquillement ouvert la porte et lancé : « Vous nous avez appelés ? » Aussitôt, la femme en fuite s'est précipitée dans ses bras, comme s'il s'était agi de sa mère. Le policier l'a repoussée, l'air agacé, et a demandé : « Encore la vente en réseau ? » Il en avait tellement vu, des cas comme le sien. Et tu sais comment ça a fini ?

La chef, soudain passée au tutoiement, s'est de nouveau arrêtée. Elle a observé un instant de silence, puis s'est remise en marche. Non qu'elle voulût laisser à Sae-oh le temps de réfléchir à la réponse. Elle souhaitait plutôt que Sae-oh devine ce qui attendait une fugitive que même la police refusait d'aider.

– Elle est revenue une semaine plus tard. En réfléchissant bien, elle a finalement reconnu qu'elle avait tort. C'est logique quand on y pense. Cette expérience lui a appris que le monde n'offre jamais une seconde chance aux losers. Pour réussir, elle devait se créer ses propres opportunités et travailler dur, ici et maintenant. Car ici, chacun se voit offrir sa chance de façon équitable. C'est le seul lieu véritablement démocratique au monde. À propos, la personne de cette histoire, c'était moi.

Sae-oh, pas particulièrement surprise, a hoché la tête en silence. Les cinq journées de formation qu'elle avait suivies jusque-là avaient été plutôt efficaces. Si on s'y tenait, le travail s'en trouvait facilité. Il s'agissait, d'une certaine façon, de désarmer les gens afin d'en obtenir ce qu'on voulait. Le souhait de Sae-oh, en cet instant, c'était que la chef arrête de parler.

Sa chef semblait dire que Mi-yeon finirait par revenir. Elle savait pertinemment que c'était ce que Sae-oh avait envie d'entendre. Mi-yeon devait revenir et lui présenter ses excuses, même si ce n'était pas au nom de la longue et profonde amitié qu'elles partageaient autrefois.

La chef avertissait aussi Sae-oh qu'il était inutile d'essayer de fuir puisqu'elle serait obligée de revenir. Mieux valait réfléchir au moyen de réussir, tel était le message que sa chef voulait lui transmettre. Sae-oh est restée, mais pas à cause de l'histoire que lui avait racontée la chef d'équipe.

Elle a travaillé dur en se conformant au manuel et à la formation reçue.

Elle pensait souvent à Mi-yeon et plus encore à elle-même, coincée seule ici, sans son amie. Penser à Mi-yeon la déprimait, car aussitôt lui venait en tête l'idée que celle-ci ne serait pas de retour. Penser à elle-même lui permettait au moins de comprendre, dans une certaine mesure, la raison pour laquelle son amie ne revenait pas.

Après le départ de Mi-yeon, Sae-oh a pris l'habitude de prêter attention au moindre signe de présence humaine derrière son dos. Elle partait travailler le matin sans aucun espoir, mais quand elle regagnait son logement le soir, elle se sentait un peu revigorée par l'idée que peut-être Mi-yeon serait revenue. Parfois, elle passait des jours entiers inutilement tendue, à attendre son retour.

Une semaine s'est écoulée. Mi-yeon n'est pas réapparue. Revenir, cela n'arrivait qu'aux gens comme la chef d'équipe et les autres membres. Pas à Mi-yeon qui ne faisait jamais machine arrière. Bien que Sae-oh eût envie de le nier à tout prix, elle était bien obligée de constater que son amie n'avait absolument pas changé.

Sae-oh s'est mise à la détester autant qu'elle lui avait fait confiance et accordé son amitié. Non pas parce qu'elle ne lui témoignait plus d'amitié, mais parce qu'elle était partie à l'issue du délai de cinq jours pour que Sae-oh devienne membre de l'équipe, alors qu'elles auraient pu s'enfuir ensemble avant. Elle la détestait de l'avoir choisie comme dernière cliente. De l'avoir laissée seule, sans rien lui dire. Comme autrefois, Mi-yeon ne lui avait avoué aucun de ses secrets.

Sae-oh s'est sérieusement mise au travail. Elle utilisait un ton gai et parlait de façon claire et assurée pour que les amis qu'elle appelait ne s'aperçoivent pas à quel point elle était défaite. Elle a commencé par ceux qui étaient les plus susceptibles de lui faire confiance. Ensuite, elle a téléphoné à de simples connaissances : ses camarades de l'école élémentaire, du collège, du lycée, dont elle avait oublié le nom, les amis du temple protestant qu'elle avait fréquentés au collège ou encore des camarades de fac avec qui elle avait à peine échangé quelques mots. Les relations comme celle qu'avaient entretenue Mi-yeon et Sae-oh, restées sans contact depuis longtemps, étaient idéales dans ces circonstances.

Au début, à chaque numéro qu'elle composait, elle craignait d'être rejetée. Mais au bout de plusieurs refus, elle s'est habituée. Elle s'en tenait au conseil de sa chef selon lequel on a dix refus si on appelle dix personnes ; mais si on en appelle cent, au moins vingt d'entre elles vont prêter une oreille attentive. Elle n'avait d'autre choix que téléphoner, encore et encore. Dans un premier temps, elle a été rongée par la culpabilité d'entraîner les gens dans une affaire louche, mais petit à petit, ce sentiment a disparu. Contrairement à ce qu'ils pensaient, elle ne mendiait pas, ne les embarquait pas dans un naufrage inéluctable. Au contraire, elle leur apprenait qu'il existait une opportunité extraordinaire pour eux de choisir leur avenir.

Elle continuait à contacter des gens qu'elle connaissait à peine, lesquels lui opposaient systématiquement une fin de non-recevoir, et elle se faisait humilier par ceux qu'elle rencontrait en personne. Il lui arrivait quand même de réussir à en convaincre certains de venir passer cinq jours dans le logement collectif, après quoi ils devaient effectuer un dépôt de cinq millions de wons pour passer du statut de client à celui de membre. Ces personnes commençaient à travailler sous le parrainage de Sae-oh et en faisaient venir d'autres. Mais quelque temps après, ils s'en prenaient à Sae-oh et l'injuriaient avant de s'en aller. Des membres de leur famille venaient dans le logement collectif l'agresser physiquement. Elle leur hurlait dessus à son tour, les repoussait violemment sans savoir ce qu'elle cherchait à défendre et s'accrochait en vain à ses filleuls pour les empêcher de partir.

Au début, Sae-oh est restée pour attendre Mi-yeon. Ensuite, l'argent qu'elle avait gaspillé et sa dette qui augmentait régulièrement l'ont empêchée de partir. Elle voulait se consoler de la trahison de Mi-yeon, mais elle a rapidement eu besoin de cinq millions supplémentaires et plus encore. À vrai dire, les cinq millions de wons ont toujours été plus importants que Mi-yeon. Sae-oh n'était pas en situation de les dépenser de façon aussi inconséquente. Il lui fallait tripler cette somme, puis la multiplier par dix. La perspective de gagner beaucoup d'argent d'un coup l'a conduite à faire plusieurs crédits bancaires pour investir davantage. Plus elle s'endettait, plus elle empruntait. Elle a répété le processus un nombre incalculable de fois, mais s'est montrée incapable de récupérer le capital initial.

Cinq millions de wons, c'était une somme énorme, comme l'a prouvé son incapacité à quitter cet endroit pendant plus d'un an et demi. Le jour où elle a compté chaque billet constituant les cinq millions de wons que son père lui avait transférés, leur odeur a imprégné ses mains et y est restée un bon moment. À présent, elle a disparu.

À mesure que sa dette s'élevait, le nombre de ses contacts se réduisait, jusqu'à ce qu'elle n'ait plus un seul numéro à appeler. Elle s'est mise à les composer au hasard. Elle cherchait désespérément quelqu'un qui ferait au moins semblant de la reconnaître. Était-ce le moment auquel Mi-yeon s'était souvenue d'elle ? Elle était certaine que Mi-yeon n'avait pas pensé à elle en premier. Mais une fois que ce fut fait, elle n'avait pas hésité à appeler Sae-oh et à l'entraîner dans ce bourbier. Sae-oh se trouvait exactement dans le même état d'esprit : ce qui comptait, ce n'était ni l'amitié, ni l'honneur, ni la valeur des relations.

Ce qui comptait, c'était les cinq millions de wons.

20

Chaque fois que Mi-yeon présentait Bu-yi à quelqu'un, elle disait systématiquement : « Il a été capitaine de l'équipe de base-ball. » Comme si c'était sa principale caractéristique.

En entendant sa voix au téléphone, il a été difficile à Sae-oh de savoir s'il était toujours digne de ce titre. Elle a fini par hésiter, mal à l'aise, et s'est écartée de la conversation recommandée par le manuel.

– Salut, euh, tu te souviens de moi ?

– Pardon, qui est à l'appareil ?

– C'est Sae-oh. Yun Sae-oh.

– Yun Sae-oh ? Bien sûr, je me rappelle.

– C'est vrai ?

– Oui, tu étais amoureuse de moi.

Voyant la mine de Sae-oh s'allonger, la chef d'équipe a rapidement dessiné un smiley sur une feuille. Sae-oh s'est efforcée de remonter le coin de ses lèvres avant de répondre :

– Oh, tu étais au courant ?

– Je plaisantais.

– Mais c'était vrai.

– Alors, qu'est-ce qui t'amène ? a demandé Bu-yi d'un ton sérieux, mais pas sec, ce qui l'a rassurée.

– Comment vas-tu ? a répliqué Sae-oh.

La chef d'équipe a tracé une grande croix sur la feuille, pour lui dire d'arrêter de poser des questions. L'écouter, c'était pour plus tard. Dis-lui d'abord à quel point tu gagnes bien ta vie, a-t-elle griffonné.

– Ça se passe bien, ta vie à la fac ? a demandé Sae-oh en se détournant de la chef qui, les bras croisés, s'est renfoncée dans sa chaise avec résignation.

– On s'est pas parlé depuis des années et c'est tout ce que tu trouves à me demander ? Et toi ? Toujours moche ? Toujours foutue comme un camion-benne ?

Là-dessus, Bu-yi a eu un petit rire, imité par Sae-oh. C'était drôle. Ce rire partagé lui a donné envie de le revoir. Elle lui a alors posé la même question que Mi-yeon :

– On essaie de se voir un de ces quatre ?

– Pour quoi faire ? a aussitôt répliqué Bu-yi.

Sae-oh a laissé échapper un petit rire.

La chef l'a regardée d'un air apitoyé, comme si elle venait de faire s'envoler les cinq millions de wons.

– Tu n'as pas envie de savoir si je suis toujours moche ?

– Les visages changent peu. À moins que tu aies fait de la chirurgie esthétique ?

Sae-oh a ri de nouveau. Elle n'a compris que plus tard que Bu-yi n'avait pas vraiment dit cela pour plaisanter.

L'heure du rendez-vous était dépassée depuis une demi-heure et Bu-yi ne se montrait toujours pas. Sae-oh a voulu l'appeler, puis s'est ravisée. Elle a pressenti qu'il ne viendrait pas. Répondre gaiement à son coup de fil et plaisanter jovialement, c'était une chose, mais il n'avait aucune véritable raison de la revoir.

Penser qu'il n'allait pas venir a donné encore plus envie à Sae-oh de le revoir. Il était bien possible que Bu-yi ait entendu parler d'elle et soit au courant de tout. Les amis venus rejoindre Sae-oh dans la salle de formation étaient tous partis et avaient rapidement répandu des bruits sur son compte.

Sae-oh comprenait peu à peu qu'avec ce travail, on commençait par perdre ses amis les plus proches, puis ceux qu'on considérait comme des amis et au bout du compte, toutes ses connaissances.

Elle essayait souvent d'imaginer ce que faisait Mi-yeon, les gens qu'elle rencontrait et ce dont elle leur parlait depuis qu'elle était partie. C'était aussi difficile qu'imaginer la Mi-yeon qui avait été membre de ce milieu. La Mi-yeon qu'elle avait revue pour la première fois en trois ans avait affiché un sourire radieux à la vue des cinq millions de wons. Aujourd'hui, elle ne savait pas ce qui pourrait faire sourire Mi-yeon.

Les minutes passant, la probabilité de voir Bu-yi arriver s'amenuisait. Il était temps d'y aller. Elle n'avait pas envie de retourner dans le logement collectif ni dans la salle de formation, mais la chef d'équipe l'attendait à l'extérieur du café. Au moment où elle allait partir, Bu-yi est entré précipitamment. Réjouie de le voir, Sae-oh s'est levée d'un bond. Le garçon lui a fait un petit signe de la main et Sae-oh l'a imité alors qu'ils ne s'étaient jamais salués ainsi auparavant.

Bu-yi, les épaules toujours aussi larges, paraissait plus costaud que jamais. La main qu'il a agitée était épaisse et tannée et il haletait, sans doute était-il venu en courant.

– Tu sais quoi ? Tu es toujours aussi moche, a-t-il dit.

Sae-oh a éclaté de rire et Bu-yi l'a dévisagée, l'air de se demander pourquoi elle riait.

Installés face à face, ils n'avaient rien à se dire. Bu-yi a marmonné que le décor lui donnait l'impression d'être dans un zoo pour enfants et que le café n'avait aucun goût. Sae-oh est restée silencieuse, n'ayant pas envie de parler du passé. Il semblait en être de même pour Bu-yi.

Puis il l'a surprise en lui demandant :

– Comment va Mi-yeon ?

La question laissait entendre que Mi-yeon n'avait pas cherché à recruter Bu-yi. Il ne savait pas ce qui lui était arrivé. Sae-oh en a été rassurée.

– Je suppose qu'elle va bien.

Bu-yi a aussitôt compris la signification de cette réponse. Malgré tout, ils ont continué à parler de Mi-yeon un moment. Elle était tout ce qu'ils avaient en commun.

Sae-oh s'est mise à lui raconter que quand Mi-yeon était en colère contre elle, elle ne lui adressait plus la parole, qu'elle s'énervait quand elle ne réussissait pas à faire ses lacets ou contre les passants qui avançaient trop lentement devant elle. Sae-oh ne se fâchait jamais, même quand son amie faisait des histoires pour rien et la laissait bouche bée. En revanche, quand c'était Mi-yeon qui avait quelque chose à se reprocher, elle se montrait atrocement indifférente, si bien que c'était Sae-oh qui s'excusait en premier, en vue d'alléger l'atmosphère. Puis, au moment où tout allait être oublié, Sae-oh disait à son amie à quel point elle était blessée que celle-ci l'amène toujours à s'excuser alors que c'était sa faute. Mi-yeon lui adressait alors un regard catastrophé et expliquait à Sae-oh de façon très persuasive que celle-ci était épuisante sur le plan émotionnel. Bu-yi se souvenait bien, lui aussi, de ces aspects de Mi-yeon.

Bu-yi se montrait plus taciturne qu'elle ne l'avait imaginé. Peut-être parce qu'il n'avait jamais été proche de Sae-oh. Il a très peu parlé de lui, sans toutefois donner l'impression de cacher quoi que ce soit, de garder délibérément le silence ou de n'avoir rien d'intéressant à partager avec elle. Il a maintenu une certaine distance et fait en sorte de donner à Sae-oh l'envie de continuer à parler. Il l'a écoutée attentivement, se montrant positif et compréhensif, si bien qu'elle a failli lui révéler les véritables raisons de sa présence dans ce café et ce qui s'était passé avec Mi-yeon.

La chef lui a envoyé un texto lui demandant de changer d'endroit. Au lieu de ça, Sae-oh s'est levée et a pris congé de Bu-yi. Elle aurait pu l'emmener ailleurs et parler de l'affaire, mais elle ne l'a pas fait. Sur le moment, elle n'a pas su pourquoi, mais une fois revenue dans le logement collectif ce soir-là, et en voyant ses collègues assis les uns contre les autres dans le salon exigu pour le bilan de la journée, elle a compris.

Elle avait honte de montrer à Bu-yi la vie misérable qu'elle menait dans ce logement : les chambres minuscules, les repas médiocres qu'ils avalaient assis à même le sol dans le petit salon, serrés comme des sardines, les produits à vendre entassés partout, la salle d'eau dont le trou d'évacuation était couvert de déchets alimentaires. Elle ne voulait pas que Bu-yi voie tout ça.

De retour dans le dortoir, elle s'est également rendu compte que les habits qu'elle portait étaient miteux. Elle a compris en quoi un vêtement en tissu bon marché et une coupe médiocre donnaient l'air minable, à quel point la nourriture, qu'elle parvenait à avaler uniquement parce qu'elle n'avait pas d'appétit, était infecte, et combien il était insupportable de dormir toutes les nuits épaule contre épaule à plusieurs dans la même pièce.

Tard ce soir-là, après le bilan et une fois tout le monde couché, elle est restée allongée là, serrée au milieu des autres, à penser à Bu-yi. Plus elle songeait à lui, plus il lui manquait. Elle avait envie de lui parler, peu importe de quoi. Elle a passé la nuit à chercher un moyen de revoir Bu-yi sans honte. Elle n'avait qu'à le faire venir là, après tout.

Peu après, elle l'a enfin revu. Lentement, calmement, elle lui a raconté les frais de scolarité en augmentation constante, son prêt étudiant dont elle ne savait pas si elle pourrait le rembourser, son avenir professionnel incertain une fois ses études terminées, d'autant que la spécialité qu'elle avait choisie ne lui convenait pas. Bu-yi l'a écoutée attentivement en lui faisant part, de-ci de-là, de ses propres souhaits.

Quand Bu-yi s'est plaint d'avoir faim, Sae-oh l'a conduit dans un restaurant qu'elle connaissait, sans trop y réfléchir. C'était celui où elle emmenait les recrues potentielles la première fois qu'elle les rencontrait. Le restaurant où elle était allée avec Mi-yeon.

On leur a servi une *seolleongtang*, au bouillon blanchâtre. Il ne lui restait plus qu'à commencer son baratin, mais la tâche lui a semblé bien plus difficile et embarrassante qu'avec les autres. Sae-oh a d'abord avalé une cuillérée de bouillon et senti son corps se réchauffer. Ce qui lui a donné le courage de continuer à le voir, même s'il refusait sa proposition.

– Bu-yi, a-t-elle commencé, hésitante, avant de se lancer : En fait…

Alors qu'elle récitait le texte qu'elle avait répété toute la nuit, Bu-yi avalait cuiller après cuiller du bouillon rougi par le piment et les épices qu'il y avait ajoutés.

Une fois son bol vidé, Bu-yi est resté silencieux un moment, puis il lui a demandé :

– Et tu as gagné combien, toi ?

Sae-oh a tressailli. « Tu peux gagner autant que tu veux. Ton investissement initial constitue la graine qui va donner naissance à un arbre dont les fruits seront des billets. » Elle était censée lui répéter les inepties abstraites et métaphoriques qu'elle débitait à tous les autres. Sae-oh ne pouvait lui dire combien elle avait gagné puisque, loin d'avoir touché le moindre centime, elle ne faisait que s'endetter. Elle était supposée noyer le poisson ou lui retourner la question en lui demandant combien il voulait gagner. Si elle lui disait la vérité, il ne se laisserait pas convaincre. Ce qui ne signifiait pas forcément qu'elle était incompétente. Vu la nature du travail, il fallait en passer par une période d'échecs et d'humiliations avant de réussir. Sae-oh en était persuadée. Et pourtant, elle n'était pas capable de le dire à Bu-yi.

Par chance, Bu-yi ne semblait pas intéressé par sa réponse. Il s'est contenté de murmurer pour lui-même : « Pas tant que ça, hein ? » Contrairement à ses autres amis, il ne l'a pas blâmée, ne s'est pas moqué d'elle. Il n'a pas été fâché qu'elle ait essayé de l'entraîner dans cette sale affaire. Il ne l'a même pas accusée de l'avoir appelé sous un faux prétexte, pas plus qu'il ne l'a menacée et prévenue de ne plus jamais le contacter. Sae-oh était soulagée. Elle n'avait désormais plus besoin de mentir ni de se vanter auprès de lui.

Au début, Sae-oh s'était émerveillée à la lecture du Guide d'actions que sa chef lui avait tendu. Celui-ci classait les gens en fonction de leurs façons de réagir. Ils avaient beau être des individus distincts, une fois rangés dans les catégories du manuel, ils devenaient des êtres collectifs, représentatifs.

Bu-yi était différent. Il lui a dit : « Essayons, on verra bien. » Et : « Si ni toi ni moi ne parvenons à quoi que ce soit, c'est que ce travail est vraiment sans espoir. » Et enfin : « Si tu as du mal à partir, je t'aiderai. »

Sae-oh aurait pu bluffer et lui dire qu'elle n'avait pas besoin d'aide. Elle aurait pu s'offenser et rétorquer : « Occupe-toi plutôt de tes affaires. » Elle aurait pu douter de ses bonnes intentions et répliquer : « Pour qui tu te prends, à prétendre m'aider ? » Au lieu de quoi elle a eu envie de lui demander s'il la trouvait pitoyable. Elle ne l'a pas fait, de peur de paraître stupide, alors que jusqu'à présent personne ne lui avait jamais inspiré une telle crainte.

Sur le chemin du centre de formation, Sae-oh a trébuché. Bu-yi lui a dit de regarder où elle mettait les pieds sans la prendre par la main ni lui passer un bras autour des épaules. Il s'est contenté de l'observer, le regard dénué d'affection ou d'inquiétude, comme il aurait regardé un panneau indicateur ou un chien couché sur le trottoir.

Il s'est écoulé quatre ans depuis ce jour-là, mais Sae-oh se souvient encore parfaitement de ce regard. Dès que Bu-yi se met à lui manquer, elle perd courage. Mais quand elle pense à son ton détaché et pourtant gai, à son attitude bienveillante, à sa respiration calme et régulière, elle se dit que cette absence d'émotion était peut-être forcée. Elle se demande même parfois si ce n'est pas sa culpabilité qui l'a fait considérer son comportement comme si peu chaleureux et elle a fini par y croire pour se consoler. Aussi craint-elle, si elle est amenée à le revoir un jour, d'être choquée en constatant qu'il a réellement ce regard insensible et qu'elle ne l'a pas inventé.

Durant les quatre années passées à se perdre en conjectures sur ce regard, le temps s'est écoulé de manière chaotique. Elle n'est pas naïve au point de ne pas savoir que la vie est faite de revers. Elle ne l'ignorait pas à l'époque non plus. Elle savait que sa vie serait amputée du temps passé là-bas. Mais au lieu d'être effacée et oubliée, cette tranche de vie pèserait pour toujours sur ses épaules.

21

Les immeubles collectifs étant situés face au jardin public, ils semblent au premier regard entourés d'un écrin de verdure. En réalité, il n'y a qu'un seul arbre dans la cour. De loin, la clôture qui entoure le site de démolition donne l'impression qu'un trou béant s'est ouvert au pied des immeubles. Sur la porte métallique de l'immeuble, l'inscription ACCÈS RÉSERVÉ AUX RÉSIDENTS a été gribouillée à la peinture rouge vif. Un tel manque de soin en dit long sur la fatigue des habitants confrontés à une évacuation imminente.

La barrière fait obstacle aux rayons du soleil et rend la cage d'escalier très sombre. Mais comme il fait beau, Sae-oh voit tout de même des nuages circuler lentement à travers le cadre des fenêtres, comme s'il s'agissait d'un tableau. La plaque acrylique indiquant le numéro de l'appartement est tombée et à sa place, quelqu'un a écrit le chiffre 101 au marqueur. Sae-oh respire un grand coup avant d'appuyer sur la sonnette noircie par la crasse. De l'autre côté de la porte, une voix lointaine demande de qui il s'agit.

– Je travaille à la supérette, répond Sae-oh d'une voix forte.

Elle attend. Sin Jae-hyeong l'a avertie qu'il lui fallait être patiente avec cette personne. La vieille femme doit en effet traverser l'appartement sur les fesses, à l'aide de ses deux mains. Au bout d'un moment, Sae-oh voit la poignée tourner et elle s'écarte. La porte de l'appartement 101 s'ouvre lentement. « La supérette ? » retentit la voix qui vient d'en bas.

Sae-oh, droite et grande, observe l'intérieur sombre de l'appartement. La vieille femme lève les yeux vers elle. On lui a expliqué que des complications liées à son diabète ont fait perdre l'usage de ses jambes à la vieille femme qui, depuis, vit cloîtrée chez elle.

– Où est Jae-hyeong ? demande-t-elle en se tordant le cou pour regarder derrière Sae-oh.

Elle a l'air de ne pas vouloir laisser entrer Sae-oh sans la présence de Jae-hyeong. Ce dernier a eu un accident en effectuant ses livraisons et il est plâtré pour quatre semaines. Sans ce coup de chance, l'occasion de venir au numéro 101 ne se serait pas présentée si vite pour Sae-oh. En fait, elle aurait pu ne jamais se présenter. Jae-hyeong se charge de tous leurs clients âgés, car la tâche est très lourde, même pour Kim Usul.

– Jae-hyeong est occupé.

– Comment peut-il être pris au point de ne pas pouvoir s'arrêter chez moi ? Un si petit magasin ne peut pas avoir autant de clients. Je sais très bien qu'il passe son temps à bavarder avec son patron. Il lui est arrivé quelque chose ? Il aurait au moins pu m'appeler pour me prévenir qu'il ne viendrait pas. Et s'il est vraiment occupé, il peut venir plus tard. Depuis quand t'es là-bas ? On m'a dit qu'ils embauchaient. Alors c'est toi qui as été recrutée ? Enfin bon, recrutée, c'est un bien grand mot pour cette boutique pas plus grande qu'une tête d'épingle. Même pas besoin de s'apprêter pour y travailler.

Sae-oh ne répond pas. Jae-hyeong, lui, se serait mis à genoux pour parler à la femme en la regardant les yeux dans les yeux. Sae-oh se tient droite, le visage inexpressif et ne baisse le regard vers elle que quand c'est indispensable. La vieille femme, ayant sans doute du mal à garder la tête levée, ou ayant deviné que Sae-oh n'est pas aussi aimable et affectueuse que Jae-hyeong, la fait entrer à contrecœur en disant : « Tu peux poser ça et t'en aller. »

Sae-oh met pour la première fois le pied chez Yi Su-ho. Elle a du mal à réaliser ce qui lui arrive. Elle a l'impression que son vœu est déjà exaucé. Et en même temps, elle a peur que quelque chose de fâcheux se produise, là, tout de suite. Tremblante, elle enlève ses chaussures et entre dans le salon. Elle craint qu'à tout moment Yi Su-ho surgisse de l'une des portes du fond.

Elle expire un grand coup. Elle se croyait trop tendue pour respirer normalement, mais en fait, c'est à cause de l'étrange odeur et de la chaleur emmagasinées. Plus elle avance dans l'appartement, moins lui parvient la lumière du soleil, ce qui lui donne le sentiment de s'enfoncer dans les entrailles de la terre. Il semble que la maison ne soit jamais aérée. Les fenêtres sont hermétiquement fermées.

La chaleur suffocante ainsi que l'odeur de poisson et de vase doivent venir du grand faitout qui bouillonne dans la cuisine. Des flammes bleues issues d'un réchaud à gaz posé sur une table lèchent les bords de la cocotte de façon menaçante. Sae-oh a l'impression que son contenu bouillonne là depuis une éternité.

Enveloppée par cette odeur nauséabonde et prégnante, elle examine rapidement l'intérieur du logement : deux chambres, une cuisine en désordre, le séjour qui abrite une vieille petite télé, un miroir au cadre couvert de poussière, des photos et des objets décoratifs de couleurs variées posés sur un buffet et un *boryo*, sorte de matelas coréen, dans un coin de la pièce, sur lequel la vieille dame reste sans doute couchée toute la journée.

Celle-ci s'arrête net et lève les yeux vers Sae-oh.

– Jae-hyeong a démissionné ?

– Non.

– Pourquoi il n'est pas venu, alors ?

– Où voulez-vous que je vous pose ceci ?

– Quel caractère ! Il n'y a pas le feu !

– Ce sont les pommes à la peau fripée, mais non traitées, que vous avez demandées.

– Fais voir.

La vieille femme caresse lentement la pomme que lui tend Sae-oh comme s'il s'agissait du visage d'un enfant. Elle fait de même avec les quatre autres. Les paumes de ses mains ont l'air encore plus rugueuses que les fruits.

– Je n'en veux pas, dit-elle en faisant rouler vers Sae-oh quatre des cinq pommes. Il n'y a que mes jambes qui sont invalides, pas mes mains et mes yeux. Vous me refilez des produits gâtés. Elles n'auront aucun goût, j'en suis sûre. Autant manger un radis.

La vieille dame enchaîne aussitôt, comme pour ne pas laisser passer cette occasion de pinailler :

– Regarde-moi ces ciboules, au bout tout jauni. Comment veux-tu que j'en fasse des salades ? Je ne ferais que gaspiller l'assaisonnement. Et ces concombres. Ils ne sont pas plus grands que des graines. Je ne peux même pas les couper.

Sae-oh remet dans le panier les articles refusés par la vieille dame. Jae-hyeong l'a prévenue que la vieille femme est très exigeante et fait changer tous les produits qui ne lui plaisent pas, y compris ceux dont la date de péremption approche. Sur le moment, Sae-oh n'a pas pris son avertissement au sérieux. Elle s'est simplement dit que la vieillarde choisissait ses articles avec plus de soin que les autres. En fait, elle est grincheuse et, surtout, lasse d'être seule. Elle a besoin de quelqu'un à qui parler. Chercher ainsi la petite bête sur tous les produits est un moyen de faire durer la conversation. De même, les retourner au magasin et passer ses commandes en plusieurs fois alors qu'elle pourrait les regrouper, c'est aussi multiplier les occasions de discuter.

Kim Usul a conseillé à Sae-oh de céder à toutes ses exigences, car non seulement son fils est venu lui en faire spécialement la demande, mais il a pitié de cette femme autrefois active, qui adorait mettre son nez partout.

– La salutation, c'est important dans la vie, mais je vois qu'avec toi, c'est fichu. Où a-t-il déniché quelqu'un d'aussi bourru que toi ?

Sae-oh sait que la vieille femme essaie d'attirer son attention, mais elle fait mine de n'avoir rien entendu et lui demande :

– Je peux boire un verre d'eau ?

La vieille femme désigne la cuisine du doigt, l'air contrariée.

La cocotte sur le réchaud dégage l'odeur d'une chose morte ayant mijoté très longtemps. D'après Jae-hyeong, il s'agit d'anguilles. Sae-oh retient sa respiration et jette un coup d'œil circulaire à la cuisine.

C'est là qu'elle le voit. Marron, aussi fin et long qu'un serpent. Pas plus gros qu'un pouce, mais aussi perfide qu'une vipère. Sae-oh, ensorcelée, le fixe, ce fameux truc collé au mur. Usé et souple. Noir de graisse accumulée avec les années. Capable de déclencher tous les feux de l'enfer. Cela pourrait se produire tout de suite si elle le voulait. C'est ce qui est arrivé au numéro 157. Ce qui leur est arrivé, à son père et elle. Et ce qui va arriver probablement, bientôt, à Yi Su-ho.

– Qu'est-ce qu'il y a ? Tu trouves pas ? demande la vieillarde en entrant dans la cuisine à son tour.

Sae-oh, qui reste plantée là, l'air égarée, verse lentement de l'eau dans un verre.

– Attends, reprend-elle. Apporte un peu de ça à ton patron.

Là-dessus, la vieille dame éteint le brûleur et enlève le couvercle du faitout. La vapeur emplit la pièce. Sae-oh ne peut s'empêcher d'avoir un haut-le-cœur. La vieillarde fait claquer sa langue à son intention puis elle remplit un récipient en plastique de bouillon chaud.

– Fais pas cette tête. C'est un fortifiant naturel. Pour mon fils. C'est précieux, j'en donne un peu au patron Kim, mais pas à n'importe qui.

Sae-oh prend la boîte en plastique enveloppée dans un tissu. Alors qu'elle s'apprête à enfiler ses chaussures, la vieille femme lui saisit soudain la cheville, ce qui fait bondir Sae-oh, puis elle la libère avec un sourire en coin.

– Tu as de belles chevilles, bien pleines. Demain, tu m'apporteras des radis pareils à tes chevilles. J'en ferai une salade, c'est la saison, tu sais.

Contrairement à sa voix douce, son visage est dur. C'est peut-être parce qu'il fait sombre.

– Tu souffriras quand tu seras vieille.

– Pardon ? demande Sae-oh.

La phrase que la vieille femme a marmonnée dans sa barbe ressemble à une malédiction.

– Quand on vieillit, ce qu'on a le plus utilisé s'abîme en premier. Les bras, les jambes, les yeux… Ils ont tous une date de péremption. Jeune, j'ai parcouru tout le pays sans exception et voilà dans quel état sont mes jambes aujourd'hui. Hawolgok-dong, Uijeongbu, Mullae-dong, Cheolsan-dong, Sangwangsimni, Myeonmok-dong… Je suis allée dans tous ces coins parce que j'étais colporteuse. Je mettais mon panier plein de marchandises sur la tête. Je le descendais chez chaque client, puis je le remettais en place et je repartais…

La vieille femme continue de marmonner entre ses dents. Sae-oh saisit quelques mots par-ci par-là. Heureusement, ce n'est pas une prophétie, elle ne fait que se lamenter sur son sort.

Pour autant, Sae-oh ne peut s'empêcher d'avoir l'impression que ses paroles lui sont destinées : *Tu auras beau prendre soin de ton corps, tu te retrouveras dans le même état que moi. Si tu ne te conduis pas mieux, tes jambes vont te lâcher, tes bras se crisper, tu baveras dès que tu parleras, la nourriture tombera sur ta chemise chaque fois que tu essaieras de manger, tu n'arrêteras pas de radoter et pour finir, tu ne te rappelleras même pas qui tu es.* Si ce qu'elle a dit est vrai, ce sera le cœur de Sae-oh qui lâchera en premier, car il abrite la malveillance, entretient la haine et vit dans la tristesse sans le moindre répit.

La vieille femme ne cesse de bavasser, assise sur le sol froid, pour ne pas se retrouver seule de nouveau. Sae-oh, dont les narines sont assaillies par l'odeur sortant de la boîte plastique, baisse la tête vers son hôtesse et reste là, impassible et silencieuse, jusqu'à ce que celle-ci s'aperçoive que la jeune femme attend simplement qu'elle arrête de parler.

22

Allongée sur son lit au *goshiwon*, Sae-oh imagine le moment où son père, après avoir tout préparé, a dû s'asseoir sur le canapé et tripoter son briquet. À quoi a-t-il pensé quand il a senti le gaz ? A-t-il fait ses adieux à la maison ? A-t-il ouvert une dernière fois la porte de la chambre de Sae-oh avant d'allumer le briquet ? A-t-il jeté un ultime regard à la photo encadrée posée sur l'écritoire, celle où l'on voit Sae-oh bébé et sa toute jeune maman ? Elle ne cesse d'imaginer le moment où il est retourné s'asseoir sur le canapé, où il a posé les yeux sur la maison pour la dernière fois, l'air égaré, incapable de se décider. Hélas, pour son plus grand chagrin, elle ne peut que l'imaginer, jamais elle ne saura avec certitude ce qui s'est produit exactement.

Elle pressentait vaguement l'angoisse de son père. Il ne se passait pas un jour sans que cet homme, que son père attendait dans la cour pour ne pas le laisser entrer, lui rende visite. Il lui arrivait d'envoyer Sae-oh faire des courses pour qu'elle ne le croise pas.

Malgré tous ces signes bizarres, Sae-oh ne lui a jamais demandé qui était cet homme dont elle entendait la voix furieuse à travers la porte. Elle craignait, à l'instant où elle poserait la question, d'être privée de la protection de son père dont elle avait tant besoin. Aussi n'a-t-elle rien suspecté lorsqu'il l'a envoyée chercher le manteau pour son anniversaire.

Maintenant qu'elle y repense, à cette époque, son père la poussait souvent à sortir de la maison. Elle pensait qu'il en avait assez de la voir traîner à la maison. En fait, il l'envoyait dehors les jours où Yi Su-ho l'humiliait le plus. Les jours où il ne pouvait pas rembourser ce qu'il devait, ceux où il demandait de repousser l'échéance. Les jours où il devait supplier, se prosterner.

Elle essaie souvent de se rappeler si son père a hésité ou tenté de lui dire quelque chose avant de la faire sortir. Même s'il n'avait pas agi comme à son habitude, elle aurait été trop paresseuse pour se poser des questions. Elle s'en veut. Pourquoi n'a-t-elle rien fait pour réconforter son père ? Pourquoi était-elle si loin au moment où son père était tiraillé entre le désir de mourir et l'espoir d'être sauvé ? Pourquoi ne l'a-t-elle jamais interrogé sur sa situation ? Pourquoi l'a-t-elle laissé souffrir ainsi en silence ? Pourquoi l'a-t-elle autorisé à se sentir incompétent et impuissant, à se persuader qu'il mettait en danger l'avenir de sa fille au point de finir par prendre la pire des décisions ?

Elle a fait preuve d'une grande indifférence à l'égard de son père. Elle était tellement occupée à s'en vouloir d'avoir gaspillé plusieurs années de sa précieuse vingtaine, enfermée dans sa petite chambre, à fustiger le piège mortel dans lequel Mi-yeon l'avait entraînée, et à imaginer la rancœur de ceux qu'elle avait conduits dans cet enfer, qu'elle n'avait pas la tête à se soucier de son père.

Chaque fois que ces pensées viennent la tourmenter, elle s'empare du marteau. Ce n'est pas vraiment Yi Su-ho qu'elle vise, mais elle-même, pour n'avoir rien fait d'autre que ressasser son malheur sans prendre soin de son entourage, occupée qu'elle était à se morfondre sur ses regrets sans prêter attention à la solitude et à la souffrance de son père. Elle n'abat pas pour autant le marteau. Elle n'en a pas le courage.

Depuis qu'elle a quitté le numéro 101 avec la boîte en plastique nauséabonde, elle n'arrive pas à se débarrasser de cette puanteur. Elle a eu beau laver ses mains à plusieurs reprises après l'avoir donnée à Kim Usul, et se les être lavées encore et encore dans le *goshiwon*, rien à faire. L'odeur persiste. D'après Kim Usul, la vieille femme prépare ce bouillon deux ou trois fois par mois pour son fils. Les jours où elle met le faitout sur le feu, l'odeur doit être particulièrement pestilentielle. C'est cette odeur qui lui a enfin donné l'idée de la façon de commettre son forfait. Cette puanteur qui se répand chez elle, particulièrement prononcée certains jours, va l'aider.

Si son objectif ne consistait qu'à tuer Yi Su-ho, elle pourrait recourir à d'autres moyens. Elle pourrait déléguer. Il lui suffirait d'économiser la somme nécessaire pour engager un tueur professionnel, talentueux et expérimenté, qui arrangerait un accident de voiture, ou le jetterait du haut d'un immeuble. Mais ce n'est pas tant l'élimination de Yi Su-ho qui compte, que le fait d'y procéder elle-même.

De toute façon, il n'existe aucun meurtre justifié. Même en présence d'un motif valable, il est toujours plus sage de faire appel aux représentants de la loi que de se faire justice soi-même. La loi est justement là afin d'empêcher les gens de le faire. Sae-oh a la possibilité de porter plainte contre Yi Su-ho pour avoir aidé et encouragé son père à se suicider. S'il est jugé coupable, il risque entre un et dix ans de prison. Mais comment établir le lien de cause à effet ? Tout effort serait vain. La loi ne saurait pas la soulager de cette sensation d'étouffement qu'elle éprouve. Elle ne l'écouterait même pas, cela n'entre pas dans le champ de ses compétences.

Techniquement, Yi Su-ho est innocent. C'est vrai qu'il a employé la violence verbale, téléphoné sans cesse, qu'il est passé sans prévenir chez son père, l'empêchant de mener une vie normale. Il a franchi les limites fixées par la loi, mais aujourd'hui, Sae-oh n'a aucun moyen de le prouver.

La seule personne affectée par la mort de son père, c'est elle, elle le sait pertinemment. La disparition de Yi Su-ho ne viendra pas plus modifier cet absurde système législatif qu'elle ne ramènera son père. Elle n'améliorera en rien la vie de ceux dont l'estime de soi a été mise à mal par l'endettement, tout comme son père.

Sae-oh en est parfaitement consciente. Et pourtant, sa volonté de mettre son plan à exécution, la malveillance qu'elle abrite dans son cœur, le fait de réfléchir à son projet, de visualiser le meurtre, c'est ce qui lui permet de continuer à vivre après avoir tout perdu. Elle n'y serait pas arrivée sinon. Tout est parti en flammes avec le numéro 157, y compris elle-même. Elle en est tellement convaincue qu'elle reste interloquée quand les autres lui adressent la parole et essaient de la faire rire. Dans ces moments-là, au lieu d'éprouver la simple joie d'être en vie, elle s'efforce de réfléchir à la façon dont elle va mener son plan à bien : quelle méthode elle va choisir, de quelle façon elle va la mettre en œuvre, à quelle date précisément ; révélera-t-elle son identité à Yi Su-ho au moment fatidique ? que lui dira-t-elle quand ils se retrouveront face à face ?

Mais la pensée de la mort de Yi Su-ho ne soulage en rien la souffrance de Sae-oh. Elle connaît cette douleur qui la tenaille. La vérité, c'est qu'elle n'a rien à voir avec lui.

C'est terrible de s'accrocher à la vie dans le seul but de donner la mort à quelqu'un. La malveillance maintient Sae-oh en vie, mais elle ne la laisse pas vivre. Elle la nourrit mais retourne son estomac et la fait vomir. Elle lui permet de supporter les longues heures passées allongée dans sa chambre exiguë du *goshiwon*, mais elle lui donne des cauchemars. Elle l'aide à vivre en société, mais dès que Sae-oh voit des gens, elle pense à la mort et culpabilise ; si elle ne parvient pas à penser à autre chose que tuer, si ces pensées occupent son esprit jour et nuit, que va-t-elle devenir ? La malveillance rend son avenir sombre.

Sa vie d'après, elle s'en souciera plus tard, ou pas du tout. Car une fois que tout sera fini, elle se demandera sans doute pourquoi ce meurtre l'a tellement obsédée et cette question la consumera au point qu'elle n'aura probablement plus la force de construire une nouvelle vie. D'ailleurs, à bien y réfléchir, elle n'a peut-être tout simplement pas droit à une nouvelle vie.

Elle entend une télé quelque part. Des nuits comme celle-ci, elle ne dort pas du tout. Ce brouhaha en arrière-plan, c'est comme si quelqu'un murmurait à son oreille, elle en a la chair de poule. Et même si elle parvenait à s'endormir, la musique s'échappant du karaoké en bas de l'immeuble la réveillerait à coup sûr. Le martèlement incessant des basses lui donne l'impression que quelqu'un frappe sans répit à sa porte très fine.

Allongée sur son lit, les yeux fixés sur le bas du meuble de rangement, Sae-oh s'efforce de récapituler ce qui est arrivé à son père. En premier lieu, elle dispose en désordre toutes les phrases qui lui viennent à l'esprit. Ensuite, elle regroupe celles qui se relient entre elles. Ce faisant, elle découvre invariablement les trous, les erreurs et les malentendus qui s'y cachent. Par exemple, elle voit bien le lien unissant les phrases « Papa se fait harceler par son créancier » et « La maison ne couvre plus la garantie » avec « Papa décide de se suicider ». Mais pour « Papa décide de se suicider » et « Sae-oh se retrouve seule », il n'y a rien à faire. La connexion ne se fait pas. Il faut qu'elle découvre toutes les phrases omises entre ces deux-là. La tâche est ardue.

Elle se lève, s'assied au bord du lit qui grince et sort un à un les objets du carton qu'elle a rapporté du numéro 157. Elle pose la poupée en porcelaine près du lit, enfile les chaussures en cuir de son père et met ses lunettes à moitié consumées.

Tout lui apparaissant de travers et déformé, elle commence à arpenter sa minuscule chambre. Les chaussures de son père, trop grandes pour elle, claquent bruyamment. Aussitôt, l'occupant de la chambre voisine frappe au mur.

Lorsqu'elle sort le paquet de lettres du carton, elle est prise d'un sentiment étrange. Rien ne manque dans le carton. Le problème, c'est que tout est légèrement différent. Par exemple, elle replace toujours le paquet de lettres avec le nœud vers le bas. Cette fois, il se trouve au-dessus.

Elle essaie de mettre ça sur le compte de son humeur. Sae-oh n'est pas du genre à établir des règles futiles, à s'en souvenir et à les respecter religieusement. Elle a juste eu un sentiment fugace d'anormalité à l'instant où elle a ouvert le carton ; il est dû au fait que tout y est parfaitement rangé. Contrairement à son habitude de sortir et remettre les objets n'importe comment, ceux-ci sont extrêmement bien ordonnés. L'idée que quelqu'un d'autre ait touché au carton rend Sae-oh très mal à l'aise.

Il se peut que cette impression soit liée à l'annonce affichée à l'entrée de l'immeuble, indiquant qu'une lotion utilisée par l'occupante d'une chambre la veille au soir avait disparu au matin. Cela signifie que quelqu'un l'a volée dans sa chambre pendant son sommeil. Les seuls que cette annonce étonne sont ceux qui n'ont jamais vécu dans un *goshiwon*. Avec le temps, les résidents cessent d'être surpris par les vols de dentifrice, de claquettes ou de produits de beauté.

En proie au doute, Sae-oh essaie d'ouvrir les tiroirs de son bureau et de son meuble. Elle n'y trouve aucune trace indiquant que quelqu'un a fouillé et pris quelque chose. Elle ne possède de toute façon rien qui soit de nature à éveiller la convoitise.

Malgré tout, elle tente de tourner la poignée de la porte, qui reste verrouillée. Au début, elle oubliait souvent de la fermer à clé, car elle pensait que c'était sa chambre, dans sa maison.

En l'ouvrant le matin, elle se rendait compte, tétanisée, qu'elle avait passé toute la nuit avec la porte non verrouillée. Aujourd'hui, elle ne commet plus cette imprudence. Il s'est écoulé suffisamment de temps pour qu'elle ait intégré qu'il s'agit là de son logement et non de sa chambre. De même, aux premiers jours de son installation ici, elle se déplaçait dans le couloir le plus silencieusement possible, de peur de déranger les autres. Après avoir pris plusieurs fois dans la figure une porte ouverte à la volée, elle s'est habituée à la vie du *goshiwon* au point de savoir qu'il vaut mieux marcher en faisant du bruit.

Sae-oh fixe sans bouger la poignée de la porte d'un regard dur, comme si quelqu'un se trouvait derrière.

23

Lorsque l'autocar arrive au péage, Ki-jeong regarde par la fenêtre, le dos raide. En pensant à ce qui est arrivé à sa sœur dans la ville de J, un vague sentiment d'horreur la saisit.

Si elle a décidé de revenir dans cette ville, c'est parce qu'elle a repris son enquête depuis le début. Elle a commencé par revérifier le relevé des communications téléphoniques de sa sœur que l'inspecteur lui a transmis. Obnubilée par le numéro de Sae-oh, elle n'avait même pas prêté attention aux autres. Elle n'avait pas non plus émis le moindre doute sur la cause de la mort, acceptant le suicide de sa petite sœur comme une évidence.

Le relevé, qui court sur trente jours, affiche très peu de numéros. En dehors des appels indésirables et du démarchage, la plupart des jours se passent sans le moindre appel et lorsqu'il y en a, ils ne durent pas plus d'une minute, y compris pour les conversations avec Ki-jeong. La plus longue de toutes a duré à peine deux minutes. Il s'agit d'un appel que lui a passé sa sœur un soir vers vingt heures.

Ki-jeong s'était sans doute installée avec sa mère dans le séjour devant une série après le dîner. En général, Ki-jeong récupérait du stress consécutif à sa journée de travail en regardant la télé ou en mangeant. Ce soir-là, en recevant son coup de fil alors qu'elle était plongée dans sa série, elle s'est certainement levée et glissée discrètement dans sa chambre pour lui répondre. Sachant qui appelait, sa mère a dû lui jeter un rapide coup d'œil en faisant mine de n'avoir rien remarqué. Ki-jeong ne se souvient pas de quoi elle a parlé avec sa sœur pendant à peine plus d'une minute. Elles ont probablement commencé par échanger les salutations coutumières : Salut, ça va ? Bien, et toi ? Et ensuite : Ça se passe bien au collège ? Et tes études ? Tu t'en sors ? Les questions habituelles.

Sa sœur a dû faire la conversation et Ki-jeong écouter. Il en était toujours ainsi. Ki-jeong ne savait jamais quoi lui dire, et si elle gardait le silence faute de sujets à aborder, sa sœur parlait des étudiants qu'elle avait rencontrés dans un club universitaire ou du test d'anglais qu'elle préparait. À bien y réfléchir, ses propos tournaient autour des mêmes thèmes. Il s'agissait toujours d'un nouveau truc qu'elle commençait mais qui ne se passait pas comme elle l'avait espéré, ou d'une histoire tournant autour de quelqu'un sur qui elle comptait au sein du club universitaire qu'elle fréquentait.

Quant aux autres appels, vu leur brièveté, Ki-jeong devine ce qui s'est passé. Quand elle était avec d'autres personnes, elle prenait rarement les appels de sa sœur, car elle n'avait pas envie de leur parler d'elle. Parfois, elle décrochait pour lui dire « Je te rappelle plus tard » et raccrochait. Il lui arrivait de la rappeler, mais le plus souvent, elle oubliait. Il a dû en aller de même pour leur dernière communication. Les derniers mots que Ki-jeong a entendu sa sœur prononcer ont certainement été : « Désolée, frangine. » C'était toujours ce qu'elle disait à sa grande sœur qui prétendait être occupée.

Sans compter les appels indésirables, Sae-oh et Ki-jeong, il restait trois numéros. Quand elle a composé le premier, un homme lui a répondu, l'air pressé. Elle lui a donné le nom de sa sœur, qu'il a dit ne pas connaître. Elle lui a rapidement expliqué pourquoi elle l'appelait. Il n'a pas semblé très surpris.

– Je suis livreur.

– Pourrais-je vous demander à quel quartier vous êtes affecté ?

– Sillim-dong.

Sillim-dong, c'était là que sa sœur avait habité. Ki-jeong a poussé un soupir. Plus elle en apprenait sur sa sœur, plus celle-ci devenait une inconnue.

– Quand vous serez rentré au bureau, vous pourrez vérifier ce qui lui a été livré ce jour-là et à quelle adresse ?

– Inutile de vérifier.

– Pardon ?

– C'est un livre. Elle a passé une commande sur la librairie en ligne.

Trois jours avant sa mort, sa sœur avait acheté un livre dans l'intention de le lire. Commande-t-on un livre quand on a décidé de se suicider ? Bien sûr, Ki-jeong n'ignore pas qu'on met parfois fin à ses jours sur un coup de tête et sa sœur possédait un tempérament très impulsif. Rien d'étonnant, donc, à ce que Ha-jeong soit passée d'une chose à une autre avant de mourir de manière inattendue. C'est pour cette raison que Ki-jeong a tout de suite cru au suicide.

Non seulement elle n'a trouvé aucun indice indiquant que sa sœur voulait en finir, mais en plus celle-ci aurait commandé un livre, dans l'intention de le lire, avant de décider de se suicider en se jetant dans la rivière de la ville de J, où elle ne connaissait personne ? C'était un raisonnement tiré par les cheveux.

Ki-jeong ne cesse de se poser des questions sans trouver la moindre réponse. Plus elles s'accumulent, plus le suicide de sa sœur lui apparaît douteux. Sa disparition lui semble incompréhensible.

Pourquoi a-t-elle conclu si rapidement, en voyant le corps de sa sœur, que c'était couru d'avance ? Elle n'a même pas demandé à la police d'enquêter. Sur le moment, elle n'a envisagé aucune autre possibilité et encore moins que quelqu'un ait pu la pousser dans la rivière. Car c'est nettement plus effrayant que d'imaginer qu'elle s'y est jetée elle-même. Peut-être était-ce un accident, provoqué par un geste malheureux, et non un acte délibéré, commis sous l'emprise du désespoir.

La femme qui a répondu à son deuxième appel d'une voix ensommeillée n'a tout d'abord pas reconnu le nom de Ha-jeong. Après une brève explication de Ki-jeong, elle a dit ne pas la connaître avant de revérifier et de s'exclamer : « Ah, c'est la chambre 216. » C'était la propriétaire du *goshiwon* où Ha-jeong avait séjourné. Elle l'avait certainement appelée pour lui réclamer un loyer impayé, étant donné que c'était la seule raison pour laquelle elle téléphonait aux résidents.

Ki-jeong s'est rendue dans le *goshiwon* en question. Quand elle a donné le nom de sa sœur, l'employé est allé chercher un carton entreposé dans un coin de la remise, où il avait mis toutes les affaires de Ha-jeong en libérant sa chambre. Quelques vêtements, plusieurs livres destinés à la préparation d'un concours de la fonction publique, des canettes de soda, des produits de beauté et des claquettes dépareillées constituaient tout le contenu du carton. Il y avait aussi un roman, jamais ouvert, de Philip Roth. Ces affaires étaient-elles vraiment celles de sa sœur ? Seuls les livres scolaires portaient son nom. Le reste pouvait bien appartenir à quelqu'un d'autre, Ki-jeong n'avait aucun moyen de prouver le contraire.

L'employé n'a pas voulu la laisser entrer dans la chambre 216, occupée par un autre locataire. Il ne pouvait se permettre de laisser inoccupée une pièce dont la locataire ne payait plus le loyer. Ki-jeong s'est postée devant la chambre 216 où Ha-jeong avait séjourné plusieurs mois. Les portes étaient si proches les unes des autres, elle avait du mal à croire que les chambres puissent être aussi petites.

Dans cette pièce minuscule et sombre, il devait y avoir une chaise bancale. Dans le tiroir du meuble de rangement, posé sur le bureau, devaient se trouver du paracétamol, du riz instantané et des conserves de thon au piment ; le lit était sûrement resté dans le même état que lorsqu'elle en était sortie. Sa sœur avait dû supporter les nuits hivernales glaciales à l'aide d'une simple couverture chauffante. Ki-jeong se souvenait de la chambre de Sae-oh et c'était comme si elle voyait clairement l'intérieur du 216.

Ki-jeong n'a commencé à s'intéresser à sa sœur qu'après sa mort et elle en éprouve de la culpabilité. Elle qui ne l'a jamais vraiment comprise, la voilà en train de jouer au détective dans le but de soulager sa conscience. Il n'y a pas à chercher loin la personne qui a délaissé Ha-jeong. C'est elle-même, et elle se déteste de l'avoir fait. Elle se demande parfois si ce n'est pas sa sœur qui l'a envoyée dans le *goshiwon* exigu de Sae-oh, ou à la recherche de ce Bu-yi, pour lui en faire prendre conscience.

La vie de Ha-jeong s'est imprégnée de celle de ses parents et des gens qu'elle a connus et aimés, et c'est sans doute la synthèse de toutes ces vies qui l'a conduite à cette fin tragique. Pour en avoir le cœur net, Ki-jeong devait absolument retrouver Sae-oh et Bu-yi, qui avaient été les derniers à partager la vie de sa sœur.

Ne pouvant compter que sur la piste Sae-oh, Ki-jeong a de nouveau appelé le détective privé. Bredouillante, elle a mis une éternité à formuler sa demande, inquiète des éventuelles poursuites judiciaires qu'elle encourait si elle se faisait prendre. Son interlocuteur l'a rassurée en lui indiquant qu'entrer par effraction dans la chambre d'un *goshiwon* ne figurait même pas dans la liste des actes délictueux. Et qu'il suffisait d'un fil de fer pour ouvrir ce genre de portes. Après avoir longuement hésité, Ki-jeong a fini par se décider, comme si elle acceptait de rendre service à quelqu'un.

Avec l'aide du détective, elle s'est rendue à deux reprises dans la chambre de Sae-oh, semblable à une boîte à chaussures surdimensionnée. C'était une chambre construite pour être fonctionnelle, sans aucun espace consacré au repos ou à l'intimité. Ce n'était rien d'autre qu'un lit dans un couloir compartimenté. La chambre dégageait une terrible odeur de pauvreté qui sautait au nez. Cette pièce sans fenêtre donnait un sentiment de solitude impitoyable. On entendait parfaitement tout ce qui se passait dans les chambres voisines.

Le trench-coat. C'est la première chose qu'elle a remarquée en entrant dans cette chambre obscure. Elle n'a vu qu'il était violet qu'une fois la lumière allumée. Plus elle le regardait, plus le trench-coat l'intriguait. La façon dont il était accroché faisait penser à un pendu mais, surtout, sa couleur et son style n'allaient pas du tout avec la chambre.

Sae-oh laissait son lit défait le matin. Quand elle écrivait la consonne « o », celle-ci avait plus la forme de larmes que de ronds. À en juger par la taille de ses pantalons, elle devait peser beaucoup plus lourd que Ki-jeong. Dans un carton se trouvaient plusieurs objets pêle-mêle, que Sae-oh devait sortir régulièrement pour les regarder. Et à voir les traces de brûlure, ils venaient sûrement de sa maison incendiée.

Dans cette chambre, Ki-jeong s'est rendu compte à quel point il était injuste d'interroger Sae-oh sur la mort de sa sœur. Sae-oh n'était qu'une fille de vingt-cinq ans qui avait perdu sa maison dans un incendie et habitait désormais un misérable *goshiwon*. Vu le nombre de passages dans son carnet consacrés à l'absence de ce père qui lui manquait cruellement, ce dernier avait probablement disparu à l'occasion de cette tragédie. Et le fait qu'elle évoquait surtout son père laissait entendre qu'elle était orpheline de sa mère ou ne vivait plus avec elle depuis longtemps. Ce n'était pas que sa mère ne lui manquait pas, mais peut-être un peu moins que son père.

Enfant, Sae-oh n'avait jamais dû se représenter un tel avenir. Elle n'aurait jamais imaginé être séparée si tôt de ses parents et passer les plus belles années de sa vie dans cette chambre à peine plus grande qu'un cercueil.

À cette pensée, Ki-jeong a eu envie de faire soigneusement le lit, de mettre un morceau de papier plié sous le pied de la chaise pour la caler, d'ajouter un verrou à cette porte rudimentaire et de mettre le trench-coat pendu au mur miteux dans une housse avant de le ranger dans une armoire.

Ki-jeong a lu le carnet dans le meuble de rangement ainsi que certaines lettres, choisies au hasard. Les lettres étaient anciennes et venaient d'une certaine Jo Mi-yeon. Elles constituaient essentiellement des témoignages d'amitié réciproque. À cet âge-là, l'amitié est souvent au centre de tout.

Plusieurs des phrases écrites dans le carnet ont retenu l'attention de Ki-jeong. Des phrases énigmatiques, « Ce n'est pas le moment », de brèves salutations, « Bonjour papa », des résolutions banales, « Ne surtout pas commettre d'erreurs », ou des mots tels que « tuyau » sans aucun contexte permettant de les comprendre.

La lecture de la totalité du carnet lui a confirmé que son contenu tournait uniquement autour de Sae-oh et qu'il n'y était jamais fait mention de sa sœur. Très souvent dépourvu d'un sujet clair et précis, trop ambigu, il était très difficile à suivre. Une chose lui a paru cependant intéressante : une liste constamment mise à jour retraçant les allées et venues de quelqu'un. Un simple coup d'œil suffisait à se rendre compte qu'elle représentait le fruit de plusieurs mois de travail.

Les heures étaient particulièrement précises :

8 h 43 : Métro, supérette, déjeuner, restaurant de *sujebi*

17 h 45 : Gojan 138-2

19 h 7 : Gare, soupe au boudin de Yangpyeong

20 h 46 : Bureau

22 h 13 : Métro

22 h 58 : Traverse le chantier

23 h 4 : Arrivée

Dans un premier temps, Ki-jeong a cru qu'il s'agissait de l'emploi du temps de Sae-oh et qu'elle avait une manière bien à elle d'organiser sa vie quotidienne. Mais elle a vite compris que c'était autre chose, car personne ne noterait son emploi du temps de cette façon. Ce devait être celui d'une personne qui arrivait à la station de métro vers huit heures quarante-cinq, travaillait à Gojan-dong dans l'après-midi, puis regagnait son bureau dont il ne ressortait qu'après vingt-deux heures.

Qui cette Sae-oh, que sa sœur avait désespérément cherché à joindre aux derniers instants de sa vie, poursuivait-elle ainsi ? Et pourquoi ? Étant elle-même entrée dans une chambre sans y avoir été invitée, Ki-jeong voyait le comportement de Sae-oh d'un œil plutôt compréhensif : elle ne le trouvait pas particulièrement bizarre, ni guidé par une pulsion criminelle.

Son car arrive à destination. Ki-jeong reste assise là, sans bouger, jusqu'à ce que tous les passagers soient descendus. Les faits qui se sont passés dans cette ville, ceux qu'elle va bientôt découvrir, lui paraissent très lointains. Le chauffeur lui fait signe de se dépêcher. Lentement, Ki-jeong effectue ses premiers pas dans la ville de J.

Elle prend un taxi à la gare routière. Le vent n'est pas aussi froid qu'à Séoul. Ki-jeong se trouve à trois cent dix kilomètres de la capitale. C'est comme si la distance parcourue était une mesure du temps écoulé depuis qu'elle avait identifié le corps de sa sœur. Temps pendant lequel elle a appris les noms de Yun Sae-oh et Bu-yi, s'est rendue dans le *goshiwon* où sa sœur avait vécu et s'est faufilée dans la chambre de Sae-oh. Malgré tout, sa sœur reste un mystère. Plus elle en apprend, plus le trou devient sombre et profond.

Mais peut-être va-t-elle un peu combler ce trou à présent. La troisième personne qu'elle a contactée pourrait sans doute lui apprendre quelque chose sur sa sœur ainsi que sur Yun Sae-oh. Ki-jeong descend du taxi et se dirige vers elle.

24

Observer les immeubles collectifs un soir de week-end, c'est comme écouter une émission de radio la nuit. C'est plein de bruits calmes et inoffensifs. La lumière s'allume et s'éteint de façon répétée, à l'instar des morceaux de musique qui changent régulièrement.

Sae-oh perçoit une présence humaine près de l'entrée principale. Elle se cache derrière un coin de la clôture qui entoure l'immeuble. Il fait particulièrement sombre sans la lumière des réverbères. Le ciel est encore plus noir. L'air est si froid que la lune semble gelée. Les bruits de pas s'éloignent.

Il reste trois ou quatre familles qui n'ont pas encore déménagé. Les lumières s'allument et s'éteignent à tour de rôle, tel un appel de détresse ; de temps à autre, on entend le son de la télé ou des enfants qui pleurent.

Il n'y a pas de lumière dans l'appartement de Yi Su-ho. En regardant bien, elle devine la lueur colorée d'une télé à travers la fenêtre. Cela signifie que Yi Su-ho n'est pas encore rentré. La vieille femme n'éclaire le salon qu'au retour de son fils. Son appartement ressemble à un mur noir, ce qui lui rappelle le logement collectif qu'elle occupait, il y a longtemps.

À cette époque, elle ne pensait qu'à s'enfuir et pourtant, à la nuit tombée, elle rejoignait ses semblables. C'était les autres qui lui permettaient d'y retourner, mais, une fois à l'intérieur, il lui était insupportable d'être avec eux.

Dans la pièce où ils dormaient, toutes les fenêtres restaient fermées, non pas parce que la direction en avait décidé ainsi, mais elles étaient tellement vieilles et grippées qu'on ne les entrouvrait, non sans mal, qu'une fois par mois, quand avait lieu le grand nettoyage. Un jour que tout le monde s'affairait à nettoyer, une fille était restée plantée devant la fenêtre, sans rien faire. Il s'agissait de la fille que Bu-yi avait amenée. Cela faisait plusieurs mois qu'elle était là.

Alors qu'elle regardait par la fenêtre entrouverte, les autres lui ont demandé en passant :

– Qu'est-ce que tu regardes ?

C'était une façon de lui dire de se mettre au travail, mais sans le comprendre, elle a répondu innocemment :

– Le ciel.

– Tu arrives à le voir ?

– Oui, il est très clair aujourd'hui, a-t-elle répliqué gaiement.

Bu-yi s'est approché et lui a caressé les cheveux, comme il l'aurait fait à sa petite sœur. Sae-oh a observé attentivement la fille et s'est postée devant la fenêtre une fois le nettoyage terminé. Le ciel n'était pas visible. Un mur gris entourant un chantier en bouchait la vue.

Il doit en être de même depuis l'appartement de Yi Su-ho. La fenêtre de leur balcon donne sans aucun doute sur la clôture. Le temps que celle-ci soit enlevée, l'immeuble aura disparu corps et âme depuis belle lurette.

Sae-oh a minutieusement élaboré son plan, petit à petit, comme on construit un mur brique après brique, et le jour de sa mise en œuvre approche à grands pas. Mais elle n'en a pas moins l'étrange pressentiment qu'un imprévu va survenir et mettre en défaut l'exactitude de son plan, ainsi que la fermeté de sa détermination. Il est impossible de savoir si le hasard va s'en mêler au moment décisif. Elle ne peut rien faire d'autre qu'envisager toutes les éventualités et attendre.

Quand elle imagine l'aboutissement de ses efforts, elle se rend compte à quel point elle est devenue froide et insensible. Elle n'éprouve ni tristesse ni culpabilité. Elle l'accepte. Elle ne ressent aucune compassion non plus pour Yi Su-ho et sa vieille mère. Ni pour elle-même, qui s'accroche désespérément à ce plan. Si une émotion relative à Yi Su-ho l'habite, c'est de l'envie à l'égard du monde qu'il va bientôt rejoindre. Ce monde inconnu qu'on appelle la mort.

Peu après vingt et une heures, Sae-oh quitte les ombres de ce quartier obscur. En chemin vers la station de métro, elle entre dans une cabine téléphonique et compose lentement un numéro. La sonnerie retentit un long moment. Elle l'imagine résonner en vain dans les ruines du numéro 157. C'est évidemment impossible. Il ne reste rien du numéro 157.

Elle compose ensuite un autre numéro. Elle l'a composé tant de fois dans sa tête qu'elle le connaît par cœur. Au bout de trois sonneries, quelqu'un décroche. Elle entend une voix sifflante. Sae-oh ne dit rien. À l'autre bout du fil, la personne respire bruyamment, tel un animal jaugeant la force de son adversaire, puis se met à hurler :

— Mais t'es qui, bon sang ? Pourquoi tu nous fais ça ?

La vieille femme paraît terrifiée. Sa respiration est forte, sa voix aiguë et tendue. Sae-oh ne répond pas.

– T'es qui à la fin ? hurle de nouveau la vieillarde. Qu'est-ce que tu veux à mon fils ?

Face à la peur, certains animaux hérissent leurs poils tandis que d'autres changent de couleur ou crachent leur venin. La vieille femme pousse un cri strident. Elle respire toujours bruyamment. Sae-oh n'entend rien d'autre. Si Yi Su-ho était là, il aurait sans doute arraché le combiné des mains de sa mère et aurait crié à sa place.

– Je vous en prie, arrêtez, dit-elle en prenant cette fois un ton suppliant.

Sae-oh a l'impression de sentir sa respiration à travers le téléphone. Elle ne raccroche pas.

– Quand mon fils t'attrapera, il te tuera, sale type ! hurle-t-elle de nouveau, renonçant à ses suppliques.

Elle raccroche sur ce dernier rugissement.

Sae-oh remet lentement le combiné en place. La peur dans la voix de la vieille femme lui a appris quelque chose d'inattendu. Quelqu'un a déjà menacé Yi Su-ho. Plus d'une fois. Et récemment.

25

L'odeur du *ramen* et de la moisissure persiste malgré le froid dans ce couloir sombre comme un jour d'orage. Les allées et venues sont incessantes. Le bruit provenant des chambres, les bavardages dans la salle commune et le vacarme retentissant du karaoké au rez-de-chaussée s'entremêlent. Les lueurs qui passent sous les portes tels des éclats de porcelaine sont dépourvues de chaleur. Aucune lumière ne filtre de la chambre 433.

C'est le troisième numéro qui ramène Ki-jeong dans ce *goshiwon*. Lorsqu'elle a passé cet appel, le téléphone a sonné longtemps avant qu'un homme finisse par répondre. Il a semblé très heureux d'entendre le nom de sa petite sœur. C'était la première fois qu'elle tombait sur quelqu'un qui reconnaissait le nom de sa sœur et paraissait ravi de l'entendre. Elle a deviné qu'il s'agissait de Bu-yi. Aussitôt, la joie de ce dernier s'est transformée en méfiance, ce qui est normal quand on reçoit l'appel d'un membre de la famille d'une amie.

Quand Ki-jeong a rencontré Bu-yi dans la ville de J, il n'a fait que lui parler de sa sœur. Il lui a raconté tout ce qu'il savait. C'est en tout cas l'impression qu'elle a eue. Et pourtant, les circonstances de la mort de sa sœur restent toujours aussi peu claires, à son grand désarroi.

Il en sera sans doute de même si elle rencontre Sae-oh. Celle-ci n'aura probablement pas grand-chose à lui raconter sur sa sœur. Non qu'elle veuille lui cacher quoi que ce soit, c'est juste qu'elle la connaît très peu. Toutefois, Ki-jeong sait au moins à présent que Sae-oh a ignoré sa sœur, préoccupée par sa propre vie. Tout comme celle de Ha-jeong, la vie de Sae-oh ne respire pas la joie. Elle ne brille pas de l'éclat joyeux digne d'une jeune femme de son âge.

En écoutant Bu-yi, Ki-jeong s'est rendu compte que la plupart des hypothèses qu'elle a échafaudées autour de ces trois personnes – Sae-oh, Bu-yi et sa sœur – étaient erronées. Chacun d'entre eux poursuivait sa route en solitaire et, à un moment, leurs chemins se sont croisés, voilà tout. Comme cela arrive fréquemment. Sans être intimement liées, leurs vies n'étaient pas non plus totalement déconnectées les unes des autres.

Elle se pose tout de même une question. Ils ont tous trois essuyé le même échec cuisant. Ils ont perdu leur temps, leurs amis, l'espoir et, bien sûr, leur argent. Bu-yi et Sae-oh ont dû s'endetter d'une somme importante, comme sa sœur. Mais, bien qu'ils aient tous trois vécu les mêmes échecs, sa sœur est morte alors que Sae-oh et Bu-yi, eux, ont survécu. Même si l'une passe son temps à filer un homme dont elle note scrupuleusement l'emploi du temps, tandis que l'autre jongle difficilement entre ses études et des petits boulots dans une ville loin de la capitale. Qu'est-ce qui a fait que Ha-jeong n'a pas réussi à survivre, contrairement à Sae-oh et Bu-yi ? Comment se fait-il que le désespoir conduise les uns à mettre fin à leurs jours, tandis qu'il amène d'autres à prendre un nouveau départ ?

Ki-jeong ne saura jamais tout, mais il y a une chose qu'elle peut faire : transmettre à Sae-oh ce que sa sœur avait l'intention de lui dire. Si Ki-jeong se décide à le faire malgré le malentendu qu'elle risque de générer, c'est à cause de la minuscule chambre 433 aux murs aussi fins que du papier à cigarettes, à cause des affaires contenues dans le carton que Sae-oh regarde tous les jours et qui sont tout ce qui reste du numéro 157. C'est aussi à cause de ses lotions et de ses crèmes hydratantes bon marché, de la chaise bancale, du linge à sécher sur les porte-manteaux et le dossier de la chaise, de ses sous-vêtements en coton et de son trench-coat pendu en permanence au mur tel un tableau. À Sae-oh qui vit entourée de ces petites choses comme le faisait sa sœur dans la chambre 216, Ki-jeong a envie de dire qu'elle manque à quelqu'un.

Un groupe de personnes sort de la salle de repos en bavardant bruyamment. Ki-jeong ne pense pas que Sae-oh se trouve parmi eux. Une fois que chacun a regagné sa chambre, Ki-jeong se tient de nouveau seule dans le froid.

Depuis l'entrée, une personne avance dans sa direction. Elle marche si silencieusement qu'elle semble avoir surgi de nulle part. Sous la lumière jaunâtre du couloir, Ki-jeong ne distingue pas bien son visage, mais elle remarque sa queue-de-cheval et ses épaules tombantes. La silhouette semble être celle d'une femme d'un certain âge.

Ki-jeong se colle au mur pour la laisser passer. La femme s'arrête devant la chambre 433. Sans doute consciente de la présence de Ki-jeong, elle sort prudemment sa clé de son sac avant de l'introduire dans la serrure. Ki-jeong observe son dos. Sae-oh est plus petite qu'elle ne l'avait imaginée. Elle est corpulente, mais pas obèse ni apathique. Au contraire, elle dégage une impression de fragilité.

Sae-oh ouvre la porte juste assez pour faire pénétrer son corps à l'intérieur. Le bruit de la serrure qu'elle verrouille résonne bruyamment dans le couloir. Un rai de lumière passe sous la porte et atteint les pieds de Ki-jeong. Sa chaleur la surprend.

26

« Si tu tombes sur quelqu'un que tu connais, les portes de l'enfer s'ouvriront de nouveau », voilà ce que se disait Sae-oh quand elle restait enfermée chez elle. Que tout le monde en veut toujours à quelqu'un. Elle était persuadée que ceux qu'elle avait entraînés dans cette affaire et conduits à l'échec, ceux avec qui elle s'était battue quand ils étaient venus chercher ses filleuls – sans savoir pourquoi elle s'était donné cette peine – allaient surgir à tout moment pour s'en prendre à elle. Car elle pensait que la haine, loin de disparaître, ne ferait que s'amplifier.

En l'envoyant régulièrement faire des courses, son père voulait lui montrer qu'il était peu probable qu'elle recroise ces gens-là. « Regarde, semblait-il lui dire, personne n'est là pour se jeter sur toi. Chacun est occupé à mener sa vie, c'est tout. »

Il a fallu une éternité à Sae-oh pour s'en convaincre. Les gens ne se préoccupent que de leur vie, ils n'ont pas le temps de s'intéresser à elle. Ils sont tellement occupés à rattraper le temps perdu et prendre un nouveau départ que le ressentiment et la haine qui les habitent s'éteignent tout seuls. Ces émotions ne servent à rien face à la vie. Le temps vient à bout de tout. Sae-oh n'en veut même plus à Mi-yeon. Ce qui ne veut pas dire qu'elle s'en désintéresse. Le fait qu'elle pense toujours à elle en est la preuve.

Aussi s'attend-elle à ce qu'un jour quelqu'un s'approche et lui dise : « Excusez-moi, vous êtes Yun Sae-oh ? » Le monde est grand mais le hasard fait toujours se croiser les gens qui se connaissent. Elle a souvent imaginé ce moment, mais jamais qu'il se produirait dans le couloir sombre et exigu du *goshiwon*. Impossible, en tout cas, qu'il s'agisse d'une coïncidence. Que cela se produise ici signifie que cette personne sait déjà presque tout d'elle.

– Vous devez être Yun Sae-oh.

La femme qu'elle a croisée dans le couloir vient de frapper à sa porte. Sae-oh regarde son visage enveloppé par l'obscurité. Il ne s'agit pas d'une des locataires du *goshiwon*. Au lieu de l'appeler par son nom, celles-ci diraient « Hé, vous auriez pas vu mon autre claquette ? » ou « Hé, je crois que c'est mon shampoing que vous avez utilisé ce matin » ou « Hé, vous avez pris ma boîte de thon dans le frigo » ou encore « Hé, arrêtez de tirer votre chaise, c'est trop bruyant ».

– Excusez-moi pour cette soudaine intrusion.

Sa voix ne paraît pas si désolée. C'est plutôt une entrée en matière pour inciter Sae-oh à lui parler.

Sae-oh essaie de se souvenir de l'apparence de cette femme qu'elle a regardée quand elle était plantée dans le couloir pour lui signaler qu'elle devait s'écarter. L'inconnue portait un pantalon moulant et des bottines noires.

Quelqu'un a fini par la retrouver. Sae-oh pensait qu'elle serait effrayée et en colère le moment venu, mais elle s'est trompée. Elle a si souvent imaginé ce scénario et gaspillé tellement de temps à éviter sa concrétisation que maintenant, au moment où il se produit, elle n'a pas aussi peur qu'elle le croyait.

Comment cette femme l'a-t-elle retrouvée ? Et qui est-elle, d'ailleurs ? Est-ce l'une de ces personnes avec qui Sae-oh a dormi épaule contre épaule dans le logement collectif ? Celle qui a partagé la salle de bains avec elle selon une heure et un ordre définis ? Celle vis-à-vis de laquelle elle n'éprouvait plus de honte à ne pouvoir se laver assez souvent, tant la puanteur de leur transpiration et de leurs excréments leur était devenue familière ? Ou faisait-elle partie de ces familles venues récupérer un de ses filleuls ?

– Je suis la sœur de Shin Ha-jeong.

C'est un nom que Sae-oh n'a jamais entendu.

– Vous connaissiez Ha-jeong, n'est-ce pas ? Je suis sa grande sœur, Shin Ki-jeong.

La voix qui sort du noir est cassante comme de la glace. La crainte de s'être trompée de personne traverse son visage.

Le fait que Sae-oh ne se rappelle pas tout de suite le nom prouve bien qu'il s'agit de quelqu'un qu'elle a connu à cette sombre époque. Elle a croisé tant de gens là-bas. Même en faisant des efforts, elle a du mal à se souvenir d'eux. Non qu'elle ait oublié, mais il y avait dans ce logement le nombreuses personnes dont elle ne connaissait même pas le nom. Une grande partie d'entre elles n'y ont passé qu'un jour ou deux avant de repartir.

– Hé, vous pouvez pas aller discuter dans la salle commune ? fait une voix irritée derrière la porte d'en face qui s'est ouverte brusquement.

Sae-oh ne distingue pas le visage de celui qui parle. Comme poussée par cette voix, Sae-oh bat en retraite dans sa chambre, suivie par Ki-jeong, qui n'y a pas été invitée et se tient là, l'air penaud.

– Vous dites que votre sœur s'appelle Shin Ha-jeong ? demande Sae-oh.

– Shin Ha-jeong, oui.

La femme a l'air déçue de constater que Sae-oh ne remet pas ce nom.

Croyait-elle que le visage de Sae-oh allait s'éclairer en l'entendant ? Ou s'attendait-elle à ce qu'elle fasse la grimace ou affiche un air coupable ?

Sae-oh ferme lentement la porte. Elle se sent calme. Peut-être parce que le nom de Shin Ha-jeong ne lui évoque rien.

– Vous ne vous souvenez pas d'elle ? insiste Ki-jeong.

Sans lui répondre, Sae-oh pose ses fesses sur la couverture froide. La pièce est si petite qu'elle ne peut rester debout sinon son visage frôlerait celui de Ki-jeong. Sae-oh l'observe tirer la chaise, s'asseoir à califourchon et maintenir habilement son équilibre. On dirait qu'elle est au courant qu'un des pieds est plus court. En fait, elle n'a pas l'air surprise par le décor misérable de cette minuscule chambre du *goshiwon*. Elle n'essaie pas non plus de jeter des coups d'œil furtifs comme on le fait habituellement dans une chambre inconnue. Sae-oh se dit d'abord qu'elle se comporte ainsi par politesse. Mais il se peut que ce ne soit pas le cas. Ki-jeong connaît sûrement ce genre de chambre.

Sae-oh est presque nez à nez avec Ki-jeong au point que leurs genoux se touchent. Elle se tourne légèrement sur le côté pour laisser un peu plus d'espace. Elle ne peut s'éloigner davantage par manque de place. Elle a des questions à lui poser, mais se retient. Elle est intriguée et se demande pourquoi Ki-jeong ne prend pas la parole la première, pour expliquer les raisons de sa présence, la façon dont elle l'a trouvée ou si elle est déjà venue dans cette chambre. Le fait qu'elle soit la sœur de Shin Ha-jeong, dont Sae-oh ne se souvient pas, n'élucide aucun de ces points.

– J'étais certaine que vous connaissiez ma sœur, dit Ki-jeong avec un soupir.

Elle a du mal à prononcer cette phrase. Et ce qui vient ensuite va être plus difficile. Elle n'a encore presque rien dit, mais elle se sent déjà incapable de lui expliquer correctement tout ce qui est arrivé à sa petite sœur.

– Et Bu-yi ? demande Ki-jeong. Vous vous souvenez de lui ?

Sae-oh lève la tête et la regarde. C'est la première fois qu'elle entend une inconnue prononcer son nom.

– Il dit qu'il vous connaît bien, ajoute Ki-jeong.

Sae-oh prononce intérieurement son nom, plusieurs fois, en faisant attention de ne laisser sortir aucun son. Alors seulement elle se rappelle le nom de Shin Ha-jeong, comme s'il était lié à celui de Bu-yi. Cette fille suivait Bu-yi partout comme un petit chien, l'air perdu. Oui, cette fille-là.

– Shin Ha-jeong. Je me rappelle.

– Vraiment ? J'en suis ravie.

Le silence se fait dans la pièce. Mais ce n'est pas un silence obstiné et oppressant. C'est un silence calme, et ce calme rassure Sae-oh. Cette visite de Ki-jeong n'a peut-être rien à voir avec ce qu'elle a imaginé pendant tout ce temps. Ki-jeong n'est pas venue lui reprocher ce qu'elle a fait, l'agresser et lui hurler dessus, ni l'accuser de tout. Après tout, Ha-jeong ne faisait pas partie de ses filleuls. C'est Bu-yi qui a entraîné cette fille là-dedans.

– Il paraît que vous habitiez le même logement, toutes les deux, reprend enfin Ki-jeong.

– On était très nombreux à vivre là, réplique Sae-oh, qui se rend aussitôt compte que cette réponse lui donne l'air d'être sur la défensive. Je n'y allais que pour me laver et dormir. J'étais trop fatiguée pour faire quoi que ce soit d'autre. Chacun s'occupait de ses affaires. Ce n'était pas comme si on avait choisi de partir en vacances, de manger et dormir ensemble, entre amis.

C'est la première fois que Sae-oh parle de cette période à quelqu'un. C'est plus facile qu'elle ne le pensait. Et ce n'est pas parce que le temps a passé. La personne assise en face d'elle n'a aucune idée de ce à quoi ressemblait sa vie à cette époque, de ce que c'était de dormir avec autant d'inconnus, tous serrés comme des sardines dans une chambre exiguë. Elle ne sait pas que vivre une telle expérience coûte bien plus que du temps perdu.

Ki-jeong croit peut-être savoir quelque chose, mais elle n'en sait évidemment pas autant qu'elle. Si elle le voulait, Sae-oh pourrait très bien mentir sur le rôle qu'elle a joué et la vie qu'elle a menée là-bas. Elle n'a qu'à inventer des prétextes plausibles. Aucun besoin de justifier ses mensonges et les innombrables erreurs qu'elle a commises. Mais cette idée ne lui procure aucune joie. Ce n'était la faute de personne. Comme pour tout dans la vie, elle a simplement fait un choix, subi des dommages et échoué.

– Je pensais que vous étiez peut-être proche de ma sœur, dit Ki-jeong.

Sae-oh ne répond pas.

– Pour être franche avec vous, je ne sais pas grand-chose de ma petite sœur, ajoute Ki-jeong, l'air gêné.

– Là-bas, je n'étais proche de personne, dit Sae-oh. Ce n'était pas facile de s'y faire des amis. Quand un nouveau venu arrivait, je me demandais combien de temps il tiendrait et combien il vaudrait. Beaucoup voulaient s'enfuir dès leur première nuit dans le logement collectif, alors j'essayais de parler avec eux pour les en empêcher. Et je les oubliais aussitôt après. Vous savez, on ne devient pas ami avec quelqu'un qui nous surveille pour nous empêcher de fuir la nuit.

C'est un mensonge. Sae-oh avait confiance en Bu-yi. La sœur de Ki-jeong aussi sans doute. Et peut-être Bu-yi à son tour faisait confiance à quelqu'un. Là-bas, chacun essayait de se reposer sur un autre, même s'ils ne pouvaient le montrer. Cela dit, Ha-jeong n'a jamais cherché à s'appuyer sur Sae-oh. Celle-ci n'était pas le genre à devenir un soutien pour qui que ce soit.

– Comment va Ha-jeong ? demande Sae-oh après un moment d'hésitation, soudain intriguée que ce soit sa sœur qui soit venue la voir et non Ha-jeong elle-même.

– Elle est morte, annonce Ki-jeong, avant d'ajouter qu'il s'agit d'une noyade dont elle ignore encore si c'est un suicide ou un accident.

Son explication répond sans doute à certaines des questions pas encore posées par Sae-oh. Celle-ci n'a pas l'air très surprise.

Ki-jeong lui fournit lentement les détails que, selon elle, Sae-oh aimerait connaître, comme la façon dont elle a trouvé son *goshiwon*, et pourquoi. Elle n'est pas certaine que ses explications soient acceptables. En tout cas, Sae-oh hoche régulièrement la tête. Même si c'est un geste machinal, Ki-jeong lui en est reconnaissante.

Sae-oh est un peu surprise. Elle n'était pas du tout au courant des appels répétés de Ha-jeong. Son père ne lui passait jamais le téléphone quand il sonnait, pas plus qu'il ne lui disait qui appelait. Quand elle s'était échappée du logement collectif, sa chef et les autres membres n'avaient cessé de l'appeler et de venir la voir. Son père savait que sa fille ne voulait parler à aucun d'entre eux. Il avait dû raccrocher au nez de Ha-jeong aussi, ou prétexter que sa fille était sortie. Sae-oh ne répondait jamais au téléphone et n'ouvrait la porte à personne. Quand son père n'était pas là, le téléphone sonnait dans le vide et les visiteurs qui se présentaient rebroussaient chemin, bredouilles.

– À votre avis, pourquoi Ha-jeong m'a appelée ?

Sae-oh ne connaissait pas suffisamment Ha-jeong pour que celle-ci lui téléphone. Elle en est un peu désolée vis-à-vis de Ki-jeong. Les dernières paroles d'un défunt ont un sens pour ses proches endeuillés. C'est ce qui leur permet de tenir le coup, un moment du moins. Sae-oh a l'impression d'avoir privé Ki-jeong de l'occasion d'entendre les dernières paroles de sa petite sœur. Tout comme Sae-oh ressasse les derniers instants de son père, Ki-jeong a le droit de le faire, elle aussi.

– Quand l'avez-vous vue pour la dernière fois ? demande Ki-jeong au lieu de répondre.

Sae-oh réfléchit aux termes « voir quelqu'un pour la dernière fois ». Voir quelqu'un pour la dernière fois sous-entend qu'on a pris le temps de le fréquenter.

Sae-oh repense à cette période, l'époque où elle croyait que si elle se trompait une fois, sa vie entière serait ratée. Celle où elle essayait si fort de ne pas échouer qu'elle ne faisait qu'enchaîner les échecs. Celle où elle appelait brusquement un inconnu pour le convaincre de travailler pour elle et où elle suppliait, implorait ses amis de la suivre. Celle où elle devait attendre son tour ne serait-ce que pour s'asperger le visage d'eau à l'évier de la cuisine. Celle où ne sortait de sa bouche qu'une sorte d'incantation hypnotique selon laquelle si elle le voulait vraiment, elle réussirait. Celle où elle persistait à rester là-bas, non dans la perspective de gagner de l'argent, mais pour ne pas avoir à reconnaître son échec. Celle où elle excellait à faire de beaux discours auxquels elle ne croyait pas, juste pour empêcher des gens de partir.

Aujourd'hui, elle est capable d'interpréter ses actions de plusieurs manières. Il s'est écoulé suffisamment de temps pour qu'elle ait du recul. Tout d'abord, elle se dit qu'il en va peut-être ainsi de la vie. On s'accroche à l'espoir et on est déçu. Il est possible que cela lui arrive encore.

En y repensant aujourd'hui, elle s'avise que cette période, avec ses bons et ses mauvais moments, n'a pas été très différente des autres. C'est elle qui l'a considérée comme entièrement mauvaise. Peut-être parce que les petits bonheurs passent vite tandis que les épisodes malheureux ont tendance à s'éterniser.

Elle pense même que l'expérience aurait pu être fructueuse si on avait amélioré les produits à vendre ou si le système de recrutement avait été géré de façon rationnelle. Comme l'avait dit Bu-yi à l'époque, le problème, c'était ce système lâche qui faisait rêver et fantasmer tout un chacun sur sa réussite. Sae-oh avait d'ailleurs fini par conclure, pour alléger sa déception, que le problème était structurel.

Il lui avait été très difficile de partir alors qu'elle voyait clairement sa défaite. Elle croyait qu'y rester tant bien que mal lui permettrait de ne pas s'enfoncer davantage dans l'échec. En y réfléchissant aujourd'hui, ce qu'elle avait alors considéré comme une réussite était pathétique. Ce n'était qu'une fine couche de vernis ne demandant qu'à se craqueler. Et pourtant, si fragile et éphémère fût-elle, Sae-oh avait tout fait pour s'y raccrocher.

Si elle était entrée dans ce réseau de ventes à cause de Mi-yeon, c'était grâce à Bu-yi qu'elle en était sortie. C'était digne de la Sae-oh peureuse et soumise. Ce jour-là, cela faisait huit mois que Bu-yi était entré dans cette souricière et Sae-oh, un an et cinq mois. Bu-yi a discrètement quitté la salle de formation pendant une réunion de suivi. Sae-oh lui a emboîté le pas à son insu. Profitant d'une accalmie dans le trafic, il a traversé la rue et Sae-oh s'est pressée, de peur qu'il disparaisse d'un instant à l'autre. Elle craignait qu'il soit surpris par la froideur de l'employé de la supérette et blessé par la réaction désinvolte de la police. Elle avait peur qu'il s'abandonne à ces plaies émotionnelles et choisisse de se torturer.

D'un autre côté, elle ne pouvait s'empêcher d'avoir le cœur brisé à l'idée que Bu-yi songe à partir sans rien lui dire, comme l'avait fait Mi-yeon. Elle a supposé que la gaieté, la sérénité et le dynamisme dont il avait fait preuve au cours des mois écoulés n'étaient qu'une mise en scène destinée à rassurer Sae-oh. Ou peut-être était-elle trop négative. Ce n'était pas étonnant, vu le nombre d'épreuves qu'elle avait traversées.

Ce qu'elle a ressenti sur le moment, ce n'était pas une trahison, mais plutôt de la pitié. Elle savait qu'elle pouvait compter sur Bu-yi, mais il n'avait que vingt-deux ans. Ce n'était qu'un jeune homme à peine sorti de l'enfance. Sae-oh s'est imaginé ce qu'il allait advenir d'un garçon comme lui, qui ne laissait pas du tout paraître sa fragilité et son impuissance, une fois soumis à l'angoisse profonde.

Elle souhaitait le retenir pour qu'il reste le pilier sur lequel elle pouvait s'appuyer. En même temps, elle n'en avait pas envie, car tous ceux qui se trouvaient là étaient déjà à moitié morts, y compris Sae-oh elle-même. Elle ne voulait pas que cela arrive à Bu-yi. Déchirée entre ces deux élans sincères et contradictoires, elle allait le retenir quand même, malgré la culpabilité qui la rongeait.

Alors que Sae-oh attendait de l'autre côté de la rue, minée par la souffrance, la pitié et l'angoisse, Bu-yi est entré dans une supérette. Il ne se cachait pas. Il regardait les produits, en choisissait un, puis le reposait. Il n'a pas supplié l'employé ni regardé par la fenêtre, l'air tendu. Quelques instants plus tard, il s'est installé au mange-debout disposé à côté de la fenêtre, le menton posé sur sa main et il a commencé à grignoter quelque chose. Il devait s'agir d'un *kimbap* triangulaire ou peut-être d'un petit pain fourré au chocolat.

Quatre minutes environ se sont écoulées ainsi et Sae-oh a décidé de regagner la salle de formation. Elle ne voulait pas que Bu-yi s'aperçoive qu'elle l'observait en cachette. Lorsqu'elle s'est retournée, son regard a croisé celui de sa chef qui se tenait derrière elle. Sae-oh n'a pas été surprise de la trouver là, pas plus que la chef ne l'a été de s'être fait démasquer. Là-bas, ils étaient tous liés les uns aux autres. La chef surveillait Sae-oh tout comme celle-ci surveillait Bu-yi. Si Mi-yeon avait été là, elle aurait été à la place de la chef. Jusque-là, Sae-oh avait supporté tant bien que mal sa solitude et sa vie dans ce lieu froid et sombre grâce à la pensée qu'ils étaient tous étroitement liés. Mais à cet instant précis, elle a compris qu'elle était incapable de le supporter plus longtemps.

Aujourd'hui, une autre pensée lui vient à l'esprit. Le réseau de vente n'était guère plus qu'une boutique de prêts sur gages. On se laissait soi-même en garantie et on vendait toutes ses relations personnelles. Plus elle travaillait, plus l'échec devenait fatal. Dès qu'elle évoquait la branche dans laquelle elle travaillait, les gens se mettaient en colère et l'avertissaient de ne plus les approcher ni les appeler. À voir leur réaction, on aurait dit qu'elle était porteuse d'une maladie contagieuse.

Là-bas, personne n'était indépendant. Ils étaient tous attachés les uns aux autres, de toutes les façons possibles. Plus on augmentait le nombre de ses liens, plus on gagnait en indépendance. Ceux que l'on avait recrutés devenaient le capital de départ. Un capital de départ volage qui pouvait disparaître à tout moment. À l'époque, Sae-oh aussi utilisait les autres sans vergogne. Elle n'avait pas le loisir de s'interroger à ce propos. Le seul regret qui venait la travailler, c'était de n'avoir plus personne à exploiter.

Naturellement, les boutiques de prêt sur gages ne rendent jamais l'objet hypothéqué sans percevoir d'intérêts, et le prix à payer est bien plus élevé que ce que l'on reçoit quand on l'hypothèque. Il en était de même là-bas. Elle avait cru à l'époque qu'être promu à des rangs auxquels on donne des noms de bijoux comme diamant ou saphir équivalait à un paiement, mais elle s'était montrée bien naïve.

Un moment plus tard, Bu-yi est revenu dans la salle de formation à bout de souffle en dégageant une odeur sucrée et légèrement épicée. Ses lèvres entrouvertes étaient charnues et luisantes. Ses joues rouges trahissaient une espièglerie enfantine. Sae-oh connaissait Bu-yi depuis longtemps. Contrairement à ce qu'il croyait, elle n'en avait jamais été amoureuse. Mais à cet instant, elle l'adorait vraiment.

Les gens que Sae-oh a rencontrés dans ce travail n'étaient pas du genre à aider les autres, pas même un aveugle croisé dans la rue. Elle pensait que Bu-yi n'était pas différent. Cela ne la gênait pas spécialement, puisqu'elle n'avait pas non plus un faible particulier pour les gens compatissants et généreux. Bu-yi, lui, serait plutôt du genre à demander à l'aveugle de s'écarter de son chemin.

Ceux qui sont habitués à agir en groupe et à vivre en communauté s'effacent au profit de la collectivité. Pas Bu-yi. Il avait dû lui prendre l'envie de manger une sucrerie, las des repas peu variés et insipides qu'on lui servait. Il n'éprouvait aucune culpabilité à quitter le groupe pour aller manger seul et de toute évidence il ne considérait pas cela comme un comportement égoïste. S'il était allé tout seul à la supérette, c'était sans doute parce qu'il n'avait pas les moyens d'offrir une collation à qui que ce soit.

Contrairement à Sae-oh, Bu-yi avait l'innocence de celui qui n'a jamais été exploité de sa vie. Ce qui était une bonne chose, car si Sae-oh détestait Mi-yeon, Bu-yi ne penserait probablement jamais qu'il avait gâché sa vie à cause de Sae-oh.

Bu-yi s'est tourné vers Sae-oh qui, debout sur le seuil de la porte, le regardait et il lui a demandé :

– Tu m'attendais ?

– Non.

– Qu'est-ce que tu fais, alors ?

– J'attends pour aller aux toilettes.

Bu-yi a jeté un coup d'œil furtif aux toilettes pour femmes, tout le temps occupées.

– Tu as effectivement l'air d'avoir une envie pressante, tu deviens toute jaune.

Sae-oh a souri et éclaté de rire.

– Je sais comment te faire rire, hein ? a fait Bu-yi d'un air triomphant en croyant que sa blague était à l'origine de l'hilarité de son amie.

Mais il se trompait. Ce n'était pas sa plaisanterie qui l'avait fait rire. Elle aurait ri, quoi qu'il eût dit. Bu-yi n'était pas très attentif à l'état d'esprit des autres et manquait souvent les signaux qu'on lui envoyait, mais il n'allait pas tarder à comprendre qu'il pouvait faire rire Sae-oh sans se donner beaucoup de peine. Elle n'avait pas l'intention de le lui dire. Elle était ravie d'avoir un secret.

Là-bas, le principe était de partager. On rendait public tout le processus de recrutement auprès des membres : les raisons du succès étaient expliquées, les raisons de l'échec analysées en détail, les études de cas examinées et les stratégies échafaudées ensemble. Au bout d'un moment, Sae-oh a oublié qu'ils étaient tous des individus possédant leurs idées et leurs préférences. En fait, elle a même oublié de penser par elle-même. Car ils avaient tous la même pensée et agissaient dans un but commun.

Bu-yi ne s'en plaignait jamais, mais il ne s'y conformait pas totalement non plus. Quand il avait faim, il ne se gênait pas pour manger seul. Il s'attirait des regards noirs en critiquant des choses qu'il jugeait irrationnelles. Il avait par exemple proposé une meilleure façon d'organiser les repas et le coucher, à la grande irritation de tous les autres, qui enduraient patiemment ces mauvaises conditions. Il était évident que toute suggestion serait malvenue.

Sae-oh gardait Bu-yi à l'œil. À force de croire qu'elle était liée aux autres, elle ne se voyait plus comme un être indépendant, mais Bu-yi pensait d'abord à lui. Il savait ce qu'il aimait, faisait ce qu'il voulait, et souhaitait mener sa vie à sa guise.

Bu-yi ne lui a pas proposé de partir avec lui. Il est parti en premier et Sae-oh a suivi. « Je t'aiderai à partir. » C'était ce qu'il lui avait dit un jour, mais depuis, il avait oublié.

Un jour, Bu-yi a de nouveau quitté la salle de formation. Comme cela lui arrivait régulièrement, Sae-oh n'y a pas prêté attention. Pas plus que la chef d'équipe, qui gardait un œil sur

Sae-oh, ou que Ha-jeong, qui surveillait discrètement Bu-yi dans le dos de la chef. Sae-oh s'est tout de même avancée jusqu'au palier pour regarder où il allait. Puis elle a regagné la salle et s'est remise à tenir de beaux discours sans fondement avec un visage souriant pour gagner la confiance des nouvelles recrues arrivées la veille.

Un moment plus tard, Ha-jeong a consulté sa montre. Sae-oh a parlé encore plus fort à ses recrues en riant de plus belle tout en faisant signe à Ha-jeong de la soutenir. Ne pouvant attendre davantage, celle-ci s'est levée d'un bond, la mine figée. Sae-oh l'a saisie par le bras. Elle se rappelle encore ce bras squelettique et desquamé. « Je vais aller le chercher », a proposé Sae-oh, ce qui lui a valu un hochement de tête anxieux de Ha-jeong, qui ne voulait sûrement pas que Bu-yi sache qu'elle le surveillait.

Sae-oh a traversé la rue sans prendre la peine d'aller regarder dans la supérette. Bu-yi n'y serait pas, elle le savait. Elle l'avait vu prendre un taxi. Avant de refermer la portière, il a jeté un regard sur leur bâtiment. Sae-oh pensait qu'il l'avait vue. Elle a attendu qu'il lui fasse signe de le rejoindre, qu'il articule les mots suivants : « Viens, on s'en va. » Hélas, Bu-yi n'en a rien fait. Il est parti tout seul, sans la prévenir, exactement comme Mi-yeon.

Un taxi s'est arrêté devant elle. Elle y est montée et, comme Bu-yi, a jeté un regard à l'immeuble avant de fermer la porte. Cette fois, ses yeux n'ont croisé ceux de personne. Sae-oh est rentrée directement chez elle.

De retour à la maison, sa colère n'a cessé de croître. Tout le temps qu'elle était restée piégée là-bas, à dormir avec tous ces inconnus dans une chambre minuscule, à prendre des repas de mauvaise qualité, à faire la vaisselle dans la salle de bains et sa toilette dans l'évier, à appeler toutes ses connaissances pour les convaincre de rejoindre le nombre de ses filleuls, et à ne cesser d'échouer en s'endettant davantage, tout ce temps-là, le monde n'avait absolument pas changé. Les chaînes de télé continuaient à diffuser tous les jours des comédies et des programmes de divertissement médiocres. Les élèves allaient à l'école et passaient leurs examens à l'heure dite. Même son père, malgré son inquiétude pour sa fille, dormait toujours dans une maison bien chauffée, avait trouvé un emploi dans une boutique et remboursait en partie les intérêts de son crédit avec son salaire. Rien qu'à y penser, Sae-oh perdait la tête.

Quand sa colère s'est enfin apaisée, elle a laissé place à l'inquiétude. Une seule chose la préoccupait : elle craignait que Bu-yi finisse par se rendre compte que c'était elle qui lui avait fait perdre son temps. Il lui arrivait même de penser à retourner là-bas et se mettre sérieusement au travail pour réussir, cette fois au moins. Cette idée lui venait chaque fois qu'elle se sentait vraiment inutile. Redoutant d'y retourner, elle s'est lancée à la recherche de Bu-yi.

Bu-yi avait changé de numéro de téléphone fixe et ce n'était pas la peine d'appeler son mobile puisque la chef les avait tous confisqués. Prenant son courage à deux mains, elle est passée à la salle de formation. Elle a dû en venir aux mains avec plusieurs personnes, mais elle a pu au moins constater que Bu-yi n'était pas revenu. Elle s'est rendue au temple protestant qu'il fréquentait, où il n'avait pas mis les pieds depuis un bon moment. Elle a alors rôdé aux alentours de sa supposée fac en s'en remettant totalement au hasard. Mais errer ainsi sans but sur le campus ne lui a pas non plus permis d'avoir de ses nouvelles. Elle a donc ciblé quelques endroits décisifs, menti effrontément à ses interlocuteurs et appris enfin la vérité : Bu-yi n'avait jamais été inscrit dans cette fac.

Cela l'a rassérénée. Bu-yi ne se cachait pas pour l'éviter. Elle ne savait simplement pas où le chercher. Il était donc possible qu'elle le croise un jour. Le hasard ne se présente pas quand on le cherche, mais il fait parfois bien les choses.

Elle pourrait, de la même façon, tomber sur Mi-yeon. Totalement par hasard. Peut-être celle-ci était-elle à la recherche de Sae-oh. Si tel était le cas, Mi-yeon allait s'apercevoir qu'elle était dans une impasse. Elle comprendrait alors la rupture totale entre Sae-oh et elle. Ce que Sae-oh a compris grâce à Bu-yi.

Sae-oh ne souffle mot de tout ceci à Ki-jeong. La seule chose qu'elle peut se résoudre à évoquer au sujet de Ha-jeong, c'est son bras squelettique. La voilà pourtant qui se met à parler. Elle dit à Ki-jeong qu'elle ne se souvient pas précisément de leur dernière rencontre, sans doute parce qu'elle ne pensait pas que ce serait la dernière. Que Ha-jeong n'était pas faite pour ce business ; qu'à l'époque, Sae-oh l'avait jugée incompétente, mais avec le recul, elle dirait plutôt que Ha-jeong n'était pas habituée à mentir et avait été mal à l'aise dès le début ; qu'elle semblait faire ce travail à contrecœur et se sentait coupable d'attirer ses amis avec des mensonges, de les supplier de la rejoindre ; qu'étant plutôt taciturne, elle ne s'était jamais ouverte à Sae-oh, mais qu'elle donnait l'impression d'être sérieuse ; qu'en raison de sa gentillesse et son amabilité, elle était populaire dans son logement collectif ; qu'elle était optimiste, vive d'esprit et faisait beaucoup rire son entourage ; qu'elle était suffisamment attentionnée pour acheter des médicaments aux autres quand ils étaient malades.

En l'écoutant, Ki-jeong laisse soudain tomber sa tête. Elle pleure silencieusement. Sae-oh ne sait pas bien pourquoi elle pleure. Éprouve-t-elle de la pitié pour sa petite sœur de cette époque ? Se sent-elle désolée de ne pas s'être mieux occupée de celle-ci pendant qu'elles étaient ensemble ? Ou peut-être est-ce juste parce que sa sœur lui manque. Il en va de même pour Sae-oh. Quand elle pensait à son père au début, elle éprouvait des remords. Aujourd'hui, il lui manque, tout simplement.

Sae-oh pose sa main sur celle de Ki-jeong. Ce geste qu'elle n'a pas fait depuis si longtemps la met mal à l'aise. Elle sent chaque frémissement des mains de Ki-jeong, qui commence à sangloter comme une enfant. Bientôt, l'occupant de la chambre voisine frappe sur le mur. Ki-jeong, surprise, s'arrête aussitôt.

– Je suis désolée, je vais vous causer des ennuis, s'excuse Ki-jeong en respirant profondément pour maîtriser ses émotions. Je ne suis pas sûre, mais Ha-jeong a peut-être cherché à vous joindre pour vous parler de Bu-yi.

Sae-oh soutient le regard doux que Ki-jeong pose sur elle dans l'espoir de retarder le moment où elle va entendre ce qu'elle a à dire au sujet de Bu-yi.

Sae-oh est souvent désespérée d'avoir gaspillé tout ce temps là-bas. Mais elle se console en se disant qu'au moins, elle a réussi à en partir et qu'à présent, c'est une histoire ancienne. Elle s'efforce d'oublier tout ce qui a trait à cette époque : les gens qu'elle a rencontrés, les phrases qu'elle a prononcées, le logement collectif qu'elle habitait. Quand elle croise une connaissance de cette époque, elle fait mine de l'ignorer et, interrogée sur son passé, elle improvise. Ce qu'elle ne sait pas, c'est qu'il est impossible de fabriquer, sceller ou transformer la mémoire de cette façon.

En parlant avec Ki-jeong, Sae-oh s'autorise à se rappeler pour la première fois, avec sérénité, l'histoire qu'elle a voulu cacher à tout prix, ses nombreux échecs, le nom de ceux qui ont souffert avec elle. Il semblerait que Bu-yi se souvienne de tout, ou, plus précisément, qu'il ne cherche pas à oublier. C'est en tout cas ce qu'elle déduit des paroles de Ki-jeong.

D'après Bu-yi, il a revu Ha-jeong par hasard. Elle était venue voir une de ses amies dans la nouvelle fac de Bu-yi. Celui-ci, assis avec des camarades dans un petit jardin derrière l'école de médecine, l'a vue se diriger vers eux.

Ki-jeong s'interrompt. Bu-yi lui a dit qu'il était tombé par hasard sur sa sœur mais il lui vient soudain à l'esprit que Ha-jeong devait être à sa recherche. Après avoir arrêté ses études, elle n'a cessé de se déplacer d'un endroit à un autre et ce n'était sans doute pas pour voyager.

Ki-jeong ne prolonge pas davantage sa réflexion, car Sae-oh la regarde fixement, l'air pressée d'entendre la suite. Ki-jeong décide de parler d'abord de la situation de Bu-yi, car c'est ce qui semble surtout intéresser Sae-oh.

Quand Sae-oh a contacté Bu-yi pour le recruter, il n'avait nulle part où aller. Même si elle lui avait proposé d'aller pêcher des crabes et non d'intégrer un réseau de vente pyramidale, il aurait accepté tout aussi volontiers tant qu'il était logé et nourri.

Ses malheurs dataient des vacances d'été suivant son année de terminale. Plus précisément, ils avaient commencé quand son père, deux ans plus tôt, avait vu trop grand pour développer son entreprise et précipité sa famille dans des difficultés financières sans fond. Tout en sachant qu'il n'y avait pas d'argent pour l'envoyer à la fac, Bu-yi a passé l'examen d'entrée. Quand il a appris qu'il était reçu à l'école de médecine renommée de son choix, il en a été désespéré. Si seulement son père avait fait faillite un an plus tard, s'était-il dit vainement. Déjà inscrit à la fac, il aurait trouvé un moyen pour continuer. Ou un an plus tôt. Il aurait eu le temps de préparer au moins de quoi payer les frais d'inscription.

Du temps où il travaillait avec Sae-oh, la rumeur avait couru qu'il était étudiant en médecine dans une université privée prestigieuse. Ce n'était pas lui qui en était à l'origine, mais un ami de son lycée venu passer une nuit là-bas en tant que recrue potentielle. Tous ses camarades de lycée le croyaient étudiant dans cette fac et Bu-yi n'a rien fait pour les en dissuader. Il n'a pas menti, mais simplement gardé le silence sur le malheur qui avait frappé sa famille et sur tout le chamboulement qui en avait découlé.

Son travail ne se passait pas comme prévu. Il a appelé tous les gens qu'il connaissait, discuté avec eux, compté sur eux et changé plusieurs fois de stratégie. Sans résultat. Il désirait gagner cette somme astronomique que promettait en théorie l'entreprise. Un petit boulot à temps partiel ne suffirait pas à couvrir les frais de scolarité et assurer sa survie. Il pensait que les autres membres échouaient, car ils avaient recours au mensonge et aux promesses bidon pour tenter de recruter. Il avait cru qu'en s'expliquant comme il le fallait, sans rien imposer aux gens, il y arriverait.

Il parvenait à gagner de l'argent, mais juste de quoi acheter un *kimbap*. C'était loin d'être suffisant pour payer ses études et aider sa famille ruinée. Il s'en rendait bien compte quand il allait chaque jour à la supérette s'acheter de quoi compléter ses repas médiocres.

Après avoir quitté l'entreprise, il a consacré deux années entières à gagner de l'argent. Il y est parvenu à force de débrouillardise, de patience et d'endurance. Il a assuré le service de nuit dans des supérettes, travaillé dans des stations-service, sur des chantiers. Cela faisait deux ans qu'il fréquentait la fac de médecine de la ville de J où il n'avait jamais mis les pieds auparavant.

Quelque temps après leur rencontre fortuite, il a revu Ha-jeong. Cette fois, ils s'étaient donné rendez-vous. Ils ont bavardé un moment, assis sur un banc derrière la fac de médecine, avant que Bu-yi coure à son travail à temps partiel. Ha-jeong fixait chaque fois un nouveau rendez-vous et se déplaçait jusqu'à cette lointaine ville de J, juste pour le voir. C'est Bu-yi qui lui a demandé en premier des nouvelles de Sae-oh, car la promesse qu'il lui avait faite de l'aider lui restait en travers de la gorge.

Ha-jeong se rappelait avoir vu Sae-oh quand, à la recherche de Bu-yi, celle-ci avait pris le risque de retourner à la salle de formation. Jusqu'à ce moment-là, elle avait cru que Sae-oh et Bu-yi étaient partis ensemble. Quand Sae-oh lui avait demandé si elle avait eu des nouvelles de lui, Ha-jeong avait répondu : « Il n'était pas avec toi ? »

Bu-yi a fait part à Ki-jeong de sa surprise d'apprendre que Sae-oh l'avait cherché. Il lui est apparu comme un garçon gai, volontaire et très débrouillard, mais peut-être trop préoccupé par sa situation pour prêter attention aux autres. Quant à Ki-jeong, elle s'est montrée étonnée de savoir que Ha-jeong était restée plusieurs mois après son départ. Elle pensait que sa petite sœur ne travaillait là-bas que parce que Bu-yi y était. Sae-oh croit comprendre pour quelle raison Ha-jeong est restée là-bas. Sans doute la même qui l'a décidée à y demeurer après le départ de Mi-yeon.

Une fois son long récit achevé, Ki-jeong tend à Sae-oh un bout de papier sur lequel est noté un numéro de téléphone, celui de Bu-yi. Sae-oh le prend et caresse les chiffres comme pour les imprimer sur le bout de ses doigts.

– La nouvelle du suicide de ma sœur a beaucoup étonné Bu-yi. Il m'a dit que c'était impossible, car ils s'étaient promis de se retrouver dans la ville de J avant la rentrée scolaire. Bien sûr, Ha-jeong ne s'y est pas présentée. D'après lui, ma sœur préparait depuis longtemps le concours de la fonction publique. Elle avait arrêté la fac et étudiait toute seule en jonglant avec des petits boulots. Elle lui avait confié qu'elle n'en avait rien dit à sa famille parce qu'elle se sentait désolée pour celle-ci.

Sa famille. Ki-jeong se tait, trouvant incongru le mot qui vient de franchir ses lèvres. Elle n'a jamais considéré une seule fois Ha-jeong comme un des membres de sa famille, qui prennent leurs repas ensemble.

Après sa rencontre avec Bu-yi, Ki-jeong a changé d'avis : sa petite sœur n'avait sûrement pas eu l'intention de mourir. Si elle avait connu Ha-jeong ne serait-ce qu'un peu mieux, elle aurait sans doute pu aller jusqu'à découvrir la véritable cause de sa mort, malgré la réticence de la police. Hélas, elle n'a rien fait, et l'occasion de la connaître a disparu à jamais. Au moins est-elle heureuse d'apprendre, ne serait-ce que maintenant, que sa sœur n'est pas restée bloquée sur ses échecs passés.

– On pourra se revoir ? demande Ki-jeong en se levant.

– Oui, répond doucement Sae-oh en se disant que c'est sans doute sa façon de lui dire au revoir ou de s'excuser de son intrusion soudaine.

Une question lui vient tout à coup : ceux qui restent cherchent-ils à comprendre la cause de la mort d'un être cher afin d'apaiser leur souffrance ? Probablement y arrivent-ils, non pas parce qu'ils ont suffisamment souffert, mais parce qu'ils finissent par accepter le fait que rien ne viendra jamais atténuer la douleur.

– Est-ce que Bu-yi aussi aimait Ha-jeong ? demande Ki-jeong sur le pas de la porte, comme si cette question venait de lui traverser l'esprit.

– Oui, il l'aimait, répond Sae-oh sans hésiter.

Ki-jeong incline légèrement la tête et ferme la porte derrière elle. Sae-oh ne la raccompagne pas dans le couloir. Elle ne la regarde pas longer le couloir exigu, passer devant l'ancien restaurant de tripes toujours vacant, puis devant le karaoké au rez-de-chaussée de l'immeuble dont l'enseigne clignote, avant de se diriger vers la grande rue. Elle ne tend pas l'oreille pour écouter le bruit de ses pas décroître. Elle ne fixe pas des yeux la chaise bancale sur laquelle Ki-jeong était assise.

Tout ce que Sae-oh a dit à propos de Ha-jeong est faux, car elle ne sait rien d'elle. Lorsqu'elle a dit « oui » à la proposition de Ki-jeong de se revoir et affirmé que Bu-yi lui aussi aimait Ha-jeong, ce n'était pas vrai. Dans son souvenir, Ha-jeong était amoureuse de Bu-yi et le suivait partout, mais le garçon ne l'aimait pas.

Elle n'a pas avoué à Ki-jeong qu'elles se trouvaient toutes deux dans la même situation. Elle ne lui a pas raconté qu'elle aussi imaginait souvent les derniers instants de son père, échafaudait des hypothèses, reconstituait les événements. Elle n'a pas confié non plus qu'elle avait fait mine d'ignorer que tout allait mal jusqu'à la mort de son père. Elle n'a pas dit qu'à l'instar de Ki-jeong, elle aussi avait tout de suite conclu au suicide. Car, contrairement à Ki-jeong, elle n'a jamais cherché à enquêter sur la mort de son père. Tout ce qui compte pour elle, c'est la personne qui en est responsable.

Sae-oh se demande si Ki-jeong n'aurait pas dû attendre un peu avant de les rencontrer, Bu-yi et elle. Elle aurait ainsi pu retarder le moment de faire ses adieux à sa sœur. Hélas, Ki-jeong a raté cette chance. Il ne lui reste plus qu'à accepter la mort de sa sœur comme un fait irréversible. La tension qui n'a pas faibli tout le temps qu'elle a passé à chercher Sae-oh et Bu-yi, son étrange cohabitation avec sa sœur morte, tout cela est terminé, maintenant.

Ce sera bientôt au tour de Sae-oh. Une fois qu'elle aura exécuté son plan, sa volonté de vivre, qui ne l'a pas quittée tant qu'elle imaginait son projet, l'abandonnera totalement.

27

Yi Su-ho est en proie à une fatigue inhabituelle qui ne va pas disparaître de sitôt. La fille de Gu Ki-in vient de mourir. Il existe à cela de multiples raisons : si elle est morte de maladie, il doit y avoir des facteurs physiologiques ou héréditaires ; s'il s'agit d'un accident, c'est le résultat d'un grand nombre de circonstances concomitantes.

Mais Su-oh en connaît la cause véritable. L'argent. C'est l'argent qui a rendu sombre et tragique l'avenir florissant de la fille de Gu Ki-in. Il peut citer plus de dix cas similaires, dont le sien. Il s'est donné tant de mal pour faire fi des préjugés relatifs aux hommes peu éduqués élevés par une mère célibataire. Aujourd'hui, il se demande pourquoi il s'est donné cette peine. Il aurait mieux valu qu'il se résigne dès le début et ne se mette pas à rêver d'une vie agréable en costume et cravate.

Ayant toujours été pauvre, Gu Ki-in a dû se dire que la misère ne lui causerait pas une nouvelle souffrance. Mais il s'est trompé. Une fois entrée dans notre vie, la misère ne bat jamais en retraite. Elle donne à penser que plus longtemps on vivra, plus on s'endettera.

Le grand problème de Gu Ki-in, c'est de ne pas avoir compris les causes fondamentales qui l'ont amené là. Au lieu de rester veiller sa fille dans la chambre mortuaire, il s'est rendu sur le lieu de travail de Yi Su-ho avec l'intention de trouver une raison acceptable à la mort soudaine de sa fille. Autre chose que l'argent et un père incompétent. Et il a trouvé Yi Su-ho. Il crie le nom de ce dernier mêlé d'injures tout en donnant des coups de pied dans la porte vitrée.

En passant devant le bureau de Yi Su-ho pour rejoindre le sien, le chef d'équipe fait claquer sa langue suffisamment fort pour que tout le monde entende, et lance :

– Espèce d'abruti, tu pourrais y aller mollo. Quelle honte ! On a vécu ça combien de fois déjà ? Tu n'es pas un bourreau quand même ! Je te paie pour récupérer de l'argent, pas pour tuer qui que ce soit.

La honte s'applique-t-elle à Gu Ki-in ou à Yi Su-ho ? Mystère. Deux agents de sécurité arrivent. Comme toujours, ils agissent promptement, mais leur action paraît très lente à Yi Su-ho. Ils arrêtent Gu Ki-in dans ses habits de deuil. Secoué de sanglots qui le font se plier en deux, il est traîné à l'autre bout du couloir. Yi Su-ho le suit des yeux et le voit se rouler par terre en gémissant bruyamment, se donner en spectacle aux gens qui passent, se faire jeter dans l'ascenseur, frapper les portes en train de se refermer avant de s'écrouler, à bout de forces.

Yi Su-ho jette des coups d'œil furtifs au chef. Celui-ci, comme d'habitude, porte un costume impeccable, parfaitement coupé et ajusté aux épaules. Plus le costume de Yi Su-ho devient fripé et miteux au fil du temps, plus celui de son chef paraît propre et chic. Pourquoi ? Comment se fait-il qu'il n'ait pas de quoi s'acheter un costume correct en travaillant si dur ? Ce n'est pas un voyou qui tabasse les gens, ni un escroc qui vole de l'argent aux autres ou un pickpocket qui leur fait le portefeuille. Il se contente de récupérer de l'argent prêté et ne reçoit comme salaire qu'une infime partie de la somme qu'il collecte. Tous les jours il se rend à son bureau de bonne heure, part en déplacement, travaille le soir et même le week-end.

Pourquoi, malgré tout, arrive-t-il à peine à joindre les deux bouts et se fait-il constamment insulter et menacer par les débiteurs ? Il se démène comme un beau diable pour obtenir des gens qu'ils paient leurs dettes, mais pourquoi le traite-t-on d'extorqueur ou, pire encore, le considère-t-on comme un meurtrier ? Non seulement ses collègues, mais même son chef, qui lui a tout appris, le regardent comme un assassin, une bête répugnante, un monstre hideux. Pourquoi ?

Au printemps dernier, il lui est arrivé la même chose, peu après son arrivée dans l'entreprise. Un incendie dû à une explosion de gaz a eu lieu chez un débiteur le jour où il était censé s'acquitter de sa dette. C'était un client dont son chef l'avait chargé une semaine plus tôt. La police a annoncé qu'il s'agissait d'un suicide avant de faire machine arrière et d'avancer que l'explosion était sans doute accidentelle, ce qui n'a pas empêché Yi Su-ho d'être convoqué à plusieurs reprises par la police. « C'est bien dommage que ce type ait explosé avant que tu aies pu récupérer l'argent », voilà tout ce que son chef a trouvé à dire. Il n'a pas posé sa main sur l'épaule de Yi Su-ho pour le réconforter, pas plus qu'il ne lui a tendu un mouchoir ou proposé de se rendre au commissariat à sa place. Pendant un bon moment, il s'est même abstenu de plaisanter ou manger avec lui. Il s'est comporté à son égard comme si c'était Yi Su-ho qui avait causé l'explosion.

Yi Su-ho se lève si vite qu'il en est étourdi. Il a l'impression que son corps a jailli indépendamment de sa volonté. Il ne sait pas ce qu'il doit faire maintenant qu'il est debout. Ses collègues, assis à leur poste de travail, lui décochent un regard en coin tout en continuant à répondre au téléphone ou discuter entre eux. Yi Su-ho reste debout et réfléchit un moment à sa situation : qu'est-ce qui s'est passé pour qu'il en arrive là ? Et qu'est-ce qui l'a poussé à bondir de son siège ?

Ce n'est pas la première fois qu'il éprouve un tel sentiment de désarroi. Lorsqu'il a appris l'explosion de gaz, il n'a même pas osé rendre visite à la victime à l'hôpital de peur que celle-ci meure. Il a demandé conseil à son chef, qui s'est contenté de lui dire : « C'est ton client maintenant, tue-le, sauve-le, ça m'est égal, débrouille-toi. »

Yi Su-ho peut quitter son boulot quand il veut, mais il risque d'y retourner à tout moment. Il continue donc. Au moins se sent-il bien pendant qu'il travaille. Il jouit même parfois d'un étrange plaisir quand il brutalise les gens au point qu'ils en tremblent. Il sait pertinemment que ce n'est pas son autorité qui les fait réagir ainsi, mais la peur de la violence. Et il a beau le savoir, il est incapable de changer, c'est bien là le problème.

Su-ho avance vers son chef qui, ayant déjà perdu tout intérêt pour cette affaire, est en train de rigoler avec quelqu'un au téléphone. Le chef lui jette un coup d'œil rapide, puis raccroche, le visage dur. Il lève le menton, l'air de lui demander ce qu'il veut. Yi Su-ho serre fort ses deux mains pour cacher ses tremblements.

– Qu'est-ce qu'il y a ?

Su-ho déglutit péniblement. Il ne sait pas ce qu'il fait devant son chef, pas plus qu'il ne sait pourquoi il a bondi de son siège un instant plus tôt. Dès qu'il a entendu Gu Kin-in se mettre à pleurer et gémir, il a eu envie de se libérer du monstre qu'il est devenu. Tout ce qu'il voulait, c'était gagner un peu d'argent, mais le prix à payer est trop élevé.

Le chef fixe Yi Su-ho d'un regard pénétrant. Celui-ci doit dire quelque chose, mais il n'arrive pas à ouvrir la bouche. Il laisse tomber sa tête. Le chef en profite pour lui lancer :

– Apporte-moi le bilan de ton taux de recouvrement du mois dernier.

– Pardon ?

– Tout de suite, crétin, vocifère le chef, le regard furibond.

Un coup d'œil sur son visage coléreux suffit à Yi Su-ho pour se rendre compte qu'il est allé trop loin maintenant et que sa seule issue, c'est de continuer. Il ignore de quoi demain sera fait, mais il sait ce qui l'attend au tournant : s'il n'arrive pas à rembourser l'argent qu'il a emprunté pour verser le dépôt nécessaire à la location de son logement actuel, l'un de ses collègues va venir donner des coups de pied dans sa porte. Il se peut que ce soit son chef qui vienne sonner chez lui. Yi Su-ho n'a pas encore expérimenté ce genre de souffrance, mais il l'imagine sans peine.

– Oui, entendu, monsieur.

Le chef affiche tout à coup un air affectueux devant la réponse docile de Yi Su-ho. Combien de visages a donc cet homme ? Et lequel est son vrai visage ? Il croise le regard de son chef et détourne rapidement les yeux. Il craint de mouiller son pantalon s'il le soutient un peu plus longtemps.

Il lui est déjà arrivé plusieurs fois d'être effrayé par son chef, mais jamais autant que quand celui-ci lui sourit gentiment. Dans ces moments-là, son chef est l'argent, le costume, l'avenir. Yi Su-ho n'oublie jamais toutes ces choses qui pèsent si lourdement sur ses épaules.

28

L'après-midi se déroule de façon si banale qu'il lui serait difficile de s'en souvenir. Sae-oh est suffisamment occupée pour ne pas ressasser la tâche qui l'attend ce soir-là, mais pas assez pour ne pas entendre les plaisanteries stupides qu'échangent Kim Usul et Sin Jae-hyeong. Toutefois, une scène ne cesse de se répéter dans sa tête. Chaque fois qu'elle redémarre, son visage se durcit et elle se crispe.

À la fin de la journée, en quittant la supérette, elle salue Kim Usul :

– J'y vais, à demain.

Comme tous les jours, elle fait un signe de la main à Sin Jae-hyeong et lui souhaite bonne soirée.

– Et moi, je n'ai pas droit à une bonne soirée ? la taquine Kim Usul avec un grand sourire.

Si ce n'était pas cette phrase, il aurait inventé n'importe quoi pour la faire parler, comme par exemple : « C'est la première fois que tu ouvres la bouche, aujourd'hui ? » avant de rajouter inutilement : « Rentre directement chez toi, ne t'arrête pas. » Ou bien il aurait essayé de la faire sourire en plaisantant : « Où tu vas comme ça ? »

Cette fois, en voyant Sae-oh récupérer des cartons vides avant de partir, Kim Usul lance :

– Cette vieille femme… Elle en demande trop à notre Sae-oh. Aujourd'hui, les déménageurs s'occupent de tout.

Sae-oh ne lui dit pas que c'est elle qui a proposé son aide. Elle ne lui dit pas non plus qu'il faut absolument qu'elle lui donne un coup de main ce soir.

L'avant-dernière famille a quitté les immeubles collectifs le week-end dernier. Il ne reste plus que le numéro 101. Hier, Kim Usul a livré des anguilles à la vieille dame. Celle-ci a dû les faire mijoter dans son faitout toute la journée. Au retour de son fils, elle lui réchauffera un bol de soupe et il dînera tardivement dans cette atmosphère surchauffée, humide et fétide.

Rien n'est immuable, évidemment. L'emploi du temps de Yi Su-ho non plus. Sae-ho a passé des mois à noter ses heures de départ et de retour. En semaine, il ne rentre généralement jamais avant minuit, et au plus tôt à vingt-deux heures. Il est censé dîner chez lui le soir où sa mère prépare le bouillon qui fait office de fortifiant, mais ce n'est pas garanti.

Il y a même un risque qu'elle tombe nez à nez avec Yi Su-ho, rentré tôt ce soir-là. Dans ce cas, elle le saluera avant de quitter précipitamment le numéro 101, sans rien faire. Ou bien elle paniquera et se dépêchera de mettre son plan à exécution : les flammes bleues jailliront, se propageront et feront tout disparaître en un rien de temps. Elle-même n'en sortira pas vivante.

Ce n'est pas cette pensée qui la fait hésiter. Elle est déjà quasiment morte depuis le jour où le numéro 157 est parti en flammes. Elle n'est plus qu'un fossile vivant. Elle vit enfermée dans le passé. Quand bien même survivrait-elle à cette soirée et se verrait-elle offrir un nouvel avenir, elle ne vivrait pas différemment.

Elle hésite un instant avant de sortir. Elle a envie de s'attarder un peu dans cette supérette où Kim Usul et Sin Jae-hyeong bavardent, rient souvent, travaillent parfois sérieusement et s'inquiètent de l'avenir sans la moindre trace de pessimisme. Quand elle est avec eux, l'envie lui prend de mener une vie normale. Rien que le train-train quotidien rend la vie plaisante. Ils ont appris à Sae-oh que les gens ne représentent pas un capital les uns pour les autres. Chacun vit à sa manière et rien n'est tout blanc ou tout noir. Il y a de bons et de mauvais moments. Parfois on peut compter sur les autres et d'autres fois, ils nous déçoivent. Ils sont parfois source de joie et parfois, de colère. Il en va ainsi des relations humaines.

Tout s'efface à l'instant où la porte de la supérette se referme derrière elle. Le monde dans lequel elle a existé avec eux appartient déjà au passé. Sae-oh se retourne pour les regarder une dernière fois. Usul et Jae-hyeong lui paraissent très lointains.

Demain, il n'y aura plus de Sae-oh dans le magasin. Elle n'ira pas au parc le matin. Elle ne regardera pas les personnes âgées s'entraîner à danser. Elle ne suivra pas des yeux les volants de badminton dans le ciel. Elle n'aura plus à s'appuyer contre le mur pour se cacher ni à supporter l'odeur du bouillon d'anguilles. Elle ne filera plus quelqu'un en se faisant toute petite.

Elle n'aura plus l'occasion d'écouter les bavardages de Kim Usul et Sin Jae-hyeong qui, malgré leur futilité, sont ce qui rend la vie précieuse. Elle ne fera plus mine de ne pas s'y intéresser, pour finir par laisser échapper un ricanement. Il ne lui arrivera plus de partager avec eux des repas simples et chauds. Les conversations, les paroles amicales et réconfortantes, les rires s'évanouiront à jamais. Sae-oh va se retirer du monde des vivants. Seulement alors, elle se demandera enfin : qu'a-t-elle donc fait de sa vie ?

29

Avant le projet de réhabilitation, tout le quartier se composait d'immeubles collectifs. Les propriétaires habitaient les étages supérieurs et avaient divisé les étages inférieurs en autant d'appartements à louer que possible. On les appelait des propriétaires, mais leur situation n'était guère plus enviable que celle de leurs locataires : ils vivaient dans l'angoisse permanente qu'un des locataires parte avant la fin du bail et qu'ils n'en trouvent pas un nouveau tout de suite. Au fur et à mesure que prenait forme le projet de réaménagement, les habitants du quartier, propriétaires et locataires confondus, saisissaient chaque occasion de se lamenter sur leur sort et de discuter taux d'intérêt variables, prêts immobiliers, évaluation foncière, contributions supplémentaires et plus-value.

Chaque fois que Su-ho partait travailler un jour férié ou un week-end, il trouvait ses voisins réunis à l'entrée du bâtiment en train d'évoquer avec inquiétude leur futur déménagement et les prix de l'immobilier. Les voisins, qui répondaient à ses salutations en l'interrogeant sur la santé de sa mère et sa recherche d'un nouveau logement, sont aujourd'hui tous partis. La plupart se sont installés dans d'autres immeubles collectifs en périphérie de la ville.

Yi Su-ho aurait dû faire comme eux, mais son emprunt bancaire tombé à l'eau l'en a empêché et le dépôt qu'il va récupérer de son logement actuel ne lui permettra pas d'en louer un nouveau. N'ayant aucun bien à hypothéquer, il n'obtiendra pas de crédit auprès d'une grande banque. Sa seule solution est de recourir à une plus petite banque aux intérêts élevés. Il a retardé ce moment, car il sait que la plupart des débiteurs dont il est chargé ont suivi ce même circuit, hélas il ne peut repousser plus longtemps. Pour ne pas finir comme eux, il a bien l'intention de payer l'intérêt chaque mois et il entourera d'un grand cercle sur son calendrier la date à laquelle il lui faudra rembourser le capital. Mais il n'est pas stupide. Il sait qu'arrivera le jour où il ne pourra pas s'acquitter d'un paiement puis, finalement, celui où il se verra dans l'incapacité de régler non seulement les intérêts, mais aussi le capital.

En emménageant dans cet immeuble, il s'était dit qu'ils avaient touché le fond. Et voilà qu'il leur faut de nouveau déménager. Il n'aurait jamais imaginé que la vie puisse être un tel abîme. On ne sait jamais jusqu'à quelle profondeur on va plonger.

Si seulement sa mère n'entrait pas en ligne de compte, se dit Su-ho. Chaque fois que le désespoir le prend, cette idée se fraie un chemin jusqu'à son esprit. Il y a pensé lorsqu'il a vu son dernier voisin déménager. Chaque matin, quand il part au travail, il s'arrête pour jeter un coup d'œil aux appartements vidés de leurs occupants. Les affaires laissées là par ses voisins sont visibles à travers les fenêtres : une vieille poussette, un dessin d'enfant représentant la mer, un cerceau ayant autrefois tourné autour de la taille de quelqu'un... C'est comme si des gens habitaient encore là. Il en va de même pour son appartement. Oui, comme si des gens habitaient encore là.

La clôture qui sépare le chantier de la rue piétonne commence à la sortie du métro. Au début, elle délimitait la zone des travaux et le quartier résidentiel, mais à présent que tout est transformé en chantier, elle n'a plus aucune utilité. L'ensemble des immeubles étant détruits, les boutiques qui doivent attendre la fin des travaux pour retrouver un chiffre d'affaires normal se dressent silencieusement en face de la barricade. Avec la chute du nombre de clients et la fermeture de plus en plus précoce des magasins, le quartier est encore plus obscur et désert. Les jours de neige, les trottoirs près de la zone en construction se transforment en plaques de glace.

Yi Su-ho prend la direction du chantier. Il est un peu plus de vingt heures. Il a quitté le travail plus tôt que d'habitude, car il a préféré ne pas se rendre chez l'un de ses clients. La faute à Gu Ki-in et la scène qu'il est venu faire au bureau. Il a tout aussi peur de ses débiteurs que ceux-ci ont peur de lui. Il suppose que c'est l'un d'eux qui l'appelle sur son téléphone ou chez lui pour le menacer en silence.

S'il n'était pas aussi fatigué et pressé d'arriver chez lui, il ne prendrait pas ce chemin. Non seulement il est étroit, sombre et verglacé, mais surtout, un sentiment bizarre l'envahit systématiquement quand il l'emprunte. Des pensées sinistres lui viennent à l'esprit : son appartement ne va pas tarder à être démoli et il lui faut dénicher un nouveau logement à louer avec le peu d'argent qu'il a en sa possession.

Son téléphone sonne. C'est sa mère. Il ne décroche pas. C'est sûrement pour lui demander de rentrer tôt et de dîner à la maison. Peut-être a-t-elle encore préparé du bouillon d'anguilles. Il l'a prévenue qu'elle allait devoir renoncer à en faire quand ils auraient déménagé, pendant un certain temps au moins. La puanteur qui s'accumule dans le numéro 101, que sa mère n'aère plus par souci d'économie, est terrible. Chaque fois qu'elle lui annonce qu'elle en prépare un nouveau, il se met à grommeler : « Cet argent ne serait-il pas plus utile à autre chose ? », avant de se taire. Sa mère est la seule personne au monde qui s'inquiète de son état de fatigue et cherche à y remédier.

Sa mère aime à dire :

– La meilleure chose au monde, ce sont les gens.

– Qu'est-ce qu'ils ont de si merveilleux ? lui demande-t-il alors.

– Qu'est-ce qu'ils ont qui ne l'est pas ? rétorque-t-elle, l'air exaspéré. Ceux qui prétendent que les gens sont ce qu'il y a de plus effrayant au monde sont ceux qui commettent des choses effrayantes. Les gens sont bons. Ils savent parler. Et écouter. Ils t'adressent la parole, ils travaillent pour toi, ils t'apportent des provisions. Ils sont chauds au toucher. Leur peau est douce et lisse.

Ce que Yi Su-ho aime le plus au monde, c'est l'argent. C'est pour cette raison qu'il devient bien souvent la personne la plus effrayante qui soit pour les autres.

En se rendant chez les gens pour le recouvrement de leurs dettes, il se voit offrir une occasion rare que les autres ne peuvent pas avoir, celle de comprendre la vraie nature de l'être humain. Le visage hypocrite et sans fard qu'ils dévoilent quand ils refusent de rembourser l'argent qu'ils doivent. La facilité avec laquelle ils mentent.

La malchance qu'entraîne la pauvreté est quasiment inéluctable. Une fois qu'on est tombé entre ses griffes diaboliques, tout tourne mal. Payer l'opération d'un parent aux portes de la mort ; se porter garant de son grand frère qui lance son entreprise ; se blesser et ne plus pouvoir travailler alors qu'on est le seul à subvenir aux besoins du foyer. Quelles que soient les histoires, elles finissent toujours de la même manière.

Pourquoi les malheurs du monde ont-ils tous le même visage ? Ceux auxquels Yi Su-ho assiste se résument toujours à l'argent. Rien n'est plus banal et prévisible que le lien entre la pauvreté et la malchance. Il ne parle pas là des histoires individuelles, mais plutôt de la façon dont tout le reste se déroule. À cause de l'argent, on perd sa maison, sa famille et, pour finir, absolument tout.

Bien souvent, ceux qui n'ont pas d'argent pleurent, se lamentent sur leur situation difficile et demandent pardon pour les erreurs futiles qu'ils ont commises afin qu'on les aide. Ces gens-là n'inspirent à Yi Su-ho aucune sympathie ni compassion, pas plus qu'ils ne lui donnent l'envie de les aider. C'est leur malchance qui les a conduits là. Il leur dit souvent que ne pas rembourser l'argent qu'ils doivent les mettra dans une situation plus pénible encore et qu'ils doivent s'acquitter de leur dette pour retrouver une vie normale. Mais c'est un mensonge. Ils n'ont aucune chance d'améliorer les choses.

Le sentiment qu'il éprouve en repoussant impitoyablement les gens qui s'accrochent à lui en le suppliant est similaire à celui qu'il ressentirait en enfonçant davantage la tête d'une personne qui se noie. Celle-ci va finir par mourir, mais ce n'est pas Yi Su-ho qui l'a poussée dans l'eau au départ. À force de traiter avec des animaux, il est devenu lui-même féroce. Ce qu'il oublie, c'est qu'il est le premier à avoir considéré ces débiteurs comme des animaux.

Alors qu'il avance d'un pas lourd, il est pris d'une envie d'uriner. Il s'approche discrètement de la clôture. Au moment où il s'apprête à baisser sa braguette, il entend quelqu'un venir vers lui en traînant les pieds. À en juger par la démarche, il s'agit d'une personne saoule ou épuisée par sa journée de travail, quoiqu'elle se déplace rapidement, comme avec urgence. Yi Su-ho, gêné, s'écarte un peu en attendant que le bruit de pas disparaisse.

Mais à sa surprise, les pas s'arrêtent net. Il jette un coup d'œil par-dessus son épaule. Au même moment, une main sans force saisit son bras. Si cette main avait été puissante, s'il avait eu la moindre idée de ce qui allait venir, il aurait tenté de maîtriser l'inconnu. Mais cette main appartient à quelqu'un qui aurait tout juste la force de demander son chemin, de remercier de l'avoir retenu, de s'excuser pour le dérangement. Yi Su-ho a l'impression que s'il se retourne pour regarder, l'inconnu va lui demander pardon et reprendre sa route, légèrement revigoré.

L'homme qui lui a pris le bras s'avance et approche son visage, comme pour éviter de tomber. Il empeste. Pas l'alcool. C'est plutôt l'odeur de quelqu'un qui a vomi après avoir mangé trop épicé. Yi Su-ho se tourne pour le repousser, mais la main se resserre sur son bras. Que se passe-t-il ? Qui est-ce ? À peine a-t-il le temps de se poser ces questions qu'une douleur fulgurante le transperce. Il tremble de tout son corps, comme s'il venait de recevoir un seau d'eau glacée. Il se plie en deux, sans force. Il raidit ses jambes pour tenter de reprendre ses esprits. Il sent de nouveau quelque chose de brûlant sur son abdomen. Puis, l'espace d'un instant, c'est une sensation de froid glacial, comme si on le frottait avec une poche de glace. A-t-il été poignardé ? Avec un couteau ? Yi Su-ho baisse lentement les yeux. Un couteau est fiché là. Comme c'est drôle ! Chez lui, il y a un couteau dans un étui en bois. Chaque fois qu'il le voit, il se dit que c'est une drôle de façon de ranger un couteau. Son ventre qui commence à s'empâter, en revanche, est l'endroit idéal.

Avant que la douleur se propage, son corps vacille. Su-ho attrape l'homme qui l'a poignardé. Celui-ci ne s'enfuit pas. Il tremble encore plus fort que Yi Su-ho, comme terrassé par l'effort. Il est agrippé au couteau enfoncé dans le ventre de sa victime comme si c'était un poteau auquel il se retenait. Tout à l'heure, il s'est appuyé sur Yi Su-ho. Maintenant, c'est sur l'arme.

C'est Gu Ki-in. L'odeur épicée est en fait celle de l'encens. Il est encore vêtu de ses vêtements de deuil, ceux-là mêmes qu'il avait lorsqu'il s'est rendu au bureau de Yi Su-ho avant d'en être chassé. Il ne porte rien d'autre malgré le froid, ce qui lui donne l'air stupide et misérable. Ce ne sont pas son chagrin sans nom et sa colère noire qui vont le protéger du froid.

Des pleurs retentissent. Yi Su-oh pense d'abord que c'est lui, mais il s'avère que c'est Gu Ki-in. Ce dernier sanglote comme une petite fille, on croirait que c'est lui la victime et non l'agresseur. Yi Su-ho veut lui dire d'aller se faire voir, mais une vague de douleur l'en empêche. Toujours en larmes, Gu Ki-in retire péniblement le couteau du ventre de Yi Su-ho.

Celui-ci sent tout son corps brûler. La douleur est accablante. Il a l'impression de n'être plus qu'un brasier. La chaleur commence à se faire sentir sur sa peau avant de se propager à ses vaisseaux sanguins, à son sang lui-même, puis à chacun de ses organes, à moins qu'il n'y ait aucun ordre du tout. Elle devient si intense qu'il n'est plus capable de dire où le feu a pris. Il se raccroche à Gu Ki-in, son seul appui. Mais quand il sent à quel point celui-ci tremble, il lâche prise. Gu Ki-in recule à pas hésitants.

Yi Su-ho s'effondre par terre. Dans son ventre, des boules de feu jaillissent continuellement. S'il ne s'était pas écroulé, il se serait couché de lui-même sur le sol froid pour éteindre les flammes qui dévorent son corps. Il crache de toutes ses forces la salive accumulée dans sa bouche. La bave coule le long de son menton. Il se frotte lentement contre le sol glacial. Hélas, le feu ne s'éteint pas pour autant. Son ventre brûle toujours. Mais ce n'est pas du feu. C'est plus chaud. Et pourtant, bizarrement, son corps refroidit. S'il reste allongé à même le sol, il va peut-être finir par se faire pipi dessus. L'avertissement de son chef résonne dans sa tête : « Si tu te pisses dessus, t'es foutu. » Il contracte son entrejambe, mais il ne tient pas longtemps. Un jet d'urine chaude coule le long de sa cuisse.

Depuis qu'il a commencé ce travail, Yi Su-ho ne pense qu'à l'argent. Il en rêve, même. Mais il ne rêve jamais qu'il trouve de l'argent dans la rue ou que quelqu'un a joué ses numéros fétiches à lui au loto et remporté le gros lot. Dans ses rêves, une personne dont il ne se rappelle pas le visage agite une liasse de billets devant ses yeux. Parfois, il arrive à l'arracher, d'autres fois, au moment de les toucher, les billets se volatilisent. Dans tous les cas, il n'est pas très déçu. Même dans ses rêves, Yi Su-ho sait que cet argent ne lui appartient pas.

Qui est la personne qui secoue la liasse de billets dans ses rêves ? Il pourrait s'agir de celle qui l'a enveloppé de ces flammes infernales et l'a conduit à se faire pipi dessus. Il préférerait ne pas s'en souvenir et pourtant un nombre incalculable de visages défilent dans sa tête. Chacun d'eux aurait adoré poignarder Yi Su-ho. Si Gu Ki-in ne l'avait pas fait aujourd'hui, quelqu'un d'autre s'en serait chargé demain.

Sous l'effet de la douleur, il se recroqueville comme une larve. Ses dents claquent et ses membres s'engourdissent. Tout ça à cause de l'argent. Sa mère s'est trompée. Les gens sont ce qu'il y a de mieux au monde ? Si elle savait ce qui lui arrive, elle retirerait immédiatement ce qu'elle a dit. Si seulement la douleur lui laissait un instant de répit, il l'appellerait et lui raconterait. Il lui dirait que les gens ne font que mentir, chercher des excuses, se moquer des autres, se lamenter, menacer de tuer et, pour peu qu'ils en aient l'occasion, tuer pour de vrai.

Après s'être aperçu qu'il ne peut pas se lever, il se rend compte qu'il est en train de ramper et de pleurer. Son ventre saigne et il s'est fait pipi dessus, mais ce n'est pas parce qu'il a peur de mourir. C'est à cause de sa colère, terrible et impuissante.

30

La porte, en s'ouvrant, laisse échapper de froides ténèbres. Il semble qu'il n'y ait plus qu'une seule chose vivante dans cet appartement aussi fané et desséché qu'un chardon : l'odeur.

Sae-oh pose les cartons vides qu'elle a apportés. La lueur émise par la télévision éclaire les cartons emballés, dispersés ici et là.

– Il fait froid, hein ? demande la vieille dame.

Ces derniers temps, elle se montre plus amicale avec Sae-oh, peut-être parce qu'elle sait qu'elle ne va plus la voir très longtemps. Elle fait moins d'histoires au sujet de ses livraisons et elle met de côté des plats faits maison pour que Sae-oh les emporte chez elle. En manque de compagnie après avoir passé la journée toute seule, elle paraît ravie de la voir et prête à trouver n'importe quelle excuse afin de la retenir un peu plus longtemps.

– C'est vous qui avez emballé tout ça ? demande Sae-oh.

– C'est mon fils. Il devait être fatigué en rentrant du travail hier, mais il l'a fait quand même.

– Vous avez dîné ?

– Non, j'attends mon fils. J'ai fait mijoter la soupe toute la journée pour lui.

Sae-oh se met à ranger dans des cartons vides le bric-à-brac que la vieille femme a sorti. Celle-ci la bombarde de questions banales, de celles que l'on pose généralement à la première rencontre : où habite-t-elle, quel âge a-t-elle, etc. Sae-oh répond brièvement quand c'est nécessaire et garde le silence le reste du temps. La vieillarde ne lui en tient pas rigueur.

Sae-oh ferme les cartons avec du scotch et les empile dans un coin avant de gagner la cuisine munie d'un carton vide et d'une paire de ciseaux. Dans la pénombre, le tuyau paraît dur et noir. Elle le serre pour se donner du courage. Rien que le sentir dans sa main fait s'emballer son cœur. Elle est certaine que la vieille femme va arriver en courant et lui hurler dessus. Comme si elle était capable de courir ! Inquiète quand même, elle jette un coup d'œil dans le séjour. La vieillarde, assise sur son *boryo*, regarde la télé.

Il est temps de se mettre au travail. Les cartons empilés la dissimulent aux regards de la vieille dame. Ce que Sae-oh imagine depuis si longtemps va enfin se réaliser. Elle tire le tuyau de gaz avec force. Rien ne se passe. Elle tire encore plus fort. Il n'a toujours pas l'air de bouger. Peut-être vaudrait-il mieux le couper avec des ciseaux. Elle sait à quel point ce que l'on a tant attendu peut déraper en un clin d'œil. Son cœur cogne douloureusement dans sa poitrine.

Elle tire encore une fois. Elle croit voir ses veines protubérantes malgré l'obscurité. Le tuyau ne cédera pas. Il a beau être vieux, il est robuste. Il doit être fixé à cet endroit depuis que l'immeuble a été construit. Il est aussi solide qu'une poutre d'appui. Sae-oh ne renonce pas. Pour elle, cette mission relève du devoir. Elle doit prendre une décision : soit elle continue à le tirer, soit elle le coupe avec les ciseaux et laisse une preuve. Dans un cas comme dans l'autre, elle met sa vie en jeu.

Elle soulève sa paire de ciseaux et jette un nouveau coup d'œil dans le séjour. La mère de Yi Su-ho, penchée sur le côté, somnole. Elle a tout d'un coup l'air très vieille. Comme si la dernière parcelle de jeunesse qui restait en elle avait expiré, tout comme l'appartement délabré qu'elle occupe depuis si longtemps. La télévision projette ses rayons colorés sur ses épaules voûtées.

Sae-oh s'imagine en train de couper le tuyau et ouvrir la valve. Une flamme bleue s'élève. Les corps saignent tandis que les objets du quotidien, dévorés par le feu, fondent comme des larmes ; le plafond s'effondre et les meubles brûlent. Un silence de plomb enveloppe tout, tel un épais brouillard, avant que la peur ait le temps de s'installer.

À voir l'appartement, on dirait que tout ceci s'est déjà produit. Il est tellement sombre et désert qu'on le croirait inhabité. Il ressemble au numéro 157. Où les vieilles poutres ont été dévorées par les flammes. Où les longs rais de la lumière du jour éclairaient des volutes de poussière et de cendre mêlées. Où persistait la mémoire de la catastrophe et où les ténèbres se glissaient dans les moindres fissures.

Il ne reste rien du numéro 157. Depuis que la maison a été vendue aux enchères, c'est devenu un terrain vacant, un désert. Le printemps qui va venir ne verra aucune feuille flotter au vent. Les arbres du jardin ont été déracinés. Plus la moindre trace des briques rouges, du toit bleu, des objets cassés ou des meubles que sa famille a utilisés pendant longtemps. Le terrain bien tassé semble solide et paisible aujourd'hui. Il n'y a plus d'ombres qui se forment sous les rayons du soleil ni de poussières noires qui se répandent comme des pleurs quand le vent souffle.

– Qu'est-ce que tu fais là-dedans ? demande la vieillarde d'une voix encore ensommeillée en se dirigeant vers la cuisine.

Sae-oh pose ses ciseaux avant d'aller à sa rencontre. Le téléphone à l'oreille, la vieillarde est en train d'appeler quelqu'un. À la lumière de la télé se mêle la lueur des touches du téléphone. « Il ne décroche pas », marmonne-t-elle avant de reposer l'appareil et de tourner les yeux sur l'écran de la télé.

Sae-oh va s'asseoir près d'elle et regarde les fenêtres du balcon. Des gouttelettes se sont amassées à l'intérieur des sacs plastique transparents, initialement destinés à conserver les choux pour le *kimchi*, collés sur les vitres afin de colmater les courants d'air. La condensation fait paraître l'extérieur trouble et gris, comme si un épais brouillard recouvrait tout. Plus elle regarde, plus Sae-oh a l'impression d'avoir déjà vécu une telle nuit. Une nuit passée à contempler le brouillard tomber tandis que monte une odeur qui emplit ses sinus. Cette nuit n'a jamais existé. Elle a pourtant la certitude de s'être déjà trouvée ici, il y a longtemps. Elle a tellement attendu ce moment qu'elle a le sentiment qu'il s'est déjà produit.

Sae-oh grave dans sa mémoire le souvenir de cette nuit, le brouillard créé par le décalage entre la température extérieure et celle qui règne à l'intérieur, le brouhaha lointain, la luminosité de la télé dans la pénombre de l'appartement, l'odeur de poisson nauséabonde. Si elle doit ne retenir qu'un moment de toute sa vie, ce sera celui-ci. Quels que soient les kilomètres qu'elle parcoure et le temps qui passe, ce sera à cette nuit qu'elle reviendra toujours. À ce brouillard, à cette odeur, à cette angoisse obscure. À ces ciseaux, petit morceau de fer froid et solide.

La vieille femme se remet à somnoler en dodelinant de la tête. Une fois assoupie, elle respire paisiblement. Sae-oh s'empare d'une couverture posée à côté et couvre ses épaules. Surprise par ce geste affectueux, elle fixe ses mains. Ces mains qui ont voulu arracher le tuyau usé. Celles qui ont agrippé la valve, celles qui ont pris les ciseaux, celles qui ont rangé les affaires de Yi Su-ho et de sa vieille mère dans des cartons et qui ont couvert cette dernière.

Quelle heure est-il ? se demande Sae-oh. Tout ce qu'elle sait, c'est qu'il ne lui reste pas beaucoup de temps. Il est désormais l'heure pour l'obscurité de se secouer et d'accroître la densité de la nuit. Sae-oh remet son manteau posé dans un coin du séjour et quitte l'appartement en silence.

De l'extérieur, en regardant bien, elle peut voir une faible lumière s'échapper du numéro 101. La lueur de la télé brouillée par la buée est devenue plus douce.

Sae-oh tourne le dos à la lumière et s'éloigne lentement. En direction de l'obscurité qui ressemble au vide absolu.

Épilogue

Sa mère regarde par la fenêtre du balcon, l'air absent. Depuis qu'elle a arrêté de les teindre parce que, prétend-elle, le produit toxique lui abîme la vue, ses cheveux devenus grisonnants lui donnent l'air plus âgée et plus faible. En voyant Ki-jeong entrer, elle lui jette un coup d'œil rapide et va dans la cuisine pour mettre la table. S'ensuit un dîner calme, entre mère et fille.

Ki-jeong repense parfois aux dîners bruyants qu'elles partageaient quand sa petite sœur était à la maison. Elle se dit que si ses dîners sont aussi mornes aujourd'hui, c'est parce qu'elle n'a pas su profiter comme il se devait de ces moments-là. De toute façon, c'est trop tard. On a souvent ce genre de regrets une fois qu'on a perdu quelqu'un ; mais ses regrets n'étaient pas tant pour sa petite sœur que pour elle-même.

– Comment ça s'est passé à l'école ? lui demande sa mère.

Ki-jeong commence à hocher la tête avant de se rendre compte que sa mère ne lui a pas simplement demandé « Tout s'est bien passé à l'école ? », comme elle le fait toujours, pour avoir la confirmation que sa fille réussit dans son travail.

– C'est tous les jours pareil, répond-elle avec un grand sourire.

Sa mère lui rend son sourire. Voilà bien longtemps que Ki-jeong n'a pas partagé un sourire avec sa mère, assise face à elle.

À la suite de sa suspension, Ki-jeong a pris un long congé ; de retour au collège après un an d'absence, on peut considérer que tout va bien. Lorsqu'elle croise le principal de temps à autre dans le couloir, elle le salue en bredouillant. Quand il est de bonne humeur, il répond par des commentaires sur le temps qu'il fait, les mains croisées derrière le dos. Ki-jeong embraye et, après un coup d'œil par la fenêtre, elle dit à son tour d'un ton léger que le ciel est lumineux ou chargé de pluie. Elle ne cherche en rien à améliorer l'humeur du principal ou à obtenir des excuses pour la sanction injuste qu'elle a subie. Se contenter de saluer et prendre des nouvelles des gens par pure politesse, elle trouve que c'est une bonne façon d'entretenir la relation à autrui.

Depuis qu'elle a compris qu'elle ne peut pas toujours avoir un jugement juste et correct, et qu'elle n'en a pas besoin, elle ne voit plus l'utilité de jouer le rôle de professeur. Elle craint encore de faire mauvaise impression, mais elle a désormais le courage d'admettre qu'elle n'a pas toutes les réponses aux questions de ses élèves et qu'il lui arrive de se tromper.

Peut-être est-ce à cause de la façon dont sa mère a formulé sa question, Ki-jeong a envie de lui avouer quelque chose. Elle suit sa mère qui désire s'allonger un moment dans sa chambre après avoir débarrassé la table. Celle-ci la regarde d'un air intrigué. Ki-jeong y a longuement réfléchi : quand lui parler, par où commencer, jusqu'où aller. Contrairement à ce qu'elle avait préparé, elle lui raconte d'abord l'histoire concernant son travail. Après l'avoir écoutée, sa mère lui demande ce qu'est devenu Dojun. Le garçon est à présent en dernière année de collège. Ki-jeong le croise de temps en temps dans le couloir. Dojun, le visage figé, l'évite. Elle sait parfaitement que dans son dos il se moque d'elle ou fait mine d'enlever sa claquette et de l'en frapper, mais elle n'en a jamais rien montré. Rien n'a changé. Ki-jeong et le garçon continuent à croire à leur version de la vérité. Malgré tout, le temps qui passe lui a permis de comprendre qu'ils n'ont pas les mêmes convictions, tout simplement, et cela lui suffit. Sa mère lui caresse doucement la main.

Ki-jeong raconte ensuite l'histoire de sa petite sœur. Elle a retardé ce moment pendant longtemps, mais une fois qu'elle commence, les mots lui viennent facilement, comme toujours quand on parle d'un événement qui est enfin derrière soi. Elle n'oublie pas de dire à sa mère qu'elle a veillé seule sa sœur dans la chambre mortuaire, qu'elle a fait le nécessaire sur le plan juridique pour annuler ses dettes, et elle lui raconte ce qu'elle a appris grâce à ses amis.

Sa mère ne la questionne pas une seule fois au cours de son récit, pas plus qu'elle ne lui demande de plus amples détails. Elle ne lui fait rien répéter et ne la presse pas, impatiente d'entendre la suite. Elle se contente de l'écouter en silence et c'est fort heureux pour Ki-jeong. Si elle avait été obligée de réexpliquer quoi que ce soit, elle aurait peut-être menti et prétexté que tout ceci n'était qu'une mauvaise blague, juste pour quitter la chambre.

Tout ce qu'il faut à sa mère maintenant, c'est du temps. Le temps de digérer son chagrin, sa culpabilité et sa pitié. Ki-jeong se lève pour laisser sa mère seule.

– Il a dû faire si froid, dit sa mère à voix basse.

Son ton est doux, mais Ki-jeong, qui a du mal à deviner ce que sa mère veut dire par là, baisse les yeux sur elle. Son menton est tombé sur sa poitrine et sa tête pend si bas qu'elle semble avoir le cou brisé. Les épaules voûtées, sa mère enfouit son visage dans ses mains. Chaque mouvement est effectué de manière très lente, comme si elle rassemblait toutes ses forces. Ki-jeong la regarde pleurer sans bruit. Devrait-elle la prendre dans ses bras ? Saisir ses mains tremblantes ? Elle se pose la question, mais ne fait rien.

À l'observer ainsi, Ki-jeong trouve sa mère toute petite et si maigre, avec ses clavicules saillantes. Sa peau autrefois ferme a perdu sa vigueur, depuis longtemps sans doute, et sur ses joues, de légères taches de vieillesse commencent à apparaître. Ses cheveux courts lui confèrent une allure raffinée, mais accentuent son visage anguleux, ce qui lui donne l'air un peu opiniâtre et revêche.

Ki-jeong a souvent du mal à voir ce qui la relie à sa mère, mais là, en l'étudiant de près, elle n'a pas à chercher. Ce n'est pas à cause de leur ressemblance physique, qui ne laisse aucun doute quant à leur lien de parenté. Ki-jeong et sa mère s'en prennent parfois l'une à l'autre, montrent les griffes, s'effraient mutuellement. Malgré tout, elles sont toujours ensemble. Elles mangent ensemble, plient le linge ensemble en regardant la télé, vont ensemble aux bains publics où elles se frottent le dos à tour de rôle, après quoi elles partagent une brique de lait à la paille et secouent leurs cheveux mouillés avant de rentrer à la maison. C'est peut-être pour cette raison qu'elle est toujours là, contrairement à sa sœur. Hormis les moments où ses stages de formation pédagogique l'éloignent de chez elle, Ki-jeong est toujours au côté de sa mère.

Une autre série de tremblements secoue sa mère. Ki-jeong sait pertinemment que ce n'est pas à cause du froid, mais elle prend une couverture légère pour l'en couvrir. Sa mère la laisse faire. C'est alors que Ki-jeong comprend ce qu'a voulu dire sa mère par : « Il a dû faire si froid. » Sa sœur a sauté dans la rivière en plein hiver. Elle a dû être gelée et terrifiée.

Ki-jeong n'a pas vraiment pris conscience, jusque-là, que sa sœur a totalement chamboulé la vie de sa mère. Celle-ci avait à peine trente-quatre ans, encore plus jeune que Ki-jeong aujourd'hui, quand elle a appris son existence. Découvrir que son père avait eu un enfant avec une autre femme lui a certainement inspiré rancœur et méfiance. Elle a dû être déprimée, éprouver un sentiment d'impuissance et de défiance à l'égard du destin. Avoir même, peut-être, l'impression qu'on lui avait volé sa vie. Parfois incapable de maîtriser sa colère, elle s'en prenait à Ki-jeong, qu'elle frappait. Comme elle n'avait personne d'autre que sa fille sur qui compter, elle est devenue méchante, inquiète que celle-ci se ligue avec une autre pour la tromper.

Ses parents sont restés ensemble, mais aux yeux de Ki-jeong, ils vivaient comme deux connaissances habitant sous le même toit. Ils mangeaient souvent à la même table. Il arrivait à sa mère de laver à la main les sous-vêtements de son père. Lors des réunions familiales, ils montaient dans la même voiture, s'asseyaient côte à côte à table et déjeunaient en discutant et en riant avec les autres. À la mort de son père, sa mère a célébré les funérailles avec soin. Ki-jeong a pensé que c'était ce qu'on faisait vis-à-vis de quelqu'un avec qui on a si longtemps vécu sous le même toit. Par sens du devoir.

Mais là, elle se ravise en voyant sa mère pleurer à chaudes larmes la mort de sa sœur. C'est la première fois qu'elle est témoin d'une telle scène. Elle ne serait pas secouée par de tels sanglots si Ha-jeong n'avait été qu'une personne partageant le même logement qu'elle. Ki-jeong prend les mains tremblantes de sa mère, qui ne la repousse pas, sans doute parce qu'elle n'en a pas la force.

Ki-jeong la regarde et se rappelle les bains quotidiens que sa mère donnait à sa petite sœur, le visage aussi inexpressif que quand elle frottait des radis pleins de terre. Sa mère se considérait comme la baby-sitter de sa sœur. Bien qu'elle n'éprouvât pas d'amour maternel à son égard, elle voulait probablement l'élever correctement, pour prouver qu'elle en était capable. Avec la même expression que celle qu'elle affichait quand elle faisait la lessive ou la vaisselle, sa mère lavait les cheveux de sa sœur, frottait son corps, rinçait son visage pendant que l'enfant fermait fort les yeux de peur que du savon y pénètre. Sans la moindre parcelle d'émerveillement devant son petit corps qui grandissait ou la façon dont elle arrivait à mâcher la nourriture de ses minuscules dents. Elle effectuait les mêmes gestes que pour enlever une tache sur un vêtement ou une trace de gras sur une assiette.

Et pourtant, elle prenait soin de rincer les morceaux de *kimchi* qu'elle donnait à la petite Ha-jeong qui ne pouvait pas manger épicé. Elle lui apprenait à lire et à écrire d'une voix dure, l'air contrariée. Plus tard, elle lui a enseigné l'anglais et les tables de multiplication. Chaque fois que l'enfant mordillait ses ongles, elle la grondait, veillait à ce qu'elle n'ait pas d'ongle incarné, nettoyait ses oreilles. Elle lui achetait de nouveaux vêtements au fur et à mesure de sa croissance et au fil des saisons. Lors de son premier jour d'école élémentaire, elle a assisté à ses côtés à la cérémonie d'admission. Elle participait aux réunions parents-professeurs et signait ses bulletins. Sur son carnet de correspondance, à la question « Quel métier espérez-vous pour votre enfant ? », elle répondait : « Professeur. » Lorsque Ha-jeong a eu ses premières règles, elle ne l'a pas félicitée et n'a pas commencé à la traiter en adulte, mais elle a veillé à ce qu'il y ait toujours des serviettes hygiéniques dans les toilettes.

Au cours de cette période, Ki-jeong n'a jamais vu sa mère sourire à sa petite sœur, lui caresser les cheveux, la border et lui parler tendrement. Ses gestes étaient dépourvus de tout sentiment affectueux. Ki-jeong étant déjà grande, elle n'avait plus besoin de tels soins. Elle avait beau l'aimer et dépendre d'elle, elle s'était progressivement éloignée de sa mère. Quant à sa petite sœur, encore trop jeune pour prendre son envol, elle était bien obligée de s'appuyer sur cette mère qui ne l'aimait pas.

En grandissant, Ha-jeong est devenue indépendante et autonome. En fait, Ki-jeong et sa mère ne lui ont pas laissé le choix. Ha-jeong est restée la même. C'était Ki-jeong et sa mère qui la gardaient à distance, peu désireuses d'être proches d'elle. Elles regardaient avec méfiance cette fille qu'elles considéraient comme une énigme et qui ne serait jamais comme elles.

Depuis son arrivée dans la famille, leur vie à toutes les trois avait pris des directions différentes les unes des autres. Ce n'était pas étrange à l'époque et ça ne l'est pas plus aujourd'hui. Elles se sont vaguement aperçues, sa mère à travers Ha-jeong, sa sœur à travers sa famille peu aimante et Ki-jeong à travers sa mère, que la vie se déroulait d'une manière qui échappait à tout contrôle.

Ki-jeong serre fort les mains de sa mère abattue, toujours en pleurs, et lui passe un bras autour des épaules. Cette fois encore, elle laisse volontiers sa fille l'attirer contre elle. Elle paraît ne rien peser du tout. Cette impression n'est pas due à la minceur et la légèreté de sa mère, mais plutôt au fait qu'elle aussi s'appuie sur sa mère. Elle le comprend seulement après s'être rendu compte que celle-ci lui caresse le bras comme quand elle était petite.

Elle sait à présent. Le fait que son corps soit contre celui de sa mère lui permet de comprendre ce qu'elle aurait dû faire en premier pour sa petite sœur. Non pas se sentir coupable ou examiner son relevé téléphonique, ni même se lancer à la recherche de Sae-oh.

Ce qu'elle aurait dû faire, c'est se sentir triste que sa petite sœur soit partie pour ne plus jamais revenir. Elle aurait dû être touchée d'apprendre que celle-ci avait passé ses derniers instants toute seule. Sa petite sœur aurait dû lui manquer, comme elle manque à sa mère en ce moment même. Et pas parce que Ki-jeong se sentait coupable, ou désolée pour elle. Simplement parce qu'elle lui manquait. C'est la première étape du deuil.

pca
cmb
édition pré-presse
livres numériques

44400 Rezé

IMPRIM'VERT®

Achevé d'imprimer
en janvier 2021
par Corlet Imprimeur
14110 Condé-en-Normandie

Dépôt légal : février 2020
N° d'Imprimeur : 20120132
Imprimé en France